AMOUR PÉCHEUR
HAWTHORNE UNIVERSITÉ

EVA ASHWOOD

Copyright © 2022 par Eva Ashwood

Il s'agit d'une œuvre de fiction. Les noms, les personnages, les organisations, les lieux, les évènements et les incidents sont le fruit de l'imagination de l'auteur ou sont utilisés dans un but fictionnel. Toute ressemblance avec des personnes réelles, vivantes ou mortes, serait purement fortuite.
Tous droits réservés.

Inscrivez-vous à ma newsletter !

CHAPITRE 1

Ses yeux bleu vif se plantent dans les miens. Je les connais déjà, ils me sont désagréablement familiers, parce que je les ai déjà vus bien trop de fois. D'abord chez son fils, et maintenant chez lui.

Alan Montgomery.

Je tire sur les cordes qui enserrent mon corps et je lève le regard vers lui, essayant de toutes mes forces de me libérer des liens qui me retiennent à cette chaise. J'ai toujours la tête qui tourne un peu, mon corps est fatigué d'avoir combattu Reagan et ma gorge est douloureuse, là où elle l'a serrée avec ses mains. Elle a probablement dû me droguer après m'avoir étranglée, elle n'aurait pas pu m'emmener ici sans que je reprenne conscience sinon.

Pour me mener à lui, à Alan.

Son sourire calme me fait frissonner.

— Ça faisait longtemps, Sabrina.

— Qu'est-ce que tu racontes, bordel ? Je m'appelle Sophie. Mes lèvres se retroussent de dégoût et je lui crache ces mots au visage d'une voix éraillée. Alan lève un sourcil amusé, comme s'il avait compris la blague et pas moi.

— Je ne m'appelle pas...

Sabrina.

Ma voix se brise avant de pouvoir prononcer ce mot et j'ai l'impression que mon cœur s'arrête, alors que les trois syllabes de ce prénom dansent dans ma tête.

Sabrina.

Non. Non. Ce n'est pas mon nom, putain.

Je m'appelle Sophie Wright. C'est comme ça que tout le monde m'appelle, depuis aussi loin que je me souvienne.

Sauf... qu'il y a un trou dans ma mémoire. Plus qu'un trou, un *abysse* gigantesque. Quasiment tout ce qui m'est arrivé avant l'âge de onze ans est comme noyé dans une sorte de brouillard.

J'avais coutume de dire que je voulais retrouver la mémoire. Je détestais l'idée de ne plus me souvenir d'années entières de ma vie et qu'il y ait un trou à la place de tous mes souvenirs d'enfance.

Mais je réalise soudain que pendant tout ce temps, je me mentais à moi-même. En fait, je ne veux *pas* me souvenir. Je ne veux pas me rappeler toutes les horreurs que mon subconscient à enterré loin au fond de moi. Je n'ai pas envie de les revivre à nouveau.

Mais c'est trop tard.

La simple phrase d'Alan me percute avec la force d'une boule de démolition, faisant exploser les murs que mon subconscient avait bâti autour de mon esprit. Et sans ces murs pour les retenir, tous les souvenirs me submergent comme un torrent.

J'aurais dû savoir qu'ils étaient toujours là, enfouis profondément en moi. Je le savais malgré tout, à cause de toutes les cicatrices laissées sur mon corps et dans mon âme. Ces blessures anciennes étaient bien trop profondes, bien trop *réelles* pour pouvoir être oubliées. Je ne sais quel instinct de préservation m'a poussée à enfouir ces souvenirs pendant toutes ces années. Pendant tout ce temps, je me suis débattue contre les étourdissements, les malaises et les moments de faiblesse. Je me suis débattue contre moi-même.

Sabrina.

C'est mon nom, ou du moins, ça l'était.

Je m'appelais comme ça, avant. Quand j'étais une petite fille enfermée ici.

— C'est quoi encore ce *bordel* ? murmuré-je en serrant les dents. Le visage d'Alan se brouille légèrement devant mes yeux et je me demande soudain si je ne vais pas tomber dans les pommes. Comme si, même maintenant, mon esprit essayait toujours de se protéger de tous les souvenirs qui menaçaient de l'engloutir.

J'ai été retenue ici quand j'étais plus jeune, dans ce bunker. Des images brouillées et des sensations me reviennent, me donnant l'impression qu'un courant électrique passe dans mes veines.

J'étais ici.

Quand j'étais seulement une petite fille, je me suis retrouvée dans cette pièce. À *cet* endroit même. Attachée à une chaise, ou jetée par terre sur le ciment froid. Je me souviens avoir raclé les murs de mes ongles dans de nombreuses tentatives désespérées pour m'échapper, pour fuir Alan, le *monstre*. Je me souviens de ma peur.

Mais je n'étais pas seule. Il y avait quelqu'un d'autre avec moi, une autre petite fille.

Mon regard se pose sur Reagan. Elle est toujours là et lance des regards éplorés à Alan Montgomery. Je cligne des yeux, j'aimerais avoir les mains libres pour me les frotter, comme si j'en avais besoin pour la voir réellement. Pour savoir si j'ai raison. Était-ce elle la fille qui était enfermée ici avec moi ?

Pourquoi était-elle là ? Pourquoi étais-je là, moi ?

Je ne me souviens pas d'assez de choses pour répondre à cette question. Tout est encore sens dessus dessous dans ma tête et ces souvenirs sont ceux de l'enfant que j'étais à l'époque. Je ne sais pas si je parviendrais à comprendre ce qui se passe, même si je me souvenais de tout dans les moindres détails, mais ça n'a pas d'importance. Plus j'essaie de reprendre le contrôle de la situation, plus mon cœur bat fort dans ma poitrine.

La panique commence à monter en moi, lentement, mais sûrement. Froide et mortelle, elle s'insinue. Je me débats contre les cordes, mais j'ai l'impression qu'elles me serrent de plus en plus. J'ai l'impression que ce sont des serpents qui glissent sur ma peau, alors que les peurs anciennes percutent violemment les peurs actuelles dans mon esprit, formant un mélange toxique.

Il faut que je me casse d'ici.
Je dois m'échapper.

La voix à l'intérieur de moi crie au secours, un cri qui vient me mon enfant intérieur, la petite fille qui a été détruite dans ce bunker. Celle dont la vie a été volée entre ces murs.

Séquestrée. Maltraitée. Trahie.

Je dois… Je dois…

Les ténèbres commencent à envahir mon champ de vision et mes membres deviennent gourds. La chaise manque de basculer en arrière, mais je continue de me débattre, une seule pensée animant désormais mon esprit.

Je dois m'enfuir.

Un éclair de douleur me traverse la joue. J'inspire un grand coup, ma vision s'éclaircissant brusquement, la douleur ayant coupé court à ma crise de panique. Quand je cille et que je lève les yeux, je vois Reagan me regarder de toute sa hauteur, la main levée et une lueur animale dans le regard.

— Arrête de te débattre, salope.

Mes poumons me brûlent alors que j'aspire l'air, mais la douleur pulsatile de ma joue m'aide à me concentrer sur autre chose que ma terreur.

Reprends-toi, Sophie. Tu es une combattante. Tu peux surmonter ça.

Respire.

Concentre-toi.

Et trouve un moyen de sortir d'ici.

M'appeler par le prénom que je connais, aide à

calmer la panique. Mon prénom a peut-être été Sabrina avant, mais c'est Sophie maintenant, bordel.

Et Sophie Wright ne se laisse rouler dessus par personne.

Je dois me casser d'ici. Et le seul moyen d'y parvenir, c'est en réfléchissant calmement et non pas en laissant la panique ou les anciens souvenirs refaire surface et me retourner le cerveau.

Reagan fait un bruit satisfait et se frotte les mains, comme pour chasser la douleur qu'elle a ressentie en me frappant. Elle a l'air prétentieuse, elle croit qu'elle a gagné parce que j'ai arrêté de bouger. Je n'ai qu'une envie, lui défoncer la gueule, mais je ne peux pas.

Mais il s'avère que je n'ai pas à le faire. Alan l'attrape violemment par l'épaule pour la tourner face à lui et lui attrape brutalement le visage d'une main.

— Mais qu'est-ce que tu crois faire là, pour qui tu te prends ? demande-t-il, la serrant si fort que ses lèvres ressortent. Est-ce que je t'ai demandé de faire ça ?

Je frissonne. Sa voix ressemble bien trop à celle de Cliff : il *ressemble* bien trop à Cliff, sur tous les plans.

Reagan se recule un peu, mais n'essaie pas de se dégager.

— Je l'ai fait pour toi, chouine-t-elle.

Elle ressemble à un chiot qui se fait gronder pour avoir abîmé le canapé du salon, roulée en boule, les épaules rentrées, un petit couinement mourant sur ses lèvres. Il lui maintient toujours le visage et la regarde méchamment. Pourtant, ses yeux à elle sont emplis de quelque chose qui ressemble à de l'admiration. De la vénération, presque.

Comme si elle était prête à tout pour le satisfaire, pour le rendre heureux.

— Elle constituait une menace, dit-elle quand il la relâche enfin. Elle se redresse et ose presque le regarder avec défiance. Sabrina était une menace pour toi, je te l'ai apportée pour que tu puisses t'en charger.

Merde.

Je ne sais pas comment elle s'imagine qu'Alan va *s'occuper* de moi, mais sachant qu'elle a enlevé ma meilleure amie et qu'elle a tenté de la brûler vive aux côtés des Pêcheurs, je ne suis pas très optimiste.

S'attend-elle à ce qu'il me tue ?

Mon cœur fait un bond dans ma poitrine, battant déraisonnablement vite. Je fais le tour de la pièce du regard, cherchant une sortie de secours. Comment me suis-je échappée la dernière fois ? Quelqu'un m'a-t-il laissée sortir ou me suis-je enfuie ? Il y a une porte percée dans le mur opposé, celle par laquelle Alan est rentré. Mais pour l'atteindre, il faudrait déjà que je ne sois plus attachée.

— J'avais la situation sous contrôle. Le visage d'Alan se durcit et sa voix pue l'arrogance. Berk. Il ressemble tellement à Cliff que ça me donne la nausée. J'étais au courant de sa présence. Je l'ai su dès qu'elle a posé le pied à Hawthorne. Il était évident qu'elle avait perdu la mémoire et je gardais un œil sur elle pour m'assurer qu'elle n'en sache pas trop. Et maintenant, à cause de toi, elle en sait trop. En quoi est-ce que ça m'est utile, merde ?

Mes yeux reviennent sur Reagan juste à temps pour voir son expression se pincer. Je ne peux pas m'en empêcher, elle me ferait presque pitié, elle et son amourette adolescente. Mais je ne peux pas penser un truc pareil.

C'est elle qui m'a conduite ici.

Elle a essayé de faire du mal à mon amie, à mes hommes.

Je ne veux pas penser à ce qui a pu se passer dans les bois quand j'ai été séparée de Max et des garçons. Je ne dois pas me laisser distraire par le souvenir des flammes orange vif et de la fumée étouffante. Si je laisse mes pensées prendre cette direction, je risque vraiment de faire une attaque de panique. Et je ne parviendrai à aider personne, ni eux, ni moi, si je me retrouve enfermée dans mon cerveau.

— En amenant Sophie ici, tu n'as fait que me donner plus de choses à nettoyer, dit-il d'une voix d'un calme mortel.

Mon dieu. Il va me tuer.

Je sais ce que « nettoyer » veut dire. C'est ce qu'ils disent dans toutes les séries criminelles, juste avant d'assassiner quelqu'un qui en savait trop. Mon estomac se transforme en une boule de nœuds, se tournant et se retournant sur lui-même, jusqu'à ce que j'aie l'impression qu'il est dur comme de la pierre.

Je ne peux pas mourir. Je ne peux pas être tuée, pas maintenant. Pas sans savoir si Max et les Pécheurs sont...

Alan se retourne sèchement vers moi, comme s'il pouvait sentir mes pensées. Pendant une seconde, je crois voir un éclair de colère passer sur son visage, mais il est rapidement remplacé par un masque froid et dénué d'émotions. Derrière lui, Reagan semble se dégonfler un peu, l'air meurtri de voir qu'Alan m'accorde désormais toute son attention.

Elle en meurt d'envie, réalisé-je soudain.

C'est pour ça qu'elle a fait ce qu'elle a fait, qu'elle a tenté de me tuer pas juste une fois, mais deux. Je parierais tout ce que j'ai que c'est elle qui a essayé de m'écraser avec sa voiture. Et que c'est également elle qui m'a poussée dans les escaliers lors de la fête de fin de semestre.

C'est pour ça qu'elle m'a entraînée ici, elle pensait qu'il serait fier d'elle. *Je n'ai aucune idée de comment elle a pu se retrouver mêlée à tout ça, comment une fille qui semblait si normale, a pu se retrouver dans cette folie orchestrée par Alan.* Mais elle semble clairement irrécupérable. Elle le suivra n'importe où en le regardant avec amour et dévotion.

La colère me submerge et je serre les poings derrière moi.

Comment ose-t-il, cet enfoiré.

Comment ose-t-il s'emparer ainsi de ma vie, et de la vie de *Reagan*, – avec ses jeux tordus. Comment ose-t-il penser qu'il va pouvoir s'en tirer comme ça.

Mais je ne sais toujours pas ce qui se passe vraiment ici et ça m'insupporte. Aussi horrible que ça puisse paraître, je reconnais cet endroit, je le connais de mon enfance. Mais je ne comprends toujours pas pourquoi je m'y suis retrouvée enfermée.

Y en a-t-il eu d'autres ? Que voulait-il faire de

nous ? Je ne me rappelle pas vraiment grand-chose, dans les fragments de souvenirs de mon passé que mon cerveau essaie peu à peu de rapiécer. Il y avait seulement moi et une autre petite fille, et je suis presque sûre que c'était Reagan.

Mais ce n'est pas parce que je ne m'en souviens pas, qu'il n'y en avait pas d'autres.

Cette idée me rend malade.

Les chaussures haut de gamme d'Alan raclent sur le sol rugueux alors qu'il se tourne vers moi. Il plisse légèrement les paupières et se plie au niveau de la taille pour que nos yeux soient à la même hauteur. Il porte un costume, parce que c'est un putain d'homme d'affaires. Tout n'est qu'une question de business pour lui.

— De quoi te souviens-tu, Sabrina ?

Il pose cette question gentiment. Si gentiment que si je fermais les yeux pour ne plus voir son visage, je pourrais presque croire que nous avons une conversation normale. Comme s'il était mon médecin ou le thérapeute que je n'ai jamais eu les moyens de me payer.

De quoi je me souviens ?

De pas grand-chose. Rien de substantiel en tout cas. Mais je me souviens avoir été ici, retenue prisonnière par Alan, enfermée dans ce bunker quand j'étais enfant.

Mais ce n'est pas ça que je lui réponds. Peut-être aurait-il été plus intelligent d'admettre que mes souvenirs étaient encore brumeux et limités. Peut-être que ça l'aurait convaincu que je n'étais pas une menace.

Mais la rage que je sens bouillir en moi me pousse à parler avant d'avoir pu décider si c'était avisé ou non.

— Je me rappelle suffisamment de choses pour te faire jeter en prison, connard, lancé-je les dents serrées. Ma gorge est sèche et je lutte pour ne pas tousser.

Alan laisser échapper un long soupir exaspéré. Comme si j'étais une petite fille désobéissante à qui on aurait dit un millier de fois de ne pas renter à l'intérieur de la maison avec ses chaussures. Il ne semble pas du tout impressionné par ma menace. Je suis peut-être inconsciente de le menacer de la sorte, vu que c'est un homme avec tellement d'influence qu'il pourrait détruire ma vie rien qu'en levant le petit doigt, mais je suis trop énervée.

Il m'a peut-être brisée une fois. Il m'a peut-être tout pris.

Mais pas cette fois.

Pas si je peux l'en empêcher.

— Bon, il va falloir que je m'en occupe, dit-il doucement. Il pince les lèvres, comme s'il était ennuyé. Il se retourne et regarde Reagan. Elle semble se raviver sous son regard, mais il lance :

— Tu m'as déçu. Je n'aurais pas voulu en arriver là. Je n'aurais pas voulu que les choses se compliquent à ce point. Je déteste le désordre.

Mais pourtant nous y sommes.

Et je ne vais pas me laisser faire sans me battre.

— Surveille Sabrina, lui dit-il d'une voix ferme de chef d'entreprise. Je reviens.

Puis, aussi vite qu'il est arrivé, il disparaît.

CHAPITRE 2

Mon cœur bat fort contre mes côtes quand la porte se referme derrière Alan. La gorge toujours douloureuse, j'essaie de maîtriser ma respiration et les pensées qui se bousculent dans ma tête. Je ne sais pas s'il a verrouillé la porte en partant, mais je sais que ce ne sera pas facile de sortir d'ici.

Même si je parviens à me dégager de ces cordes, Reagan ne restera pas sans rien faire et qui sait ce que je vais trouver de l'autre côté de cette porte.

Encore d'autres gens ? Quelqu'un d'autre qui voudra me tuer ?

Reagan veut ma mort. Elle a essayé de me tuer deux fois déjà. Et maintenant, c'est Alan qui va s'occuper de nettoyer derrière elle. J'étais persuadée qu'il allait me mettre une balle dans la tête à l'endroit même où je suis assise, mais il ne l'a pas fait.

Pourquoi ?

C'était l'opportunité parfaite. Je suis toujours à moitié sonnée, en position de faiblesse et même si je ne sais pas exactement depuis combien de temps je suis enfermée ici, j'imagine que ça fait déjà quelques heures. Plus il attend, plus les gens risquent de remarquer ma disparition et commenceront à poser des questions. Si Max et les garçons sont toujours en vie, ils doivent déjà être à ma recherche.

Merde.

Alan est prudent, je le sais. Il doit probablement ne pas vouloir me tuer avant d'être certain qu'aucune preuve ne pourra l'incriminer et que personne ne pourra remonter jusqu'à lui.

Mais même dans ce cas, si je ne m'enfuis pas vite d'ici, je vais y laisser ma peau. Je ne reverrai plus jamais Max, ni Declan, ni Elias, ni Gray. Je ne retournerai jamais à Hawthorne et même si j'aurais accueilli cette idée avec plaisir il y a seulement quelques mois, je ressens désormais un douloureux pincement au cœur.

Je ne sais pas comment, ni pourquoi, Alan m'a kidnappée quand je n'étais encore qu'une enfant, mais il essaie une nouvelle fois de me voler ma vie, et je n'ai pas l'intention de le laisser faire.

Malgré mes efforts pour contrôler ma respiration, j'inspire encore l'air par petites goulées hachées. Mes poumons brûlent. Mes poignets brûlent aussi. Je sais que ma peau est à vif, arrachée par la corde. J'essaie de bouger mes jambes et réalise qu'elles sont attachées elles aussi, mais les cordes qui maintiennent mes chevilles aux pieds de la chaise, semblent moins serrées que celles autour de mes poignets.

Bien. Peut-être pourrai-je m'en servir à mon avantage.

Je bouge sur ma chaise, réfléchissant.

Et même si je parviens à m'échapper, je fais quoi ensuite ?

Alan me surveillait apparemment, collectant des informations sur moi, probablement avec l'aide de son salopard de fils. Même si j'arrive à quitter cet endroit, je continuerai d'avoir une cible dans le dos. Je ne serai plus jamais en sécurité, nulle part.

J'ai la tête qui tourne et je sens de la bile me remonter dans la gorge. Je ferme fort les yeux, tentant de repousser ma peur. Si je pense trop à tout ça, je ne vais pas y arriver. Je vais me faire bêtement tuer par Alan, car j'aurais commis une erreur fatale.

Je dois seulement m'enfuir d'ici. Quand je serai dehors, je ne serai plus seule.

Les autres ont sûrement dû survivre à tout ça. Il *faut* qu'ils aient survécu. Et ils ne me laisseront pas affronter ça toute seule.

— Arrête ça tout de suite.

Je lève les yeux, perdant le fil de mes pensées. Reagan fronce les sourcils dans la lumière faiblarde de la pièce, ses lèvres sont pincées. Je lui lance un regard noir, essayant toujours de dégager mes poignets des cordes. Je réalise soudain que lorsque je frotte les cordes liant mes poignets les unes contre les autres, elles semblent de relâcher un peu.

Pas beaucoup. Mais ce sera peut-être suffisant.

— J'ai dit, arrête ça tout de suite, répète-t-elle les yeux rivés vers mes mains.

Merde. Je ne crois pas qu'elle ait remarqué que mes actions sont stratégiques désormais et que je ne me débats plus désespérément sans réfléchir. Mais si elle regarde de plus près, elle comprendra. Je dois la distraire.

— Pourquoi tu fais ça ? demandé-je. Si je peux la faire parler, elle ne remarquera peut-être pas que les cordes se relâchent. C'est quoi ton problème ? Pourquoi tu prends part à tout ça ?

— De quoi te souviens-tu exactement, Sabrina ?

me demande Reagan au lieu de répondre à mes questions. Ses yeux se plissent légèrement et j'ai l'impression qu'elle essaie de donner à sa voix, le même ton confiant, que celui qu'a employé Alan plus tôt. Mais elle n'est à la hauteur.

Mes poignets brûlent alors que j'essaie de passer sans succès, mes doigts sous les cordes.

— Je sais que j'ai été retenue prisonnière ici, dis-je. Enfermée dans ce sous-sol quand j'étais enfant, comme toi.

Elle part d'un rire moqueur.

— Ce n'est pas ça qu'il s'est passé et tu le sais. Sa voix s'adoucit et elle ajoute. Alan n'est pas comme ça, il n'est pas *méchant*.

J'ai envie de lui hurler dessus, de lui dire qu'elle est folle, mais je ne relève pas. Elle est sérieusement atteinte et souffre manifestement d'une sorte de syndrome de Stockholm. Je ne crois pas que j'arriverai à grand-chose en me disputant avec elle à propos d'Alan.

Elle a déjà essayé de me tuer deux fois, uniquement pour rentrer dans ses bonnes grâces. Je n'imagine pas une seconde qu'elle pourrait le trahir et prendre mon parti contre lui.

— Peut-être qu'il n'est pas méchant comme tu dis, mais il n'est pas content de toi, dis-je en haussant les épaules et en levant les yeux vers elle pour voir sa réaction.

Ses lèvres se pressent l'une contre l'autre.

— Tu ne comprends pas notre relation.

— Vraiment ? Je hausse un sourcil continuant à bouger subtilement mes mains dans mon dos. J'étais là quand il t'a dit qu'il était déçu. C'est difficile de mal interpréter quelque chose comme ça. Je secoue la tête. Tu ne vois pas ce qu'il se passe, Reagan ? Quand tu essaies de gagner son approbation, ça ne marche pas. Ça ne fait qu'empirer les choses.

Elle frémit et me fixe, les yeux écarquillés.

Putain de merde, elle vénère vraiment ce type.

Je ne sais plus si j'ai envie de rire ou de pleurer. Elle ne le voit pas, si ? Quel monstre est réellement Alan. Tout ce qu'elle veut c'est qu'il soit content d'elle, qu'il l'aime.

— Je voulais l'aider, murmure-t-elle. Je suis en train de l'aider.

— Vraiment ? insisté-je. Regarde ce qui vient de se passer. Tu as tout gâché. Tu l'as entendu comme moi. Maintenant, il va devoir réparer les dégâts et c'est à cause de toi.

Ses yeux brillent de douleur.

— Tu ne sais *rien* de lui, ni de moi, Sabrina, dit-elle en s'approchant de ma chaise. Tu es seulement jalouse, je le sais.

— Ouais, c'est ça, reniflé-je. Pourquoi je serais jalouse que quelqu'un qui se fait manipuler par un vieux ? Qui se fait utiliser comme un pion ?

Je repense aux Pécheurs, qui ont prouvé l'un après l'autre qu'ils étaient de mon côté. Et comment la colère et la défiance entre nous, se sont transformées en quelque chose de positif, de réel et de solide. Quelque chose qui ressemble terriblement à de…

Mon cœur se serre dans ma poitrine et j'arrache mes pensées de ces hommes. Je ne dois pas y penser, pas pour l'instant, je n'ai pas le temps de considérer l'ampleur de mes sentiments pour eux.

Quand je me serai barrée d'ici, j'aurai tout le loisir d'y penser. Mais pas pour l'instant.

— Alan a besoin de moi, dit Reagan avec emphase, faisant revenir mon attention sur elle. Il a *besoin* de mon aide. Depuis que tu as fait ta réapparition en ville, je sais qu'il est inquiet. Il est bien trop gentil parfois pour faire ce qui doit être fait. Et c'est pourquoi j'ai dû intervenir. Sa femme ne l'a jamais compris, mais *moi* oui. Il me respecte, il me désire… je suis sa préférée.

Mon estomac se retourne. Bordel, il a dû lui

répéter ces mensonges depuis toujours. Je sais que c'est une combattante elle aussi, je sais qu'elle est forte, elle a réussi à me dominer physiquement dans les bois et ce n'est pas donné à tout le monde. Mais Alan la rend faible. Pourquoi le laisse-t-elle l'utiliser ainsi ?

Mais alors qu'un sourire timide s'étire sur son visage, je comprends. Elle ne vit que pour lui.

— Oh mon dieu. Tu es amoureuse de lui, n'est-ce pas ? demandé-je d'une voix douce.

Son regard vacille et elle serre les dents. Elle s'avance d'un autre pas vers moi, me fixant d'un œil noir en se penchant pour mettre son visage à la hauteur du mien. Elle n'est qu'à quelques centimètres de moi et ce que je vois briller dans son regard me fout la gerbe.

— Ça ne te regarde pas, siffle-t-elle. Tu n'as jamais compris, tu ne pourras jamais…

Je ne réfléchis plus, j'agis. Alors que Reagan se penche, en une fraction de seconde, je fais un choix qui pourrait me coûter très cher si je n'arrive pas à mes fins. Je balance ma tête en avant et lui donne un coup de boule de toutes mes forces. Mon crâne hurle de douleur alors que nos fronts se percutent. Reagan titube vers l'arrière en poussant un cri étouffé et je fais basculer ma chaise qui s'écrase lourdement au sol.

Le cadre en bois craque dans un grand bruit et mon corps pulse de douleur alors que ma joue vient de heurter violemment le sol en ciment, mais quelque chose d'autre que la douleur se diffuse dans mes veines, l'adrénaline. Je sais que je n'ai que quelques secondes pour réussir à me dépêtrer de tout ça et à m'enfuir.

Je me débats rageusement, me servant de la chaise brisée. Les morceaux de bois se disloquent et j'essaie de toutes mes forces de dégager mes bras. Les cordes sont moins serrées, mais elles sont toujours nouées de nombreuses fois autour de mes poignets et de mes chevilles.

Fuir. Fuir. Fuir.

Le mot pulse dans ma tête au rythme des battements de mon cœur et je parviens enfin à dégager un bras, puis une jambe. Le gémissement de douleur de Reagan se transforme en cri de rage et elle se jette sur moi. Les cordes lâchent juste assez pour me permettre de me relever et d'absorber le choc de son corps jeté sur moi avec mon épaule.

Elle est folle. Je ne sais pas ce qui lui est arrivé dans cette pièce, puis dans les années qui ont suivi, mais ça lui a fait perdre l'esprit.

Elle se bat comme un animal, un chat sauvage, avec ses poings, ses ongles, ses dents. Mais notre combat de la veille l'a amochée autant que moi. Elle est plus faible et moins rapide. Moi aussi probablement, mais il y a tellement de rage et d'adrénaline qui coulent dans mes veines, que je ne sens plus aucune fatigue.

Je lui donne un coup de coude qui l'atteint en plein visage et sa tête est rejetée sur le côté. Je cours vers la porte, ignorant mon corps qui hurle de douleur. Quand elle se lance à ma poursuite, je lui donne un coup de pied dans l'estomac qui la repousse en arrière.

Laisse-moi tranquille, salope.

Une part de moi aurait envie de se perdre dans la fureur, la rage qui semble toujours brûler quelque part au fond de moi. J'ai envie de m'en prendre à elle avec la même violence que lorsque j'ai affronté Cliff. J'ai envie de continuer à la frapper jusqu'à ce que mes jointures soient souillées de son sang et que je sois certaine qu'elle ne se relèvera plus.

Mais je me retiens. Je n'ai pas le temps pour ça. Alan pourrait revenir à tout moment. Si je suis toujours ici lorsqu'il reviendra, je ne m'en sortirai pas, je le sais.

Je me satisfais donc d'un dernier coup de poing

alors que Reagan tente encore une fois de me sauter dessus. J'y mets toute ma colère et elle s'effondre lourdement au sol, s'écroulant comme un sac de briques.

Je ne prends même pas la peine de la regarder, je fais demi-tour et m'élance vers la porte. Mes doigts s'enroulent autour de la poignée et quand je sens qu'elle tourne librement, mes épaules s'affaissent de soulagement.

Je l'ouvre en grand et la claque derrière moi, la fermant à clé cette fois. Je me dis qu'Alan doit tout de même avoir suffisamment confiance en Reagan pour la laisser dans une pièce déverrouillée seule avec moi, mais je n'ai pas le temps d'analyser quel genre de relation tordue ces deux-là peuvent entretenir.

Je dois fuir.

Qui sait combien de minutes, ou de secondes, il me reste. Qui sait si Alan ne dispose pas de toute une armada de gardes et de gros bras, ou s'il n'a pas installé des caméras de surveillance qui filment tout.

Je cours.

Je cours de toutes mes forces, même si mes poumons et mes muscles brûlent et me hurlent leur douleur. Je suis dans une espèce de bunker et même si consciemment, je m'en rappelle à peine, mon corps lui, semble s'en souvenir, comme si le plan de cet endroit avait été imprimé dans mon âme. Les tunnels sont étroits, sombres et tournent dans toutes les directions. Je ne sais pas où je vais, si je me dirige droit dans la gueule du loup ou au contraire, si je me rapproche d'une sortie, mais je continue tout de même à courir.

Au fond de moi, je sais que j'ai déjà vécu ça. Quand je me suis échappée la dernière fois, c'est par ces tunnels que j'ai réussi à fuir, le cœur au bord des lèvres et courant de tout mon être, comme aujourd'hui.

Comment ai-je fait pour sortir ?

Je continue ma progression, faisant confiance à mon corps et à mes souvenirs enfouis pour me conduire hors d'ici. Si je m'arrête et que je réfléchis à ma situation, je perdrai l'instinct que je suis actuellement, et l'image floue dans mon cerveau qui devient de plus en plus nette.

Puis ça me frappe, le souvenir me revient avec une netteté aveuglante.

Je sais où je suis.

CHAPITRE 3

Les souvenirs me submergent.

Je ne comprends pas vraiment *comment* je peux savoir tout ça, mais je suis soudain persuadée de savoir par où passer pour sortir d'ici.

Mes pieds frappent rythmiquement le sol alors que je cours et tourne à l'angle d'un couloir, puis d'un autre. Le plafond est de moins en moins haut, touchant presque le sommet de mon crâne, mais je sais que je suis au bon endroit. Je ne sais pas du tout comment j'ai pu faire pour le trouver la première fois, mais peu importe, alors que le tunnel se divise directions, je m'arrête. Entre les deux tunnels, il y a une petite grille métallique enfoncée dans le mur, en hauteur. Je passe mes doigts dans les interstices et je tire dessus aussi fort que je peux.

Je tire si fort que le métal s'enfonce dans la chair de mes mains et que j'ai l'impression que mes bras vont se déboîter, mais enfin, la grille cède. Je l'arrache du mur et la jette au sol. Peut-être que lorsque je me suis échappée la dernière fois, j'ai fait plus attention à ne pas faire de bruit et à couvrir mes traces, mais je n'en ai plus le loisir, aujourd'hui.

Me soulevant, je m'avance à quatre pattes dans le conduit d'aération que la grille recouvrait. J'y rentre à peine. Mes hanches touchent les parois et j'ai l'impression de manquer d'air, mais j'avance, sans penser aux murs autour de moi. Une enfant pourrait facilement se glisser dans un conduit comme celui-ci, mais ça fait quasiment dix ans que j'ai dû fuir ce malade.

Lentement, j'avance en rampant dans le conduit. Le métal est glacé et le froid mord la peau de mes mains, mais j'avance, encore et encore. Dans l'obscurité, dans le puits sans fond de souvenirs qui menacent de m'engloutir.

Je ne me laisserai pas faire sans me battre. Je ne me laisserai pas abattre sans dire un dernier mot. Je ne vais pas laisser un monstre comme Alan me manipuler et me contrôler comme il le fait avec Reagan.

Pendant un instant de terreur, je suis certaine

que cet endroit où m'a conduit mon instinct est sans issue. Je vais finir prise au piège de ce conduit, perdue à jamais dans l'obscurité.

L'air froid de l'extérieur m'atteint quelques secondes à peine avant que je puisse percevoir la lumière au bout du tunnel. La lumière pâle de l'aube filtre à travers les branches des arbres et une deuxième grille, fixée à l'autre bout. L'air de la montagne me fait l'effet d'un baume et je l'inspire à fond dans mes poumons brûlants. La grille extérieure est rouillée, je dois taper dessus pour qu'elle cède, et quand elle s'ouvre enfin, je m'extrais péniblement du conduit et me laisse tomber au sol.

Non. Continue, ne t'arrête pas.

J'ai envie de rester ici. De me rouler en boule et d'attendre que ça passe. Je ne crois pas que je vais réussir à continuer, je suis tellement fatiguée. Mais une violente détermination me force à me lever, ma peau arrachée se prend dans les branches et les ronces, la terre se mélange au sang sur mon visage. Cela me pousse à me remettre à courir.

Je dois courir.

Les bois sont silencieux, mais j'imagine des bruits de pas en train de me suivre. Dans ma tête, je peux pratiquement voir les yeux bleus et froids d'Alan me fixer. Je peux sentir ses mains sur moi, qui me retiennent, puis me tirent en arrière, loin, sous terre. Mon cœur bat fort dans mes oreilles, mais il n'est pas assez fort pour noyer le son de la voix d'Alan dans ma tête. Je peux toujours entendre sa voix doucereuse dire à Reagan, qu'il va « nettoyer » ses bêtises.

Mais je peux aussi m'imaginer Gray combattre pour moi. Elias combattre pour moi et Declan combattre pour moi. Et s'ils peuvent se battre pour moi, je peux aussi me battre pour eux.

Je vais tout faire pour me tirer d'ici. Pour les retrouver.

De la bile remonte dans ma gorge. Mon estomac se tord. Je pourrais me laisser tomber, me rouler en boule et vomir tout le contenu de mon estomac, mais je continue, je pousse par-delà les limites de mon corps. C'est mon *esprit* qui se bat désormais, qui réussit à convaincre mes os et mes muscles de continuer encore un peu.

Quand je prends une respiration hachée, je sens une odeur de brûlé et de produits chimiques. Je reconnais l'endroit où Reagan a attaché Max, l'endroit où les garçons se sont battus pour nous permettre de nous échapper, et ça me redonne un peu de forces. Le ciel est de plus en plus clair et le soleil qui se lève illumine la forêt de tons roses et orangés. Je sais que leur voiture ne doit plus être là, mais de ne trouver aucun corps ne redonne soudain espoir.

Ils sont vivants. Le feu ne les a pas tués.

Je ne ralentis pas, pas même quand je me retrouve enfin sur le chemin qui m'a menée jusqu'ici. Je coupe à travers des arbres et je vois des marques de pneus sur le sol, à l'endroit où la voiture était garée.

Je perds l'équilibre quand mon pied se pose sur l'asphalte, le monde se met à tourner autour de moi dans un mélange étourdissant de couleurs, d'arbres et de ciel. Je suis en train de perdre connaissance, mais il me reste encore suffisamment de conscience pour entendre un bruit de moteur. Il me reste également suffisamment de folie pour me jeter au milieu de la route et prier pour qu'il ne m'écrase pas.

Le conducteur pile et un bruit horrible de crissement de pneus déchire le silence matinal. Mon cœur bat à toute allure dans ma poitrine, je claque la main sur le capot et me dirige vers la porte passager. Je l'ouvre en grand et me glisse à l'intérieur, posant mes fesses sur le siège, avant même que le conducteur n'ait eu son mot à dire.

— Je vous en prie, bafouillé-je, me tournant pour regarder l'homme assis derrière le volant. Je sais que je dois ressembler à une sauvageonne, une folle. Que je dois avoir l'air possédée, mais je m'en fous pas mal. Tout ce à quoi j'arrive à penser, c'est que je dois fuir. Tout de suite.

— J'ai besoin d'aide.

Le conducteur, un jeune homme sensiblement du même âge que Gray, me fixe les yeux écarquillés. Je peux voir qu'il regarde mes bleus, le sang que mon visage, la transpiration, la saleté, les multiples petites blessures. Dieu sait aussi ce qu'il peut voir d'autre et que je ne sens même plus.

— J'ai besoin... d'aide, répété-je buttant sur les mots.

— Je vois ça, dit-il doucement. Vous allez bien ?

Il lance un regard vers la forêt d'où je suis apparue, comme s'il se demandait quel genre de monstre pouvait bien s'y cacher. Je ne sais pas ce qu'il s'imagine, mais je ne peux pas lui dire la vérité.

Oui, ma meilleure amie a été kidnappée et j'ai donc essayé d'aller la sauver. Puis je me suis fait kidnapper à mon tour par une folle furieuse qui est amoureuse d'un psychopathe suffisamment vieux pour être son père. Ensuite, je me suis retrouvée enfermée dans son bunker où j'ai passé une grande partie de mon enfance, contrôlée par l'homme qui possède presque la ville tout entière.

— Redémarrez, je vous en prie, dis-je simplement.

Je ne sais pas ce qu'il voit en moi, mais il ne me pose plus d'autres questions. Il se contente de hocher la tête, l'air franchement terrifié, puis redémarre. J'aurais presque envie de m'évanouir de soulagement quand je sens la voiture m'éloigner de cette putain de forêt. De ce bunker, de Reagan et d'Alan.

— J'ai besoin d'emprunter votre téléphone, bafouillé-je.

Sans lâcher la route des yeux, il sort son téléphone de sa poche. La voiture fait une légère embardée quand ses yeux croisent les miens en me donnant son téléphone, mais il reporte ensuite rapidement son regard sur la route.

Dès que je l'ai en mains, j'appuie sur les numéros en priant pour m'en souvenir correctement.

La sonnerie retentit une fois.

Décroche, je t'en prie.

Deux fois.

Je t'en prie.

— Où est-ce que vous la détenez, bordel ? gronde Gray à l'autre bout du fil, sa voix est dure, en colère.

Mon cœur s'arrête une seconde. Je ne respire plus.

Merde. Je n'avais pas réalisé à quel point j'avais besoin d'entendre sa voix.

— Gray, c'est moi. C'est Sophie, je me suis échappée, je...

Ma voix se brise. Pour la première fois depuis que Reagan m'a attrapée, je sens les larmes brûler derrière mes paupières, menaçant de déborder.

— Oh *merde*, Sophie. Sa voix s'adoucit, la rage et la dureté dans sa voix sont remplacées par un soulagement si palpable que je peux le sentir à travers le téléphone. Puis il gronde pratiquement. Où es-tu ? Que s'est-il passé ?

— Je me suis échappée, lui dis-je, tentant de retrouver un peu de l'insensibilité qui m'avait protégée pendant si longtemps. J'ai trouvé une sortie.

Mais je n'arrive plus à la convoquer comme avant et à réprimer mes émotions. Peut-être est-ce une bonne chose, mais pour l'instant, j'ai besoin de me maîtriser. Quand je ne serai plus dans une voiture avec un étranger, je m'autoriserai à pleurer. Mais pas avant d'être arrivée en sécurité.

Il jure.

— Merde, que s'est-il passé ?

Je lance un regard à l'homme qui conduit. Il garde le regard fixé sur la route devant lui et ne me regarde pas, faisant semblant de ne pas écouter ma conversation. Mais pourtant, je suis certaine qu'il l'écoute. Je n'ai aucun intérêt à protéger Alan Montgomery, mais mon instinct de préservation me pousse tout de même à ne rien raconter en face d'un étranger.

— Je te le dirai en face, dis-je rapidement. Max ? Elle va bien ? Et vous les garçons, tout le monde va bien ?

— Ça va. Tout le monde va bien. Je peux entendre leurs voix derrière lui, montant en intensité et en volume. Les autres ont dû se rapprocher de lui. Nous sommes chez Declan. Où es-tu ? Nous allons venir te chercher...

— Ça va. Je suis en voiture, c'est moi qui vais vous rejoindre, lui dis-je en regardant mon conducteur. Il n'émet aucune objection. Merci mon dieu. Je vous retrouve bientôt.

Gray me donne l'adresse de Declan et je la répète à mon conducteur. Mes mains tremblent un peu quand je lui rends son téléphone, mon corps refusant de couper la connexion avec Gray. Avec tous les Pécheurs.

Après avoir raccroché, nous roulons en silence jusqu'à chez Declan. Je pose ma tête contre la vitre, priant pour que le temps s'accélère.

Quand il tourne dans une longue rue qui se

prolonge par une allée au moins aussi longue menant à une grande maison, mon corps se ramollit de soulagement.

— Merci, je suis arrivée, dis-je en voyant la maison de Declan.

Le gars regarde la splendide maison, puis me regarde à nouveau. Pendant une seconde, il paraît sur le point de poser des questions, mais il se tait et gare la voiture. Je déboucle ma ceinture, réalisant que j'ai laissé une tache de sang et de saleté sur sa vitre. Merde. J'espère que je n'ai pas salopé son siège.

— Merci infiniment de m'avoir amenée jusqu'ici. Je le regarde. Et désolée pour…

Je fais un geste m'englobant moi-même et le siège.

Il hausse les épaules et secoue la tête.

— C'est rien. Je m'apprête à sortir de la voiture quand il m'interpelle. Vous êtes certaine que ça va aller ?

J'essaie de lui répondre, mais je n'y arrive pas. Il semble inquiet, comme le serait n'importe quelle personne normale, mais que pourrait-il faire pour moi ? Un mec on ne peut plus normal qui va marcher dans les bois le samedi matin. Il doit probablement être végan et avoir un chat comme animal de compagnie. Il doit habiter dans l'un de ces jolis petits appartements remplis de plantes, au centre-ville de Los Angeles, il doit acheter des huiles essentielles et manger bio. Il travaille aussi probablement dans un bureau et ne connaît pas le monde tordu des gosses de riches et des monstres manipulateurs.

Il ne pourrait pas comprendre.

Je hoche la tête. Je ne parviens pourtant pas à prononcer les mots *ça va aller* à haute voix, sachant que c'est totalement faux.

J'ouvre grand la porte et la claque derrière moi. Il ne s'attarde pas. Il fait demi-tour et se dirige vers là où il avait prévu de se rendre avant que je ne me jette devant sa voiture.

Alors que je me tourne vers la maison, une voix grave m'interpelle.

— Sophie !

Gray cours vers moi dans l'allée, Declan et Elias sur les talons. Je ne décide pas de bouger consciemment. Mes jambes se mettent en mouvement toutes seules et me poussent vers l'avant.

Je ne croyais pas qu'il me restait la moindre réserve, mais alors que je cours vers eux. J'ai toute l'énergie du monde.

CHAPITRE 4

Gray m'atteint en premier, son corps percutant le mien presque brutalement. L'impact aurait dû être douloureux, pourtant il ne l'est pas, je ne sens pas la douleur. À l'inverse, j'ai plutôt l'impression qu'il remet mon cœur en marche.

Comme si j'étais en train de mourir et qu'il me ramenait à la vie.

Il ne dit rien, se contentant de me serrer dans ses bras, ses doigts s'enfoncent dans ma chair et il inspire à grandes goulées l'odeur de mes cheveux.

Declan et Elias nous atteignent une seconde plus tard, nous faisant tituber alors qu'ils enroulent à leur tour leurs bras autour de moi. Puis, j'entends Max s'approcher, elle pleure doucement. Les garçons ont dû la dépasser rapidement, leurs longues jambes les portant plus rapidement à l'extérieur de la maison.

Pendant un instant, je reste entourée d'eux quatre, enveloppée par leurs corps. Je ne sens plus rien d'autre que leurs odeurs, je n'entends plus rien d'autre que les battements de leurs cœurs. Quelque chose se remet en place à l'intérieur de moi, se solidifiant dans mon cœur.

J'ai besoin d'eux.

Mes hommes. Ma meilleure amie. Des gens que je n'aurais jamais pensé avoir dans ma vie, mais dont je ne peux plus imaginer me passer maintenant.

Je n'avais pas réalisé à quel point j'avais besoin d'eux avant de m'échapper de ce bunker, de l'emprise d'Alan et de mon passé. Je n'avais pas réalisé à quel point ils étaient importants, avant qu'il ne soit presque trop tard.

Plus jamais ça.

Ils me tiennent dans leurs bras pendant ce qui me paraît être une éternité. Nous ne parlons pas. Puis, ils finissent par se reculer et je peux enfin les voir distinctement.

Le visage toujours enjoué d'Elias est marqué par l'inquiétude et la peur. Il m'attire de nouveau vers lui, me serrant contre son corps et enroulant ses bras autour de moi, m'enveloppant dans son odeur familière, fraîche, douce et unique. Son cœur bat fort contre le mien et ses lèvres se posent doucement sur mon front, mes cils, mes joues et mon menton.

— Mon dieu, Blue, murmure-t-il la voix rauque. On a cru que...

Je hoche la tête. C'est tout ce que je suis capable de faire pour le moment. Ma gorge me fait toujours mal d'avoir été serrée par Reagan, mais ce n'est pas ça qui m'empêche de parler. Je n'ai pas l'habitude de gérer ces trop-pleins d'émotions. Il y a tant de choses qui se bousculent en moi, que j'arrive à peine à les identifier.

J'essaie de me mettre à leur place, m'imaginant que l'un d'entre eux aurait pu être kidnappé à ma place, mais je n'y arrive pas. C'est trop difficile.

Quand Elias se recule, Declan prend sa place. Il serre les dents en voyant les bleus sur mon visage, les coupures sur mes bras et toutes les autres blessures infligées par Reagan. Ses doigts rugueux caressent une blessure sur ma joue qui est encore douloureuse, puis il retire ses doigts souillés de sang, la colère bouillant au fond de ses yeux sombres.

J'ouvre la bouche pour dire quelque chose, pour leur expliquer pourquoi je suis dans un tel état, mais avant que je n'aie pu en placer une, il pose ses lèvres sur les miennes et me donne un baiser si doux, qu'il manque de me briser.

Je me laisse fondre dans son baiser et mon corps s'affale contre lui. Légères comme des plumes, ses mains remontent le long de mon t-shirt ensanglanté, passent sur la peau abîmée de mes bras et s'arrêtent sur mon cou. Il m'attire un peu plus contre lui et m'embrasse plus profondément.

— Nous sommes restés toute la nuit, murmure-t-il en se reculant. Nous ne t'avons pas abandonnée, nous ne savions seulement pas où…

Je le fais taire en l'embrassant à mon tour, pour effacer la culpabilité que je sens poindre dans sa voix. La peur.

Ce qui s'est passé n'est en rien leur faute. Et enfermée, au fond de ce bunker, je ne m'attendais pas à ce qu'ils viennent me sauver, ou à ce qu'ils me retrouvent, même si je suis persuadée qu'ils ont essayé. Mais l'endroit où m'a conduite Reagan était complètement sous terre. Ils n'avaient aucune chance de le trouver, peu importe à quel point ils auraient cherché.

Declan et moi nous séparons finalement, nos lèvres restant collées un peu après que nos corps se soient séparés. Max avait réussi jusque-là à contenir ses larmes, mais quand je l'atteins et la prends à son tour dans mes bras, son corps est secoué par un violent sanglot.

— Je ne savais pas, Sophie, pleure-t-elle. Je croyais qu'on t'avait perdue… et que tout était ma faute…

Mes yeux me brûlent et j'arrête soudain de combattre les émotions qui m'assaillent. Je laisse enfin couler les larmes chaudes sur mes joues qui se mélangent au sang séché, à la terre et au mascara que j'y avais appliqué la veille. Je n'arrive pas à parler tant j'ai la gorge serrée. Je me contente juste de la serrer fort dans mes bras.

— Je suis contente que tu n'aies rien, murmuré-je la voix cassée quand nous nous séparons. Merde, je déteste que tu aies été mêlée à tout ça.

Elle secoue la tête.

— Je m'en serais mêlée de toute manière. Tu es mon amie et ceux qui s'en prennent à toi, s'en prennent à moi aussi. Elle fronce les sourcils et continue d'une voix dure. Je déteste seulement avoir servi *d'appât*, putain.

Je peux voir qu'aucun d'entre eux n'a dormi de la nuit. Je ne crois pas que le temps que j'ai passé inconsciente après l'attaque de Reagan compte pour du temps de sommeil, et même dans ce cas, j'ai dépensé absolument toutes mes réserves. Mais même si je meurs d'envie d'aller me coucher, je sais qu'il y a des choses dont je vais devoir m'occuper avant de pouvoir me reposer véritablement.

Je vois qu'ils brûlent tous de me poser des questions et je vois aussi la rage dans leurs regards quand ils voient dans quel état je me trouve.

— Rentrons. Je me lèche les lèvres. Je vais tout vous raconter.

Nous nous dirigeons rapidement vers la maison et Declan m'entoure la taille de son bras pour me faire franchir la grande porte.

Nous marchons vers le salon et Gray disparaît un moment, revenant avec une bouteille de whiskey. Je me fous bien de savoir quelle heure il est, c'est *exactement* ce dont j'ai besoin.

Il ne s'embête pas à aller chercher des verres et me tend directement la bouteille. Nos doigts se touchent quand je la récupère et le courant qui passe entre nous me donne la chair de poule.

Je peux sentir la tension nerveuse, comme des vagues irradiant de son corps. Je peux sentir également la colère et le stress chez les autres, mais c'est différent avec Gray. C'est plus profond. Il le vit encore plus mal que les autres et je vois que ça le dévore de l'intérieur.

J'ai envie de le prendre dans mes bras et de le

serrer contre moi, jusqu'à pouvoir nous convaincre tous les deux que nous allons nous en sortir. Mais le temps n'est pas encore venu de s'arrêter et de laisser libre cours à ses émotions. Je ravale donc la boule qui se forme dans ma gorge avec une longue gorgée d'alcool et laisse le whiskey me brûler l'œsophage jusqu'à l'estomac.

— C'est Reagan qui a kidnappé Max, dis-je alors que le whiskey commence à me réchauffer de l'intérieur.

— Tu déconnes ou quoi ? Elias se tourne brusquement vers moi et me fixe. Il ne me croit pas, pas parce qu'il ne me fait pas confiance, mais parce que c'est complètement *fou*.

— La pouffiasse qui était toujours collée à Caitlin ? Celle qui ne parlait quasiment jamais ?

Je hoche la tête en m'asseyant sur le canapé. Je réalise soudain que je suis bien sale pour m'asseoir ainsi sur le canapé de luxe de Declan. Il doit voir mon expression, parce qu'il secoue la tête.

— Ne t'inquiète pas pour ça, Soph, dit-il. Mes parents n'utilisent pas ce salon. De plus, ils ne sont pas à la maison en ce moment.

Heureusement, bordel. Je sens bien qu'ils ne m'auraient déjà pas vraiment appréciée dans des circonstances normales, mais alors s'ils me voyaient comme ça pour la première fois, je suis certaine qu'ils me détesteraient. Ça n'aurait pas d'importance pour eux que mon apparence sale d'aujourd'hui ne reflète pas qui je suis. Ils verraient simplement quelque chose qui fait tache dans leur vie parfaite et bien ordonnée.

Ils ne parviennent même pas à accepter que leur fils aime la musique, et qu'il soit talentueux, parce que ça ne correspond pas à leur vision du monde.

Secouant la tête, je me concentre sur l'instant présent. J'ai des problèmes bien plus importants à régler que de savoir si les parents de mon plus-ou-moins petit-ami, vont m'apprécier ou non. Alan est là, quelque part, et cherche à me tuer. Reagan aussi est dehors, et cherche à lui prêter main forte.

Pendant quelques minutes, et aidée d'une bonne rasade de whisky, je leur raconte tout : comment je me suis réveillée dans le bunker, puis qu'Alan s'est pointé et qu'il voulait me tuer. Max se remet à pleurer, encore plus épuisée et traumatisée par les événements de la nuit précédente que moi.

— Et ce n'est pas le pire, continué-je doucement en les regardant à tour de rôle, sentant la tension dans leurs corps, les regards qu'ils me lancent. Ils sont restés pratiquement silencieux, m'écoutant parler. Ce n'est pas la première fois que j'étais retenue prisonnière dans ce bunker.

Les yeux de Declan s'ouvrent en grand et Gray serre les poings. Elias s'avance vers moi.

— Que veux-tu dire ? Quand ça ?

Je leur explique tout le reste, même si c'est difficile et même si mes souvenirs sont encore troubles. Je leur raconte ensuite comment j'ai été détenue là-bas, quand je n'étais encore qu'une petite fille, retenue captive par Alan pour une raison qui m'est encore inconnue. Je leur explique ensuite comment j'ai fait pour m'échapper ce matin, et le fait que j'aie réussi, seulement parce que je l'avais déjà fait une fois.

— Cet espèce d'enculé, gronde Gray en se levant du canapé. Il est dans une rage folle, comme s'il était prêt à aller casser la gueule d'Alan sur le champ. Je vais le tuer, je vais *buter* cette ordure.

Je le rattrape juste avant qu'il ne quitte la pièce et fasse quelque chose de stupide et avant qu'Elias et Declan ne se joignent à lui et débarquent à trois chez les Montgomery. Quand je pose ma main sur son bras, il s'immobilise. Il baisse les yeux vers moi, une lueur sauvage dans le regard et je sens la colère tout juste maîtrisée vibrer dans tout son corps.

— Il t'a fait du mal. Sa voix est grave, dure. Je vais lui en faire à mon tour.

— Non, tu ne vas pas le faire. Mon cœur bat tellement fort dans ma poitrine, qu'il en est assourdissant. Je secoue la tête. Tu ne peux pas.

— Oh que si.

— Non, tu ne peux pas. Je soutiens son regard jusqu'à ce que son visage s'adoucisse un peu, grâce à ma main sur son bras et à la présence de mon corps, tout près du sien. Puis je me retourne et regarde les deux autres Pécheurs. Je le hais tout autant que vous, mais je ne vais pas vous laisser aller l'affronter. Je ne veux pas vous perdre.

Pas encore.

Merde.

Ce que je viens de dire me remue bien plus que je ne l'aurais cru, comme une flèche m'atteignant en plein cœur. Je sens la vérité de ces mots pénétrer jusqu'au plus profond de mes os.

Je ne peux pas les perdre.

J'ai déjà perdu Jared, mais c'était différent. Pas parce que ça m'a fait moins souffrir, non, mais parce que lorsque Jared était toujours en vie, *je* ne vivais pour rien ni personne. Je ne vivais même pas pour moi-même. Et en dépit de tout ce que j'ai traversé ces derniers mois, et même si certaines choses ont été très dures à avaler, je vis pour quelque chose désormais.

Et si cela m'est enlevé, il ne me restera vraiment plus rien.

Avant que je puisse ajouter quoi que ce soit, mes genoux se mettent à trembler et me font vaciller. Mon corps commence enfin à lâcher sous l'effet de l'épuisement, me suppliant de lui accorder un peu de repos avant de continuer à avancer.

Gray m'attrape par la taille et me stabilise. Je m'affaisse un peu contre lui, le laissant supporter mon poids bien plus que je ne me l'autorise d'habitude.

— Tu as besoin d'aller voir un médecin, dit-il en me serrant contre lui.

— Non, non, ça va aller, marmonné-je en essayant de forcer ma tête à arrêter de tourner. J'ai seulement besoin d'une bonne douche et d'une nuit de sommeil.

Les autres me regardent dubitativement. Je sais que je ne ressemble à rien, mais ce n'est pas ça qui doit les inquiéter. Je suis bien plus abîmée à l'intérieur. Les souvenirs anciens et les récents se mélangeant dans mon esprit jusqu'à m'en donner la nausée, j'ai l'impression qu'on m'a ouvert la tête à coup de marteau.

— Je vous le promets, leur dis-je, je vais m'en remettre.

Ça finira par arriver, d'une façon ou d'une autre.

Je refuse de laisser Alan Montgomery gagner.

Alors que l'eau chauffe dans la douche, je me déshabille, essayant de ne pas froncer le nez en voyant mon reflet dans le miroir. Je suis couverte de bleus violacés et mes bras et mes cuisses sont couverts de sang et de saleté. Certaines blessures plus profondes que les autres collent à mes vêtements quand je les retire, mais je peux tout de même dire que les dégâts ne sont pas aussi importants que la douleur qu'ils me causent. Tout me fait mal, mais rien ne nécessite une intervention médicale particulière.

Ça aurait pu être bien pire, me dis-je en essayant de regarder si le tatouage de mon épaule n'a pas été abîmé. *Je serais vraiment hors de moi si Alan ou Reagan avaient abîmé le tatouage d'oiseau que je porte sur l'épaule, mais au pire, je pourrais toujours taper dans mes économies pour le faire retoucher. Au moins, je suis toujours en vie.*

Mes tatouages ne semblent pas avoir subi de

dommages. J'arrache mon regard de mon image dans le miroir et rentre sous la douche. Je souffle de douleur en sentant mes blessures me brûler, baissant les yeux et attendant que l'eau qui coule soit claire à mes pieds. Pour l'instant, c'est un mélange de terre et de sang séché qui s'écoule de moi, j'hésite à me servir de savon. Je sais que je vais devoir nettoyer toutes mes coupures, mais je n'ai aucune envie de sentir la douleur que ça va me causer.

Prenant sur moi, je me saisis de la bouteille de gel douche que je trouve à côté de moi et inspire brutalement, alors qu'une nouvelle vague de brûlure se répand sur ma peau avant de s'apaiser petit à petit. La mousse douce sur ma peau me fait me sentir un peu mieux et j'aimerais pouvoir faire de même avec mon cerveau : supporter une désinfection brutale et savoir qu'après tout sera propre.

Mon cœur fait un bond dans ma poitrine quand j'entends quelqu'un ouvrir doucement la porte. À travers la vitre de la douche, je peux voir la silhouette d'un des garçons, mais la pièce est tellement embuée que je dois ouvrir légèrement la cabine de douche pour voir enfin de qui il s'agit.

Gray.

Nos regards s'accrochent, comme deux aimants attirés l'un par l'autre, quelque chose se remettant en place entre nous. Levant une main, il attrape le col de son t-shirt et le passe par-dessus la tête, s'attaquant ensuite à sa ceinture. Ses mains tremblent et la boucle de sa ceinture claque en tombant sur le sol, alors qu'il baisse son jean et entre sous la douche avec moi, se débarrassant de ses chaussures d'un mouvement sec.

Il referme la porte de la douche et se tient à mes côtés. Sa gorge est tendue et je le vois déglutir, puis il tend les bras vers moi et me serre contre lui. Il enfouit son visage dans mon cou, son corps se pressant contre le mien, ses mains s'agrippant si fort à ma taille que c'en est douloureux.

— Je n'arrive pas à me pardonner, Moineau, dit-il d'une voix rauque. Je ne me pardonnerai jamais de t'avoir laissé marcher toute seule dans ces bois. De ne pas avoir essayé d'arrêter les choses quand tout a commencé. Ses mains caressent tout mon corps, son nez frôle ma gorge alors qu'il m'embrasse le menton, le cou, les épaules, ignorant l'eau qui coule sur nous. J'aurais dû savoir à quel point Cliff était perturbé ; lui et toute sa famille. J'aurais dû te tirer de là. Pas comme je l'ai fait en te repoussant comme un connard. Mais j'aurais dû trouver un moyen de te mettre en sécurité autrement. Avant que toutes ces horreurs arrivent.

Il recule suffisamment la tête pout me regarder, mais son corps reste collé au mien, si chaud que l'eau coulant sur mon dos est froide en comparaison.

Ses yeux se plantent dans les miens à travers la vapeur et je déglutis, un trop-plein d'émotions bloquées dans ma gorge.

— J'en ai assez de fuir, lui dis-je, en regardant ses yeux se fixer sur ma bouche et les ténèbres hantant son regard. J'ai fui Alan une fois déjà. J'en suis sûre, même si je m'en souviens à peine. Et je ne vais pas le faire à nouveau. Je ne vais plus jamais fuir. J'hésite, puis j'ajoute. J'ai trouvé trop de raisons qui me donnent envie de rester.

Il comprend très bien ce que je sous-entends, même si je n'arrive pas à le dire tout haut. Même si j'ai du mal à l'admettre. Il sait que lui, Declan, Elias et Max sont les raisons qui me font rester. Ils me donnent la force d'avancer.

Gray passe son pouce sur mes lèvres. Il a l'air sur le point de dire quelque chose, mais il hésite et fixe mon visage. Tout comme ça l'est pour moi, il semble qu'il soit trop difficile pour lui de verbaliser ce qu'il ressent.

Au lieu de ça, il m'embrasse.

CHAPITRE 5

La pression des lèvres de Gray sur les miennes est douce, presque hésitante au début, comme s'il se retenait. Comme s'il avait peur de me faire mal.

Il embrasse ma lèvre supérieure, puis ma lèvre inférieure, les aspirant entre les siennes, alors que l'eau chaude coule sur nous, glissant sur notre peau et nos bouches qui se dévorent. Je peux sentir le whiskey dans son haleine et je sais qu'il peut le sentir dans la mienne : ce baume que nous avons versé sur nos blessures, celles qui ne pouvaient pas être traitées avec des antiseptiques et des bandages.

Les blessures de nos *âmes*.

La peur d'aimer et de perdre l'objet de notre amour. La peur de ne pas être capable de protéger ceux qu'on aime.

Inconsciemment, notre baiser s'approfondit. Les mouvements de nos langues se font plus brutaux et nous inclinons nos têtes pour leur donner plus de profondeur. Il me lâche et commence à caresser mon corps, comme s'il tentait de vérifier de ses doigts que toutes les parties de mon corps étaient toujours à leurs places. Que j'étais bien vivante et en un seul morceau.

Ses larges paumes passent sur les coupures et les bleus marquant ma peau, me faisant frémir au passage. Il fait un bruit de gorge et tente de se reculer, mais je plaque ma main sur sa nuque, glissant mes doigts dans ses cheveux mouillés, j'écrase ma bouche contre la sienne et pousse un petit cri contre lui.

Ça fait mal, mais je m'en fous.

J'en ai *besoin*.

Avant qu'il n'entre dans la salle de bains, j'avais détesté ressentir la brûlure du savon sur mes nombreuses plaies. Mais cette douleur, avec lui, elle me fait du bien. Je sens qu'elle me purifie d'une manière que le savon n'a pas été en mesure de me faire ressentir. Comme si les doigts de Gray sur moi, avaient le pouvoir de brûler tout ce qui reste des souvenirs de ce que Reagan m'a fait subir.

Il ne veut pas me faire de mal. Je sens qu'il essaie

de se retenir, de ralentir les mouvements affamés de sa bouche et de maîtriser ses doigts, pour ne pas les laisser s'enfoncer trop profondément dans ma chair. Mais pourtant, j'ai besoin de plus. J'ai besoin qu'il sache qu'il ne pourra pas me briser, peu importe ce qu'il me fait.

Alors que ses mains caressent les courbes de mes hanches, je passe la main entre nous et me saisis de sa queue déjà bandée et chaude. Quand j'enroule mes doigts autour de lui, il grogne dans ma bouche. J'entends l'avertissement dans sa voix et je sais exactement ce qu'il essaie de me dire.

Je suis en train de malmener son sang-froid.

Je teste la maîtrise qu'il a de lui-même.

Bien.

Un sourire sauvage étire mes lèvres et je sais qu'il peut le sentir. Serrant son membre encore un peu plus fort, je commence à le branler de haut en bas, sur toute sa longueur.

Ses hanches se projettent en avant et ses doigts se contractent sur mes hanches si fort qu'il me laissera probablement des marques lui aussi. Je laisse échapper un grognement étouffé et une nouvelle fois, il essaie de relâcher son emprise. Mais je me rapproche de lui, l'embrassant avec l'énergie du désespoir et remontant ma main pour faire glisser mon pouce sur son gland. Je caresse le trou à son extrémité, sentant le liquide glissant qui s'y trouve déjà et qui n'a rien à voir avec l'eau de la douche.

— Moineau…

Gray murmure d'une voix rauque ce nom qu'il m'a donné. L'avertissement est encore plus audible dans sa voix et je sais qu'il est sur le point de céder.

— J'ai besoin de toi, Gray, murmuré-je contre ses lèvres, réalisant qu'il a besoin de l'entendre pour s'autoriser enfin à se laisser aller. Je m'en fous si ça fait mal. J'ai besoin que tu me baises.

— Non, gronde-t-il, mais il se contredit lui-même en donnant un coup de hanche dans ma main. Je le caresse plus fort, sentant ma chatte se contracter de désir et mon clitoris pulser en le sentant si dur dans ma main. Je ne veux pas prendre le risque de te faire mal, Moineau. Tu as traversé déjà suffisamment d'épreuves la nuit dernière.

— Oui, c'est vrai. Mais j'ai tout de même besoin de toi.

Ma voix se brise et je sais qu'il peut l'entendre. Je suis peut-être forte, mais je ne suis pas invincible. Je suis en train de craquer là. Mais ce qu'il ne sait pas, c'est que sa présence, son toucher, même s'il est parfois brutal, ne me feront jamais de mal. Au contraire, c'est ce qui me pernet de me réparer.

Son corps se raidit et je sens la tension dans ses muscles. Enfin, il recule sa bouche de la mienne. Ses mains glissent le long de mes épaules et me repoussent doucement. Quand nos regards se croisent, je vois la sauvagerie dans ses yeux bleu-vert, mais aussi l'anxiété, le désir et la colère qu'il a peur de laisser s'exprimer.

Ses cheveux bruns sont mouillés, collés à son crâne par le jet de la douche et des gouttes d'eau s'accrochent à sa peau. Ma peau est propre, nettoyée du sang et de la boue et l'eau qui s'écoule dans les canalisations est claire désormais. Mais je peux toujours voir les marques sur ma peau, décorant ma chair pâle.

Je sais ce qu'il voit en me regardant. Et je sais qu'il se sent responsable de toutes ces blessures.

Il essaie encore de me protéger, de faire ce qu'il n'a pas pu faire quand Alan me retenait captive. Il essaie de prendre soin de moi.

Mais j'ai besoin qu'il comprenne que la meilleure manière d'y parvenir est de continuer à faire ce qu'il a toujours fait.

De me traiter comme une combattante.

Respirant fort, je décroche mes doigts de sa verge. Mais avant qu'il ne puisse se reculer, je remonte mes mains et empaume mes deux seins, soupesant la chair lourde et excitée et pinçant mes tétons du bout des doigts.

Il s'immobilise et ses pupilles se dilatent en me regardant faire. La bouffée d'endorphines et d'excitation que je ressens en voyant son expression, transforme les multiples douleurs de mon corps et les relègue au second plan.

— J'ai besoin de ça maintenant, Gray, murmuré-je en le fixant droit dans les yeux et en glissant une main sur mon ventre puis plus bas, entre mes cuisses. J'ai besoin de me sentir bien. J'ai besoin qu'on me rappelle que tout n'est pas pourri dans cette vie.

Il prend une inspiration saccadée en me regardant écarter les lèvres de mon sexe d'une main, m'exposant à son regard. Quand de mon autre main, je commence à caresser mon clitoris, je vois ses narines s'évaser.

— Je vais me donner du plaisir moi-même si nécessaire, dis-je la voix rauque de désir. Mais je voudrais que ce soit toi. Baise-moi comme tu l'as fait au Silent Hour. Comme si nous étions l'antidote aux douleurs de l'autre. Je t'en prie.

Mon dernier mot se transforme en gémissement alors que j'enfonce deux doigts en moi, m'imaginant que c'est la verge de Gray qui me pénètre.

Il fait un bruit qui n'a rien d'humain et une

seconde plus tard, sa main est autour de mon poignet et il enlève d'un coup sec ma main de ma chatte. Il la porte à ses lèvres et lèche les deux doigts qui étaient à l'intérieur de moi dans sa bouche, tout en me maintenant la main d'une poigne de fer.

— Tu *es* l'antidote à toutes mes douleurs, Moineau, murmure-t-il en les retirant. Ses pupilles sont tellement dilatées que je ne vois plus qu'un petit cercle bleu-vert autour d'un lac noir. Il serre les dents et s'avance vers moi. Tu es tout ce dont j'aurais jamais besoin. Je ne peux pas te perdre.

— Tu ne m'as pas perdue, lui dis-je. Puis j'ajoute, même si c'est une promesse que je ne pourrai pas tenir. Tu ne me perdras jamais.

Ces mots ont sur lui l'effet que mes provocations de tout à l'heure n'ont pas réussi à obtenir. Ils lui permettent de laisser aller tout ce qui jusque-là le retenait.

Il me tire sur le poignet, me collant brutalement contre lui et ses lèvres s'écrasent sur les miennes.

Et j'obtiens enfin le baiser dont j'avais tellement besoin depuis le début. Il est féroce, brutal, ses lèvres sont sauvages et exigeantes sur les miennes. Il prend ce qu'il veut de moi, sa langue plongeant dans ma bouche sans la moindre hésitation, glissant sur mes lèvres, mes dents, ma langue. Je peux sentir la pression de son membre contre mon ventre, alors que ses mains remontent et se posent sur les côtés de mon visage pour me maintenir en place pendant qu'il me dévore.

Quand il arrache enfin sa bouche de la mienne, ce n'est pas parce que c'est terminé. Ce n'est pas pour se reculer. C'est seulement pour en prendre encore davantage, pour nous donner ce que nous brûlons tous les deux d'obtenir.

Ses mains retombent sur mes hanches et il me retourne avant de poser une main entre mes omoplates. Je me penche un peu en avant, posant les mains à plat sur les carreaux mouillés de la douche.

— Merde. Ses doigts s'enfoncent dans la chair de mes hanches, me secouant doucement au rythme de ses jurons. J'y arrive pas... Putain, Sophie, je peux pas...

— Je n'ai pas besoin que tu prennes de gants avec moi, gémis-je. Baise-moi. C'est tout. Baise-moi, je t'en prie.

Je me fous bien que ce soit doux.

Je me fous bien que ça fasse mal.

Merde, je me fous même que ça me tue.

J'ai plus besoin de lui à cet instant, que je n'ai besoin d'eau ou d'oxygène.

La prise de Gray s'affermit encore un peu plus et

je sens sa queue étirer l'entrée de mon vagin, une demi-seconde avant qu'il me pénètre violemment d'un seul coup.

C'est exactement ce que je lui avais demandé. Exactement ce dont j'avais besoin.

Rien n'est doux, rien n'est tendre. Mais je peux pourtant sentir la moindre des émotions de Gray dans la manière qu'il a de me pilonner, ses hanches percutant mes fesses, alors qu'il me baise fort et vite. Je peux sentir mon propre désir dans ses mouvements à peine contrôlés.

Mes ongles glissent sur les carreaux de faïence mouillés, essayant de me retenir pour ne pas basculer vers l'avant et quand Gray passe une main entre mes jambes pour trouver mon clitoris, mes genoux manquent de lâcher.

Il le caresse avec la même rudesse, le même tempo punitif et une sensation incroyable envahit mon corps tout entier, au point que j'ai la tête qui tourne. Je suis toujours consciente des multiples douleurs que me causent mes blessures, mais j'ai l'impression qu'elles appartiennent à quelqu'un d'autre à présent.

Tout ce qu'il me reste, c'est le plaisir aveuglant de mon corps se connectant avec celui de Gray.

Alors qu'il continue de me caresser d'une main

me faisant monter de plus en plus vers l'orgasme, il remonte l'autre le long de mon dos, s'arrêtant sur mon épaule, au niveau du tatouage d'oiseau.

— Jouis pour moi, Moineau, gronde-t-il.

C'est plus qu'une demande, c'est un ordre.

Ses doigts titillent mon clitoris, faisant frissonner mon corps tout entier et je jouis violemment, ma tête se relâchant vers l'arrière entre ses bras et ma chatte se contractant autour de lui.

Un grognement sourd s'échappe de ses lèvres et il s'arrête brutalement et se retire. L'absence de sa verge en moi, combinée avec les dernières vagues de plaisir de mon orgasme, sont presque suffisants pour me faire m'écrouler au sol.

Mais ça n'a pas d'importance, car mes jambes n'ont plus besoin de retenir mon poids.

D'un mouvement rapide, Gray me retourne et me soulève dans ses bras, collant mon dos contre le mur mouillé de la douche et se renfonçant en moi. Sa verge est déjà trempée de mes fluides et il s'enfonce en moi comme si c'était une évidence.

Il enfouit son visage dans mon cou, ses lèvres dévorant fiévreusement les marques sombres qui s'y trouvent, comme s'il pouvait les soigner en les embrassant. Les carreaux de faïence s'enfoncent dans mon dos, alors qu'il me besogne farouchement, et mes jambes se mettent à trembler, alors que je me maintiens tant bien que mal à lui, poussée au-delà de l'épuisement.

Dans un rugissement, il jouit. Sa verge pulse et tressaute en moi et il frotte ses hanches contre les miennes et continue de me pilonner jusqu'à ce qu'il n'en reste plus une goutte. Jusqu'à ce que son essence ait été totalement transférée en moi.

Jusqu'à ce que nous soyons aussi proches que deux êtres humains peuvent l'être.

C'est seulement après, lorsque nos deux corps mouillés se pressent l'un contre l'autre, que je réalise à quel point nos cœur battent vite. Ils tambourinent à l'unisson, alors que nous nous serrons dans les bras, comme si l'autre nous raccrochait à la vie. Au bout d'un moment, ils commencent à ralentir, battant sur un rythme régulier, comme s'ils s'étaient enfin resynchronisés.

— Je suis désolé, murmure-t-il. Je suis tellement désolé.

Je ne sais pas s'il s'excuse d'avoir perdu le contrôle ou de ne pas avoir été capable de me protéger d'Alan ou autre chose encore. Mais je ne lui demande pas de précisions, car ça n'a pas d'importance.

Je lève la tête vers lui, empoigne ses cheveux et le tire vers moi jusqu'à ce que nos yeux se croisent.

— Non. Ma voix est ferme, mais j'y décèle aussi une tendresse que j'ai du mal à reconnaître. Tu n'as pas à te sentir coupable pour ce qu'il s'est passé. On a eu nos différends par le passé. Tu m'as vraiment foutue en rogne à l'époque, j'ai même essayé de me convaincre que je te *haïssais*. Mais c'est fini maintenant. Je sais que tu ne me feras plus de mal. Je te fais *confiance*. Je n'ai pas besoin de t'entendre t'excuser. J'ai seulement besoin que tu sois à mes côtés... comme maintenant.

Je l'embrasse ensuite et je sens les lignes dures de son corps fondre contre moi alors qu'il me rend mon baiser.

Je ne crois pas avoir réussi à le convaincre de ne plus s'inquiéter. Ni d'arrêter de se sentir responsable pour tout ça. Mais j'ai tout de même l'impression que quelque chose s'est modifié entre nous et son expression est moins sombre et torturée quand nous nous séparons enfin. Il se retire de moi, me stabilise gentiment sur mes pieds et m'aide à me nettoyer.

Même si je suis déterminée à rester forte et indépendante, je ne lève pas le petit doigt lorsqu'il s'enduit les mains de shampoing et commence à me laver les cheveux, car avec Gray, comme avec les autres Pécheurs, je ne me sens pas affaiblie par le fait d'accepter leur aide.

Au contraire, je me sens plus forte.

Quand nous avons fini de nous doucher, nous nous séchons et nous habillons rapidement. Il m'a apporté des vêtements que Declan a récupéré dans la penderie de sa mère, un legging et un t-shirt. Ils ne sont pas du tout mon style, mais c'est tout de même incomparablement plus agréable que de devoir renfiler les vêtements que je portais la veille. Je préférerais les brûler que de les porter une nouvelle fois.

Gray me suit de près quand nous retournons au rez-de-chaussée, sentant la même odeur de bois de santal et d'air marin que moi. La culpabilité menaçant de déborder entre nous est partie, effacée, mais je peux toujours sentir la tension qui se dégage de son corps et qui se mélange avec la mienne.

Toute cette histoire ne va pas en rester là, simplement parce que je me trouve temporairement en sécurité. Je ne serai pas tranquille tant qu'Alan ne sera pas derrière les barreaux.

Et même là, me dis-je avec un frisson d'effroi, jusqu'à quel point s'étendent ses relations ? Serait-il capable de manipuler des choses à l'extérieur depuis la prison ? Nous sera-t-il au moins possible de le faire enfermer ?

Les doigts de Gray caressent ma paume et je le laisse prendre ma main pendant quelques secondes et la serrer.

Au moins, je ne suis pas seule.

Je ne suis pas encore totalement habituée à avoir des gens de mon côté, mais je leur en suis infiniment reconnaissante.

Nous retrouvons les autres dans la cuisine. Ils sont réunis autour d'un immense îlot central, avec un tas de nourriture sur le dessus qui ne semble pas avoir été touchée. Max a l'air d'avoir pris une douche elle aussi, ou du moins, de s'être passé de l'eau sur le visage et Declan lui tend un shot de whiskey qu'elle accepte avec un air reconnaissant.

Quand nous entrons dans la pièce les yeux d'Elias se dirigent immédiatement vers moi, puis Gray. Il serre les dents, comme s'il savait ce qu'il venait de se passer entre nous dans la douche, comme s'il pouvait sentir l'odeur du sexe sur notre peau. L'éclair que je vois dans ses yeux m'échauffe instantanément et mon corps pulse en réaction, malgré son épuisement.

Il s'avance vers nous d'un pas assuré et me serre

contre son corps chaud, me guidant vers les autres près de l'îlot.

— Tu vas bien ? demande-t-il.

— Bien mieux depuis que je suis propre, oui, dis-je franchement, regardant la nourriture en m'appuyant contre lui. J'ai faim, mais mon estomac se rebelle rien qu'à l'idée de recevoir de la nourriture. Je tends la main vers le whiskey, je suis presque sûre que je ne pourrais pas avaler autre chose.

— Bien. Il tourne la tête et m'embrasse sur la tempe, puis regarde Gray et grogne. Tu t'es douché toi aussi ?

Je ne crois pas qu'il soit jaloux de ce qui vient de se produire entre son ami et moi, il marque simplement son territoire lui aussi. Aucun d'entre eux ne me possède plus que l'autre, parce qu'aucun d'entre eux ne me possède tout court. Je n'appartiens qu'à moi-même et je crois qu'ils le savent. Il n'y a pas d'animosité entre eux, mais je sais aussi que tous les quatre, nous essayons encore de prendre nos marques dans cette histoire.

Pour arriver à gérer le fait que je sois en couple avec les trois en même temps.

C'est vraiment ça ? Je me demande soudain en me servant un verre de whisky. Ce sont tous mes petits-copains alors ?

Nous ne l'avons pas défini clairement. Nous n'en avons pas eu besoin. Tout se fait naturellement, comme si c'était une évidence. Comme si nous étions faits pour être ensemble tous les quatre.

— Ouais. Gray s'installe de l'autre côté de l'îlot, la froideur de ses yeux bleu-vert se réchauffant un peu lorsqu'il me lance un regard. Je me suis douché aussi.

Declan soupire et Elias secoue la tête.

— Franchement, mec. Elle vient de se faire enlever, elle s'est battue pour sa vie et elle s'est enfuie d'un bunker où l'avait enfermé un psychopathe.

T'avais pas besoin d'aller la baiser tout de suite, le reste de sa phrase reste en suspens et je regarde Max en levant les yeux au ciel.

Elle rougit légèrement, mais je ne sais pas si c'est à cause de ce qui vient de se passer, ou parce que la relation que je partage avec les Pécheurs est si différentes des relations classiques. Je n'ai pas encore eu le temps d'en discuter avec elle, mais elle sait qu'il se passe quelque chose entre nous quatre. Je suis contente de voir que ça ne semble pas lui poser trop de problèmes.

J'ai arrêté de me prendre la tête à ce sujet, moi aussi. J'ai arrêté d'essayer de définir cette relation. Je ressens quelque chose pour les trois, peut-être d'une façon légèrement différente pour chacun d'eux, mais tout aussi intense. Je crois qu'ils le ressentent eux aussi et je sais déjà qu'ils aiment me partager sexuellement.

Ce n'est pas le fait que Gray soit venu me baiser qui pose un problème à Elias, c'est seulement le moment qu'il a choisi pour le faire.

— Je vais bien, Elias, dis-je. Je lui lance un sourire coquin et ajoute. La prochaine fois que j'irai me doucher, tu pourras venir.

Ses yeux s'assombrissent instantanément, mon cœur manque un battement et mon sourire s'évanouit. Je me penche près de lui pour attraper la bouteille de whiskey, mais il m'arrête en posant une main sur ma taille.

— Sophie, dit-il doucement en me retournant pour que je lui fasse face, si proche que ma poitrine se retrouve collée à la sienne et que je sens son souffle sur mes lèvres. Ne me chauffe pas comme ça, Blue. Ça ne me fait pas rire.

Quand le bas de son corps se presse contre moi, la cuisine devient soudain chaude. Ma *peau* s'échauffe à son tour. Il est très sérieux et mon esprit se remplit soudain d'images qui n'ont rien à voir avec le fait que je viens tout juste d'être kidnappée et que nous devons faire quelque chose pour mettre Alan hors d'état de nuire.

J'ouvre la bouche pour lui répondre quelque chose, mais avant même d'avoir pu penser à une répartie coquine, il me fait taire d'un baiser. Quand sa langue glisse au niveau de la commissure de mes lèvres, je sais qu'il le fait quelque part pour le montrer aux autres, qu'il se donne en spectacle. Mais je rentre dans son jeu, goûtant le whisky sur sa langue et absorbant le grondement sourd qui fait vibrer sa gorge.

Je me recule avant que ça ne devienne trop indécent, mais nos lèvres restent collées jusqu'à la dernière seconde. Quand nos yeux se croisent, une vague de chaleur s'épanouit dans ma poitrine. Je sais que je ne ressemble pas à grand-chose, même après ma douche. Ma peau n'est plus sale, ni ensanglantée, mais mes yeux sont gonflés et je suis couverte de marques divers, d'hématomes et de petites blessures. Mais j'aime le fait qu'aucun des garçons ne me regarde comme si j'étais brisée. J'aime qu'ils me regardent toujours avec désir.

En morceaux ou entière, ils me désireront toujours.

Les mains d'Elias sur mes hanches me serrent presque douloureusement une demi-seconde, puis il me relâche. Quand je me retourne pour prendre la bouteille de whisky, Declan me regarde intensément, les paumes posées sur l'îlot de cuisine.

Je sens mes lèvres s'étirer malgré moi dans un sourire.

— Toi aussi ? Il va nous falloir une grande douche.

Je sais que c'est idiot de plaisanter, surtout maintenant, mais après tout ce que j'ai vécu ces dernières vingt-quatre heures, j'ai besoin de ressentir autre chose que de la colère et de la douleur.

Repoussant l'îlot, Declan s'avance vers moi et me prend dans ses bras. Elias me relâche au profit de son ami et nos yeux se croisent, si intensément que le temps semble s'arrêter, puis il pose doucement sa main sur ma nuque, sous mes cheveux, et tire mon visage vers le sien. Son baiser et aussi doux que possessif et quand il se recule, je vois la promesse de bien plus dans son regard.

Je m'éclaircis la gorge, ignorant tant bien que mal la pulsation de chaleur qui envahit rapidement ma poitrine et mon entre-jambe. Quoi qu'il se passe entre nous, ça n'a pas besoin d'être expliqué ou théorisé. Mais je sais une chose avec certitude.

C'est réel.

Ce n'est pas une illusion, ni un mensonge. Ce

n'est pas un jeu auquel ils se livreraient avec moi pour savoir lequel d'entre eux pourrait obtenir le plus de moi avant de me refiler aux autres. C'est vraiment réel et c'est aussi rassurant que terrifiant. Parce que si les événements de ces dernières vingt-quatre heures ont bien prouvé quelque chose, c'est que mon cœur est désormais en jeu.

Et la situation n'a jamais été plus compliquée.

— Et moi, je peux avoir un baiser aussi ? plaisante Max en haussant un sourcil quand Declan se recule de moi.

Je glousse, mais au lieu de lui répondre, j'avale un shot de whisky et regarde l'heure. Il est dix heures du matin et je n'ai pas dormi de la nuit, mais je sais pourtant que je ne pourrai pas aller me coucher. Et il semble évident qu'aucun d'entre nous n'a prévu d'aller en cours aujourd'hui, même si nous sommes lundi.

Les autres semblent partager mes pensées et la cuisine redevient silencieuse.

Que va-t-on faire maintenant ?

Devons-nous aller trouver Cliff et lui parler de son père ? Comment réagira-t-il ? Est-il au courant ? Sa haine envers moi est-elle seulement due au fait que je lui ai cassé la gueule dans l'allée et refusé ses avances à de nombreuses reprises, ou remonte-t-elle à plus longtemps, quand j'étais encore une petite fille, enfermée dans un bunker par son père ?

Devons-nous aller voir le doyen de la fac pour lui annoncer que le chef de la famille faisant les plus grosses donations à l'école m'a kidnappée quand j'étais enfant et a tenté de le refaire hier soir ?

Le doyen me déteste déjà. Une grande majorité des élèves pense que je suis bizarre ou déséquilibrée, et grâce aux photos et aux documents qui ont été diffusés lors du premier semestre, tout le monde sait que je ne me rappelle pas mon enfance. Pourquoi donc me croiraient-ils ?

Putain, mais que doit-on faire ?

— Je suis désolée, dit doucement Max. Nous la fixons tous les quatre, attendant qu'elle continue. Elle prend une grande inspiration et la relâche en un souffle haché, posant ses coudes sur le l'îlot de cuisine. Je suis désolée d'avoir servi d'appât, explique-t-elle rapidement. J'aurais dû être sur mes gardes. J'ai reçu un texto d'Aaron qui me demandait de le rejoindre et je voulais vraiment discuter avec lui après qu'on est allés confronter Cliff. Mais j'aurais dû être plus maline que ça. Elle grimace. Je croyais que c'était quelqu'un de bien. Merde, je commençais même à vraiment l'apprécier.

— Ce n'est pas ta faute, Max. je serre les dents. Je

déteste qu'elle se le reproche. Ce n'est pas toi qui nous as mis dans ce pétrin. Rien n'est ta faute dans ce qui est arrivé. Tu as été abusée, kidnappée, tout comme moi.

Elle cligne des yeux plusieurs fois. Max est forte, comme moi, mais elle a tout de même été ébranlée par ce qu'il s'est passé.

Tout comme moi.

J'ai toujours su que les riches dans cette ville avaient des secrets. Je savais qu'ils pouvaient manipuler les autres et obtenir ce qu'ils désiraient.

Je ne savais seulement pas que ça allait aussi loin. Aussi profond.

— Je croyais que c'était peut-être quelqu'un de bien. Max fait tambouriner ses doigts sur le comptoir en marbre. Mais je ne sais plus maintenant... est-il impliqué dans tout ça ou pas ?

J'en étais certaine au début, quand nous sommes partis à la recherche de Max dans les bois. Elle m'avait dit qu'elle allait essayer de contacter Aaron pour lui expliquer pourquoi elle avait balancé ce qu'il lui avait raconté à propos de Cliff. Ma première pensée quand nous avions reçu l'appel du kidnappeur avait été qu'il était derrière tout ça. Il n'avait rien dit quand nous avions confronté Cliff avec ses informations, mais ça ne voulait pas non plus dire qu'il n'en voulait pas à Max de l'avoir utilisé.

Mais maintenant, je ne sais plus quoi penser.

Reagan est clairement impliquée dans toute cette histoire : le kidnapping de Max, le feu, le fait d'avoir prévenu Alan.

Aaron, je ne vois pas trop ce qu'il viendrait faire là-dedans. Bien sûr c'est déjà un connard par association, puisqu'il traine avec quelqu'un comme Cliff. Cependant, les Saints ne sont pas particulièrement proches de Caitlin et sa clique.

— Et maintenant... on fait quoi ? demande Declan. C'est la question que nous nous posons tous et nous échangeons des regards autour de l'îlot de cuisine.

— Que faisons-nous ?

CHAPITRE 6

Nous mangeons en continuant de discuter. Mon estomac n'est pas ravi, mais je commence à ressentir les effets qu'ont l'alcool sur moi et je me force à me servir une petite assiette. J'ingère délibérément quelques bouchées, alors que nous discutons tous les cinq d'un plan d'action.

Sur le papier, on pourrait facilement aller voir la police, le doyen de l'université, ou *n'importe qui d'autre* avec une histoire pareille. *Notre* histoire. Nous devrions être capable d'expliquer les faits et d'être pris au sérieux.

Mais dans ce monde où l'argent est plus important que l'honneur ? Plus important que la vérité ?

Ça va être bien plus compliqué que prévu.

Après en avoir débattu pendant quelques minutes, nous décidons d'aller voir la police malgré les risques. Nous devons au moins essayer.

Avant de partir, les garçons me pressent de questions, essayant de me faire me souvenir du plus de détails possibles pour constituer un dossier solide contre Alan. L'implication de Reagan devra être mentionnée elle aussi, pour expliquer de nombreux points de l'histoire, mais je suis déterminée à me concentrer sur le vrai monstre de l'histoire, l'homme qui m'a kidnappée non pas une, mais deux fois.

Quand nous arrivons au poste de police qui est à environ dix minutes de voiture de la fac, j'ai bu trop de café et je manque sérieusement de sommeil. Je n'ai pas eu le temps de me reposer, et même si je l'avais eu, je suis certaine que je n'aurais pas réussi à m'endormir. Pas en sachant qu'Alan est toujours là, quelque part, furieux que je lui aie ainsi compliqué la vie et préparant un moyen de me kidnapper à nouveau pour me tuer pour de bon cette fois.

Passant devant, j'inspire un grand coup et rentre dans le petit poste de police. La secrétaire à l'accueil hausse un sourcil en nous voyant arriver.

— En quoi puis-je vous aider ? demande-t-elle.

— Je suis ici pour porter plainte, lui dis-je, ignorant les regards qu'elle lance en direction de mes blessures et des tatouages sortant de sous les manches de mon t-shirt. J'ai été enlevée.

Elle claque sa langue.

— Votre nom ?

— Sophie Wright, dis-je irritée par son manque de réaction. J'aimerais porter plainte contre l'homme qui m'a kidnappée. J'aimerais que ce...

— Votre carte d'identité, s'il vous plait.

Je récupère ma carte dans mon sac et la fait glisser sur le bureau. Elle la prend, se retourne et fait rouler sa chaise en direction de la photocopieuse. Elle ne nous dit pas un mot en la copiant, puis revient me la rendre.

— Un agent va venir vous voir pour prendre votre déposition, dit-elle en me tendant des papiers sur une planchette à pince. Ça ne prendra que quelques instants, si vous pouviez remplir ça en attendant, je vous prie.

Je lui prends le presse-papiers des mains en lui murmurant un petit merci et nous allons nous installer dans la salle d'attente. Les papiers sont rapides à remplir et au moment où je les rends à la secrétaire, une porte s'ouvre et un inspecteur en sort.

— Êtes-vous mademoiselle Wright ? demande-t-il en me regardant. Il est jeune, probablement en milieu de trentaine, avec une très légère calvitie.

Quand je hoche la tête, il me fait signe de le suivre, récupérant les papiers auprès de la secrétaire. Vous êtes ici pour signaler un kidnapping ?

Même s'il voulait s'entretenir avec moi seule, les garçons et Max nous suivent dans son bureau et il les laisse faire. Peut-être n'est-ce pas habituel de faire entrer tant de personnes d'un coup, mais j'ai l'impression qu'il reconnaît les Pêcheurs. Il doit savoir à quel point leurs familles sont influentes et pour le meilleur ou pour le pire, nous bénéficions donc d'un traitement de faveur.

Merde. L'argent et le pouvoir jouent en notre faveur cette fois. Mais la même chose se produira quand nous essaierons de faire payer Alan pour ses crimes.

Le flic nous conduit dans une petite salle. Elle est complètement vide à part un bureau et trois chaises. Il s'assied sur l'une et Max et moi prenons les deux autres. Regardant les papiers une nouvelle fois, il se saisit d'un vieux magnétophone, il enregistre sa voix, puis le tend vers moi.

— Sophie Wright fait une déclaration à propos de son kidnapping, dit-il. Sophie, je vous en prie, racontez-moi ce qui vous est arrivé.

Je prends une petite inspiration et lui raconte tout ce que je sais. Comme nous en avons discuté plus tôt dans la cuisine de Declan, j'essaie d'être brève et concise et de décrire ce qu'il s'est passé le plus factuellement possible.

Reagan a kidnappé Max pour m'attirer dans les bois. Nous nous sommes battues et je me suis réveillée dans le bunker.

Puis, Alan Montgomery est arrivé.

Quand je mentionne son nom, l'officier semble nerveux, mais ne dit rien. Quand j'ai terminé, il prend quelques notes puis me pose des questions.

Quand était-ce ?

À quel endroit ?

Vous souvenez-vous d'autre chose ?

Comment vous êtes-vous échappée ?

Connaissiez-vous Alan Montgomery ?

Quand j'ai terminé de répondre à ses questions et que Max a donné sa version des faits, l'inspecteur se tourne vers Gray, décidant probablement qu'il est le leader de notre petit groupe.

— Vous étiez présents quand elle a été enlevée, n'est-ce pas ? demande-t-il. Dans les bois ?

— Nous essayions de conduire Max en sécurité quand Sophie a été kidnappée, lance Gray. Donc oui, nous étions présents.

— Avez-vous vu quelqu'un ?

— Oui. Comme Sophie vous l'a dit. Sa mâchoire

se serre d'irritation et s'il était assis à côté de nous, j'aurais probablement posé ma main sur la sienne pour le calmer. Nous avons vu quelqu'un de masqué qui s'est avéré être Reagan Hawking. Tout comme Moineau... Sophie, vous l'a dit.

— On s'est battues et elle m'a assommée, dis-je. Je ne me souviens pas trop ce qui s'est passé après et je n'ai aucun intérêt à protéger Reagan. Mais je dois tout de même concentrer mes accusations sur Alan. Alan Montgomery m'a kidnappée, elle l'a aidé, ajouté-je donc.

— Et pourquoi n'avez-vous pas appelé la police dès le début ? Le flic, sur le badge duquel est inscrit inspecteur Banning, nous regarde avec scepticisme et ignore ma dernière remarque. Pourquoi ne nous avez-vous pas appelés quand vous avez remarqué que votre amie – il désigne Max du doigt – avait disparu ? Et ensuite, pourquoi avoir attendu pour nous signaler que mademoiselle Wright avait été kidnappée ?

— Écoutez, Gray se penche vers lui, le visage dur. Nous ne voulions pas impliquer la police trop tôt pour ne pas faire peur à ceux qui détenaient Sophie, nous ne voulions pas qu'ils paniquent et risquent de décider de la tuer ou autre. Sa voix devient rauque. Comme nous le savons à présent,

Alan avait prévu de la tuer. Il l'aurait fait si elle ne s'était pas échappée.

L'inspecteur croise les bras et me fixe.

— Vous en êtes vraiment certaine ?

Oh que oui, j'en suis certaine.

J'ai envie de lui hurler au visage, de l'attraper et de le secouer jusqu'à ce qu'il arrête de sembler si détaché et ennuyé par tout ça. Mais à la place, je réponds calmement.

— Je suis absolument certaine de ce que j'ai vu. Je suis certaine également de ce qu'Alan m'a dit. Je n'inventerais pas des trucs comme ça.

— J'imagine que non, répond-il. Il baisse les yeux sur ses notes. Vous portez de sérieuses accusations là. Votre plainte est détaillée votre histoire tient la route et vous ne vous êtes pas contredite une seule fois.

Pourquoi alors, j'ai l'impression que vous ne me croyez pas ?

— Nous nous en occuperons quand nous aurons un moment, conclut-il en ramassant les papiers et en se levant.

Quoi ? non !

Je n'ai pas besoin de me retourner pour savoir que Gray carre ses épaules et se redresse de toute sa hauteur. Il n'aime pas ça lui non plus et n'a pas l'intention de laisser passer.

— Non, vous allez vous en occuper tout de suite, dit-il en se penchant en avant. Si vous croyez ce qu'elle vient de vous dire, vous allez vous en occuper tout de suite. Je me fous de vos excuses, je me fous également de ceux qui passent en priorité parce qu'ils ont les moyens.

Ceux qui passent des marchés ou versent des pots de vin pour s'assurer que les policiers fassent la sourde oreille, ou ne relèvent pas certaines preuves incriminantes. Ceux qui utilisent leur fortune et leur pouvoir pour amasser encore plus de fortune et de pouvoir, s'assurant que les gens comme moi ne soient pas considérés, peu importe ce qu'ils disent. Le système est corrompu et malheureusement, je sais que sans l'aide de Gray, je n'arriverais pas à grand-chose toute seule.

— Très bien, dit l'officier d'une voix monotone, comme s'il ne s'en souciait pas vraiment. Se tournant vers moi il demande : Pensez-vous que vous pourriez nous conduire à ce bunker ?

Retrouver l'endroit n'est pas difficile.

Retrouver le conduit de ventilation l'est beaucoup plus. Heureusement le sol brûlé par endroit est bon pour la crédibilité de notre histoire et nous passons environ une heure, aidés par des policiers, à chercher le conduit de ventilation par lequel je me suis enfuie. J'étais dans un tel état de terreur quand je me suis échappée, que je n'ai pas vraiment fait attention à ce qui m'entourait et ça me porte préjudice maintenant.

Juste au moment où je m'apprête à abandonner, nous le trouvons. Mon estomac se noue en voyant la grille métallique que j'ai descellée pour sortir, me souvenant de la lumière de l'aurore apparaissant dans mon champ de vision, alors que j'avançais dans ce tunnel sombre.

— C'est ça ? demande Banning.

Je hoche la tête.

— Pensez-vous que vous pourriez retrouver votre chemin à l'intérieur ? demande-t-il.

— Peut-être.

Mon dieu, je n'ai aucune envie de retourner là-dedans. Mais je sais pourtant que je le dois.

L'un des plus petits policiers se met à plat ventre près du tunnel et regarde à l'intérieur. Il éclaire le conduit de sa lampe torche. Il est à peine assez grand pour lui et je ne saurais dire s'il pourrait y entrer, mais il commence à ramper à l'intérieur et me fait signe de le suivre.

— Ça va aller ? me murmure Elias et posant sa main sur mon bras avant que je ne puisse faire un pas de plus. Son toucher est réconfortant et je fais de mon mieux pour repousser ma terreur. Tu n'es pas obligée de le faire.

— Si, je le dois.

Ces mots me motivent un petit peu et je m'avance pour ramper dans ce trou noir et terrifiant.

Avec un policier éclairant derrière moi de sa lampe torche et l'autre grognant par intermittence devant moi en rampant dans le conduit, j'ai l'impression qu'il nous faut moins de temps pour descendre, qu'il ne m'en a fallu pour m'échapper. Peut-être est-ce parce que deux policiers armés m'encadrent cette fois et que je ne suis plus seule. Pourtant, je déteste l'expérience tout autant.

De plus, il s'avère que tous ces efforts pour s'introduire dans le bunker se révèlent inutiles.

Alors que nous nous extrayons du conduit pour atterrir dans le couloir faiblement éclairé par lequel je me suis échappée plus tôt, un frisson d'horreur me traverse.

Le bunker est totalement vide.

Je me rappelle que je suis passée devant des piles de choses quand j'ai couru pour m'échapper, mais les couloirs sont complètement vides désormais.

Je les guide vers la pièce dans laquelle j'étais enfermée, mais elle est complètement vide elle aussi. Aucun signe de la chaise en bois, il n'en reste même pas un débris, pas de corde non plus. Rien qui puisse corroborer mon histoire : une tache de sang, une marque quelconque. Tout a été nettoyé. Tout ce qui aurait pu incriminer *Alan* a également été effacé.

C'est comme si rien de tout ça ne s'était produit.

C'est donc ça qu'il a fait ces dernières heures, au lieu de chercher à me rattraper pour me tuer.

— Merde, murmure le plus petit des flics, sa voix résonnant dans la pièce. C'est super glauque ici.

J'ai la tête qui tourne, la colère obscurcissant mes pensées.

Alan savait. Le fils de pute, il savait que j'irais voir les flics. M'a-t-il laissée m'enfuir sciemment ? Juste pour me prouver à quel point j'étais impuissante face à lui ?

J'en doute. On a dépassé le stade des leçons et des avertissements désormais. Il était prêt à me tuer la nuit dernière, pourquoi donc me laisserait-il m'échapper ? Je pense qu'il a quitté le bunker en urgence et que ce n'était pas prémédité.

Pas que ça me soit d'une quelconque utilité de le savoir car il a tout de même réussi à couvrir ses arrières.

Je me tourne vers les policiers qui se sont mis à la recherche de preuves qui n'existent plus.

Combien en a-t-il mis dans sa poche ? Combien ont été payés pour ne pas me prendre au sérieux ou pour faire semblant de ne rien savoir de ses agissements ?

Quand nous remontons à la surface, je me sens super mal. Les Pêcheurs et Max ont attendu aux côtés de Banning pendant que je suis descendue avec les deux autres. Le soleil fait briller les cheveux blonds d'Elias alors qu'il tend la main vers moi pour m'aider à sortir du conduit. J'ai envie de vomir le whiskey, le café, les œufs et le demi-bagel que j'ai ingurgités dans la matinée.

— Merde, Soph, murmure Declan. Tu es blanche comme un linge.

— Alors, vous avez trouvé quelque chose ? demande Gray en se tournant vers les flics sortant du conduit. Il plisse les yeux dans leur direction.

Banning attend également le rapport de ses hommes.

Éteignant sa lampe torche, je plus jeune répond :

— L'histoire de mademoiselle Wright tient la route. Le bunker, le conduit, les tunnels. Tout est conforme à sa description.

— Mais ? craché-je, sentant venir le mot avant même qu'il ne le prononce.

Il se tourne vers moi et grimace.

— Mais ça ne prouve rien. L'endroit est complètement vide. Il n'y a rien qui puisse nous faire dire que vous étiez retenue ici. Il regarde Gray. Et il n'y a rien non plus qui prouve qu'Alan Montgomery se trouvait là lui aussi.

Mon cœur s'arrête de battre et mes membres s'engourdissent.

Putain, c'est pas vrai. Ça ne peut pas se terminer comme ça, pas si vite. Nous ne pouvons pas déjà avoir perdu. M'ont-ils cru ne serait-ce qu'une seconde, ou nous ont-ils baladés ?

Declan m'attrape le bras fermement et je ne sais pas s'il le fait pour m'empêcher de m'évanouir, ou de me jeter sur un policier.

— Si vous le souhaitez, nous pouvons assigner des agents à votre protection pendant quelques jours, jusqu'à ce que vous vous sentiez hors de danger, ajoute Banning. Nous ne pouvons rien faire de plus.

— Comme si ça pouvait se terminer comme ça, gronde Gray en s'avançant. Le plus jeune des flics semble mal à l'aise et regarde son supérieur. Sophie vous a dit la vérité. Elle ne ment pas. Vous allez donc bouger votre cul jusqu'à chez Montgomery et l'interroger.

Le jeune policier regarde Banning comme s'il attendait de savoir quoi faire. Gray à l'air sur le point de leur sauter à la gorge, mais je sais que c'est seulement un genre qu'il se donne et qu'il utilise toutes les cartes à sa disposition, mettant en jeu son nom de famille et sa réputation dans l'affaire.

Et ça semble fonctionner.

— Très bien. Banning à l'air de regretter de s'être rendu au travail ce matin. Nous allons nous intéresser à Alan Montgomery.

En finissant sa phrase, il reporte le regard sur moi. Il ne me dit rien, mais je peux lire son expression.

La seule raison qui fait qu'il continue son investigation, c'est parce que Gray l'a menacé. Si les Pécheurs n'étaient pas de mon côté, je serais foutue. Je serais juste une pauvre fille sans le sou qui n'a aucun moyen de se mesurer à la puissance d'un homme comme Alan Montgomery.

Je serre les lèvres, ravalant une réponse sarcastique. Tant que les flics continuent leur enquête, je me fous bien des raisons qui les poussent à le faire. Peu importe qu'ils le fassent parce qu'ils prennent leur travail au sérieux ou parce qu'ils veulent que les Pécheurs leur lâchent la grappe.

Ils vont aller parler à Alan.

Je n'ai plus qu'à espérer qu'il dise quelque chose qu'il ne devrait pas.

CHAPITRE 7

Après être remontés dans la voiture de Gray, nous suivons les voitures de patrouille jusque dans la vallée puis sur l'autoroute. Les trois Pêcheurs ont dû insister pour que les flics acceptent de nous laisser les accompagner, mais le fait même qu'ils aient cédé me fait douter de la manière dont ils vont conduire cette enquête.

Si la police peut être achetée si facilement, alors la question est de savoir qui aura le plus d'argent et le plus de pouvoir pour faire pencher la balance en sa faveur. Et à ce jeu-là, Alan nous bat tous à plate couture.

Nous roulons en silence. À part le grondement du moteur et le bruit intermittent des clignotants, personne ne fait le moindre bruit. Un coup d'œil sur l'horloge m'apprend que nous sommes en fin d'après-midi. Un lundi normal, je serais en train de terminer mes cours de la journée et me dirigerais vers ma chambre, je ne serais pas en train d'accompagner des flics en chemin pour aller interroger l'homme qui a essayé de me tuer quelques heures plus tôt.

Je ne sais pas si je dois être dépassée ou anesthésiée par cette folie qu'est devenue ma vie.

Gray passe sa main au-dessus de la console et vient la poser sur ma cuisse pour me rassurer. Sa paume est chaude sur mon jean. Je n'ai qu'une envie, retourner dans ma chambre universitaire et me glisser sous les couvertures avec tous les Pécheurs, déchirer nos vêtements et essayer d'oublier le monde autour de nous pendant quelques instants. J'ai envie d'oublier Cliff, Alan, Reagan, j'ai envie d'oublier ce bunker, mes cicatrices et mon passé qui a été une nouvelle fois douloureusement exposé.

Alan habite au nord d'Hawthorne, dans une zone où les maisons sont toutes plus belles les unes que les autres et les voitures plus luxueuses. Je ne sais pas combien de temps nous allons devoir rouler, mais Gray semble savoir où il va, que ce soit parce qu'il suit les voitures de police ou parce qu'il est déjà venu chez Cliff pour une raison ou pour une autre.

En effet, quelques minutes à peine plus tard,

alors que les maisons sont de plus en plus éloignées les unes des autres, et de plus en plus massives aussi, nous remontons une allée privée flanquée de haies parfaitement entretenues. La maison d'Alan se situe tout au bout, derrière un portail en fer, nichée sur sa propre petite colline privative et dominant une plage privée en forme de crique dans laquelle se prélasse un yacht illuminé par le soleil.

J'ai envie de vomir en pensant à Cliff sur ce bateau, se comportant comme un sale gosse prétentieux, entouré d'une meute de filles seulement attirées par son nom de famille. Simplement parce qu'elles se sentent valorisées d'être regardées par quelqu'un comme lui.

Un violeur en puissance et un putain de connard.

Un des flics devant nous baisse sa vitre et parle dans l'interphone au bout de l'allée, a priori pour signaler leur présence à l'équipe de sécurité qu'emploie probablement Alan.

Au bout d'un moment, la porte s'ouvre et nous avançons. Les haies cèdent place à des pelouses tout aussi parfaitement entretenues. Nous nous trouvons dans un paradis miniature, éloigné de la réalité, et très loin aussi d'un bunker sale et sombre où une petite fille a été enfermée il y a de nombreuses années.

Parce que la maison d'Alan ne peut pas être salie par ce genre de choses. Il avait probablement prévu de me tuer dans ce putain de bunker, puis de rentrer chez lui et de faire comme si de rien n'était.

Mon estomac se serre et je prends conscience que mes poings le sont aussi.

— Tu es certaine de vouloir faire ça ? me demande Elias depuis le siège arrière, de l'inquiétude dans la voix. Tu peux aussi attendre dans la voiture avec l'un d'entre nous pendant que les autres vont à l'intérieur. Tu n'as pas à lui faire face si tu n'en as pas envie, Blue.

J'y réfléchis pendant une seconde. J'y réfléchis vraiment.

Ai-je vraiment envie de me confronter à l'homme qui m'a retenue prisonnière non pas une, mais deux fois ? Ai-je envie d'entrer et de voir le monstre qui m'a volé mon enfance, qui m'a tout pris et qui voulait me tuer en plus d'avoir ruiné ma vie ?

Absolument pas.

Mais pourtant, je sais que je ne dois pas reculer, je ne dois pas lui montrer que j'ai peur de lui. Je dois lui prouver que même s'il m'a capturée deux fois, je ne vivrai pas dans la peur pour le reste de ma vie. Il ne peut pas me faire fuir.

— J'ai besoin de le voir. Ma voix est rauque et ma

gorge me fait mal. Je prends conscience avec une grande intensité de toutes les marques laissées sur mon corps par mon combat avec Reagan et des efforts que j'ai dû faire pour m'enfuir. J'ai besoin de voir son visage quand il me verra en face de lui. Je tourne légèrement la tête pour faire face au regard sérieux de Gray. J'ai besoin de lui montrer que je n'ai pas peur de lui.

Il hoche lentement la tête et nous suivons la voiture de police jusqu'à l'immense porte d'entrée de la maison. Nous nous garons derrière les flics et Gray coupe le moteur, la tension est palpable entre nous quand nous sortons de la voiture. Le soleil est chaud sur ma peau, mais un frisson me secoue pourtant quand l'un des agents appuie sur la sonnette à côté de la porte massive en merisier.

La porte s'ouvre rapidement et à ma grande surprise, ce n'est pas un domestique ou un majordome qui nous accueille.

C'est Alan.

Nos regards s'accrochent instantanément, avant même qu'il ne remarque les hommes en uniforme à mes côtés, les garçons ou même Max. Mon cœur bat fort dans ma poitrine, cognant lourdement contre ma cage thoracique, mais il ne laisse paraître absolument aucune émotion.

Pas une seule étincelle.

Après m'avoir regardée pendant une fraction de seconde, il détache ses yeux de moi. Quand il commence à parler avec les officiers de police, je remarque qu'il est habillé de manière décontractée, que ses cheveux sont mouillés et plaqués sur son crâne, comme s'il sortait de la piscine à l'eau cristalline que nous avons dépassée en remontant l'allée. Il porte bien son âge, son corps est ferme et musclé, probablement parce qu'il peut se payer les meilleurs entraîneurs, diététiciens et chirurgiens esthétiques de la région.

— En quoi puis-je vous aider ? Il fronce les sourcils et secoue la tête, une expression très convaincante de confusion inscrite sur le visage. Que se passe-t-il ?

— Nous devons vous poser quelques questions, monsieur, lui dit Banning d'une voix respectueuse, un peu craintive même. Pourrions-nous vous prendre un petit moment ?

— Bien sûr, entrez, je vous prie.

Un air de vague confusion et d'inquiétude sur le visage, Alan nous fait entrer.

Nous le suivons à l'intérieur de la maison, les uns derrière les autres et je sens mon corps se contracter affreusement. J'ai l'impression d'être un chat sauvage, les poils dressés, les babines retroussées, prêt à se battre. Les garçons et Max me suivent de près, ils ont l'air en colère, sur la défensive.

Alan nous conduit dans un salon ensoleillé, garni de meubles design semblant tous hors de prix. Il nous indique un canapé et des fauteuils disposés au milieu de l'immense pièce.

— Asseyez-vous, je vous en prie. Puis-je vous offrir quelque chose à boire ?

— Non, je vous remercie, nous n'allons pas abuser de votre temps, monsieur Montgomery, dit Banning en sortant un calepin de sa poche et en s'asseyant. Nous avons seulement quelques questions pour vous. Connaissez-vous cette jeune femme ici présente ? Il me désigne du doigt. Mademoiselle Sophie Wright, ajoute-t-il.

Alan pose de nouveau les yeux sur moi, mais son regard est toujours complètement vide et innocent.

— Non, je ne crois pas la connaître. Il fronce les sourcils, semblant inquiet pour moi. Vous allez bien ? J'ai l'impression que vous avez passé un sale moment.

Je serre les dents si fort que c'en est douloureux. J'ai envie de hurler, de me jeter sur cet enfoiré assis sur son canapé mou. J'ai envie de le massacrer jusqu'à ce que, *oui*, il admette enfin qu'il me connaît. Qu'il me connaît depuis au moins dix ans, quand j'étais une petite fille, sa captive. Et qu'il m'a vue moins de douze heures auparavant dans un bunker, alors que j'étais attachée à une chaise et qu'il menaçait de me régler mon compte pour de bon.

Oui, j'ai passé un sale moment et il le sait parfaitement.

— Il y a un problème ? continue-t-il en se retournant vers Banning vu que je ne réponds pas à sa question. Que se passe-t-il ici ?

Declan se tend à côté de moi, je sens qu'il est prêt à lui sauter dessus lui aussi. Pendant une seconde, je souhaite presque qu'il le fasse. C'est une vraie torture que d'être assise en face de cet homme que je sais coupable, et de l'écouter parler poliment à la police comme si de rien n'était, comme s'il n'était qu'un citoyen ordinaire qui n'avait rien à se reprocher.

C'est un psychopathe. Un monstre.

Je veux que le monde entier le sache enfin.

Mais je n'y arrive pas. Pas pour l'instant en tout cas. Et si Declan l'attaque avant que nous n'ayons obtenu une preuve solide qu'il m'a retenue captive, les problèmes retomberont sur les Pécheurs et moi. Nous passerons pour les coupables dans cette histoire.

L'inspecteur Banning semble soudain regretter

de s'être fait forcer la main par Gray. Il lance un regard désolé à Alan.

— Nous sommes vraiment désolés de vous déranger de la sorte, mais mademoiselle Wright nous a dit avoir été attaquée la nuit dernière et nous avons quelques questions à vous poser. Ça ne va prendre que quelques minutes. Ça vous ennuie si on enregistre la conversation ?

— Pas de problème, répond Alan, sans la moindre hésitation.

— Où étiez-vous la nuit dernière, demande Banning.

Alan pince les lèvres.

— J'ai passé la soirée avec mon fils. Ma femme est décédée il y a quelques années maintenant, et nous sommes seuls tous les deux. Nous avons fait un barbecue et nous avons pris le yacht pour aller regarder le coucher de soleil.

J'ai du mal à ne pas lever les yeux au ciel. Putain de merde. Même son alibi le fait passer pour un snobinard prétentieux.

— Jusqu'à quelle heure êtes-vous restés sur votre yacht ?

— Oh, jusqu'à onze heures environ.

Je serre les dents. J'imagine que Cliff va corroborer sa version. Alan s'est assuré de couvrir ses traces pour la période où les garçons et moi étions dans les bois à la recherche de Max et quand Reagan a réussi à m'assommer et à me tirer dans le bunker.

Je suis certaine que Cliff va le soutenir. C'est un vrai connard lui aussi, tout comme son père.

— Vous êtes-vous rendus quelque part après ça ? continue l'inspecteur.

— J'ai pris une douche et je me suis couché.

— Et ce matin ?

— Je me réveille généralement aux alentours de six heures, explique Alan. Je me suis douché et je suis descendu me faire mon petit déjeuner vu que c'est le jour de repos de mon cuisinier. Je me suis ensuite rendu au bureau. Je suis rentré vers trois heures et je suis allé me baigner. Je n'attendais personne.

Il désigne ses cheveux mouillés et ses vêtements de sport, comme s'il s'excusait de ne pas nous recevoir en costume trois pièces.

Banning hoche la tête en notant quelques mots sur son calepin.

—Possédez-vous d'autres propriétés à part cette maison ?

— Vous savez peut-être que j'ai investi dans de nombreuses propriétés immobilières. Alan pose ses coudes sur ses genoux, s'inclinant un peu vers l'avant. Mais pour le moment cette maison ainsi que notre maison de Palm Beach sont les seules propriétés utilisées par les membres de ma famille et moi-même.

— Qu'en est-il de vos propriétés commerciales ?

— Encore une fois, dit Alan, sa voix commençant à montrer de légers signes d'irritation, mon parc immobilier peut être considéré comme relevant du domaine commercial, ainsi que les bureaux que je possède dans le comté d'Orange. Si vous souhaitez obtenir une liste de ces propriétés, je peux vous mettre en contact avec un de mes il faudra contacter mes agents.

— Non, je vous remercie, ce ne sera pas nécessaire, s'excuse presque l'inspecteur. Une dernière question à ce sujet. Possédez-vous une propriété près de Lamar, dans la montagne ?

Alan fronce à nouveau les sourcils, il a l'air déconcerté par la question.

Bordel de merde. Ce mec est un acteur incroyable. Mais j'aurais dû m'y attendre, étant donné le nombre impressionnant de secrets qu'il cache. Il a dû accumuler beaucoup d'expérience à force de mentir à tout le monde pendant toutes ces années.

— Je suis désolé, mais non. Il passe une main

dans ses cheveux mouillés. Je connais probablement quelqu'un qui en possède une, si vous voulez que je me renseigne. Je serais tout à fait partant pour vous aider dans votre enquête.

— Non, ce ne sera pas nécessaire, monsieur Montgomery. Banning secoue la tête, me lance un coup d'œil, puis repose son regard sur Alan.

Il lui pose encore quelques questions, mais je vois que c'est pour la forme désormais, ça ne ressemble en rien à un interrogatoire. Je comprends alors que c'est cette même peur du pouvoir et de l'autorité qui a permis à Gray de faire pression sur lui tout à l'heure, qui fait qu'il s'écrase maintenant devant Alan. Il ne doit pas vouloir risquer de froisser l'homme qui contrôle la moitié d'Hawthorne.

Mes poings sont si serrés que mes ongles s'enfoncent dans mes paumes, mais Alan garde son calme, maintient un air confiant et patient et répond de bon gré aux questions de Banning.

Au bout d'un moment, l'inspecteur se lève et lui serre la main.

— Merci de nous avoir reçus. Nous n'allons pas abuser plus longtemps de votre temps.

Alan hoche la tête et je me sens mal.

Non. Il ne peut pas s'en tirer comme ça. Ça ne peut pas être si facile.

Mais apparemment, si. Il semblerait que l'argent puisse acheter bien plus que des yachts et des belles maisons.

Les hématomes et les blessures sur mon corps viennent bien de quelque part. L'inspecteur Banning doit le savoir. Mais il semble persuadé qu'Alan Montgomery n'a rien à voir avec tout ça.

— Laissez-moi vous raccompagner, nous dit poliment Alan en se levant à son tour et en nous faisant signe de le suivre.

J'ai l'impression d'être dans des sables mouvants, mes pensées, comme mes pieds, n'arrivent plus à avancer. Je sens un bras se poser sur moi pour me stabiliser, mais je ne sais pas à qui il appartient, je ne sais pas comment je vais faire pour parvenir jusqu'à la porte sans m'évanouir ou me jeter sur lui. L'inspecteur Banning et Alan échangent quelques banalités, mais je n'entends plus rien.

Je ne comprends pas comment un truc pareil peut se produire. Comment quelqu'un peut s'en tirer après avoir fait ça. Pourquoi ne me croient-ils pas alors que les preuves sont sous leurs yeux ?

Alors que nous nous approchons de la porte d'entrée, Alan s'immobilise soudain, interrompant mes pensées.

— En fait... il laisse sa phrase en suspens en se

tournant vers moi, ses yeux se plissent un peu, comme s'il se souvenait soudain de quelque chose. Je crois que je me suis trompé tout à l'heure. Je sais qui est cette jeune fille il me semble, même si nous n'avons pas été formellement présentés. Il me fixe pendant de longues secondes, hochant la tête, comme s'il avait enfin compris quelque chose. Oui, je sais. Elle fréquente la même université que mon fils, l'université d'Hawthorne. C'est elle qui a agressé mon fils.

L'inspecteur cligne des yeux et hausse les sourcils de surprise. Il tire son calepin de sa poche et y note quelque chose dessus.

— Ce n'est pas vrai, mes mots s'entendent à peine. Je suis tellement enragée que j'ai du mal à parler. Ce n'est pas...

— Oui, elle l'a attaqué, me coupe Alan, le regard dur. Elle l'a agressé sans raison. Il a fini à l'hôpital. Je peux vous sortir les documents si vous voulez.

Banning me regarde en plissant les yeux et je sens mon cœur s'alourdir.

Merde. C'était une mauvaise idée de venir ici. C'était une mauvaise idée de prévenir la police.

Pas que nous ayons eu de meilleures alternatives, mais tout ce que nous avons fait, c'est donner à Alan une chance de se créer une crédibilité et de détruire la mienne. Plus il parle, plus je vois que l'inspecteur croit de moins en moins mon histoire et ressent de la méfiance à mon égard et même un peu de colère.

— Nous n'avions pas porté plainte à l'époque, continue Alan en se frottant les tempes, comme pour chasser une migraine. Il pince les lèvres. Malgré les blessures dont il a souffert, mon fils a insisté pour passer à autre chose, disant qu'il préférait aller de l'avant. Je crois que mademoiselle Wright a failli être renvoyée pour ce qu'elle avait fait, ajoute-t-il en me fixant. À l'époque, j'étais moi aussi pour lui laisser sa chance, mais maintenant, je me demande si c'était vraiment un incident isolé comme je l'ai cru sur le moment. Peut-être a-t-elle de vrais problèmes de gestion de la violence ?

Son regard passe sur les hématomes marbrant ma peau et cette fois, il y a comme de la déception dans ses yeux. Comme si j'avais choisi de m'infliger ça moi-même. Comme si je cherchais les ennuis. Comme si je *choisissais* de me battre.

Avant que je puisse forcer mon cerveau en état de choc à trouver quoi répondre, la porte d'entrée s'ouvre. Nous ne sommes qu'à quelques mètres d'elle et tout le monde tourne la tête en direction de l'entrée.

Mes épaules se contractent quand je croise le

regard de Cliff. L'espace d'une seconde, quelque chose de déplaisant passe sur son visage. Puis il voit les flics, les Pécheurs et son père. Je ne sais pas s'il a la moindre idée de ce qui peut bien se passer. Alan l'a-t-il mis au courant ? Sait-il ce que son père m'a fait subir ?

Mais à ce moment précis, tout ça n'a plus d'importance. Que Cliff sache la vérité ou non, ça ne change rien au fait qu'il me déteste et qu'il va corroborer tout ce que son père pourra dire sur la nuit où je lui ai cassé la gueule dans l'allée.

— Qu'est-ce qu'elle fout ici ? demande Cliff en claquant la porte derrière lui.

Alan fronce les sourcils dans ma direction.

— La police est venue nous poser quelques questions. Il semblerait que mademoiselle Wright se soit encore battue avec quelqu'un.

Évidemment que c'était un mensonge, mais la police ne dit rien quand il insinue que tout ça serait ma faute.

Les narines de Cliff s'évasent.

— Elle m'a attaqué, dit-il à la police en chouinant comme un petit garçon capricieux. Elle était comme un animal sauvage, elle me griffait le visage.

Il montre quelques cicatrices sur sa peau pâle et je sens la rage monter en moi.

J'assume tout à fait le fait de lui avoir mis mon poing dans la gueule, j'en suis même fière. Mais je ne suis responsable que *d'une seule* de ces cicatrices. La deuxième qui décore sa joue n'a rien à voir avec moi. Je me souviens l'avoir remarquée dès notre première rencontre, bien avant notre altercation dans l'allée.

— Ouais, parce que tu ne supportes pas qu'on te dise non, intervient Elias en s'avançant d'un pas vers lui. Il se retient, mais je peux voir qu'il a envie de s'en prendre physiquement à Cliff. Raconte aussi le moment où tu l'as coincée dans un coin et où tu as essayé de la violer. Elle t'a cassé la gueule, oui, mais c'était pour se *défendre* et tu le sais très bien. Ce n'est pas parce que ton cher papa s'est arrangé pour que ça n'arrive pas aux oreilles de la police, que ça ne s'est pas réellement produit.

Ni Alan, ni Cliff ne disent un mot, mais les yeux du fils brillent de colère et la mâchoire du père se crispe.

— Nous sommes désolés de vous avoir dérangés, répète l'inspecteur Banning en nous poussant vers la porte avant que la situation ne dégénère davantage. Merci de nous avoir accordé votre temps.

Dès que nous posons le pied dehors, je me précipite vers la voiture de Gray, ignorant les regards énervés de Banning et de ses hommes. Ils pensent que j'ai fait perdre du temps à tout le monde. Pourquoi ne me croient-ils pas, bordel ? Je suis un témoin, je les ai conduits jusqu'à un bunker souterrain qu'ils n'auraient jamais été capables de découvrir sans moi et j'ai des marques de coups et de nombreuses blessures sur mon corps et mon visage qui confirment que *quelqu'un* m'a bien agressée.

Pensent-ils que je me suis infligée ça toute seule ? Pour attirer l'attention ?

Cette simple pensée me fait presque péter les plombs dans l'allée, mais je parviens jusqu'à la voiture, prenant de grandes inspirations pour essayer de me calmer. J'ai l'impression que mon corps entier est en feu, brûlant de haine contre Alan et sa famille.

Les portes claquent alors que les Pécheurs entrent à leur tour dans la voiture. Gray démarre et un silence pesant s'abat sur nous.

La dernière chose que je vois lorsque nous quittons l'allée, c'est Alan et Cliff, nous regardant derrière une grande vitre reflétant la lumière du soleil. À la vue de ces deux hommes se tenant côte à côte, faisant front contre nous, un frisson descend le long de ma colonne vertébrale refroidissant un instant les vagues brûlantes de ma colère.

Ce n'est pas terminé.

C'est même vraiment très loin d'être terminé.

CHAPITRE 8

La voiture reste silencieuse jusqu'à ce que nous tournions pour nous diriger vers l'autoroute. Les voitures de patrouille rentrent au poste et nous partons dans la direction opposée.

Nous sommes à moins d'un pâté de maison de chez les Montgomery quand Gray, Elias et Declan laissent échapper des chapelets d'injures. Ils sont hors d'eux, presqu'autant que moi. Gray claque violemment le volant de sa main et Declan met un coup de poing dans la portière à côté de lui. Comme à la suite d'un accord tacite, Elias et Declan se sont installés à l'arrière, autour de moi, comme s'ils étaient mes gardes du corps. Max est assise à l'avant et se tord les doigts nerveusement.

— La police ne fera rien, grogne Elias. C'est clair

maintenant, ou l'inspecteur Banning est à la solde d'Alan, ou la ville entière ne veut pas admettre que quelqu'un d'aussi respecté et avec autant de relations que lui puisse faire un truc pareil.

Je déteste reconnaître qu'il a raison, mais je sais aussi que c'est en partie pour ça que les choses se sont passées ainsi aujourd'hui. Je me demande ce qu'il se serait passé si j'avais accusé quelqu'un de normal, avec un boulot normal et une vie normale ? Les flics m'auraient-ils plus prise au sérieux ?

Les mains de Gray sont tendues et il serre fort le volant, les yeux fixés sur la route devant lui.

— Même si ce flic n'est pas à la solde d'Alan, les gens ont peur de s'en prendre à lui. Ils risquent leurs boulots, leurs vies entières. Alan a tellement de pouvoir qu'il a créé un réseau capable d'influencer quasiment tout le monde dans cette ville, en bien ou en mal. Donc c'est clair que ces cons ne vont pas chercher à se le mettre à dos.

— Il doit bien y avoir quelque chose qu'on peut faire, dis-je en me mordant la lèvre de frustration. Je me doutais que la police n'allait pas être d'une grande aide, mais je ne m'attendais pas à ce qu'ils ne m'aident *pas du tout*. Si les flics ne s'occupent même pas de l'affaire, c'est foutu. On est livrés à nous-mêmes. C'est nous contre Alan. Je serre les dents. Merde.

Je ne suis pas du genre à baisser les bras facilement. Ni à refuser un combat. Mais face à un problème aussi immense, compliqué et insolvable que celui-ci ? J'ai l'impression d'avoir perdu avant même d'avoir eu la chance de combattre.

Je sais que Gray, Declan et Elias sont tous les trois issus de familles fortunées. Ils sont bien plus riches que moi et ils ont bien plus de relations. Mais même leurs familles ne possèdent pas le niveau d'influence d'Alan. Se dresser contre lui est tout aussi dangereux pour eux que pour moi.

Mais nous ne pouvons pas laisser ce détail nous arrêter.

— La seule manière de gagner contre Alan est de le faire tomber entièrement. Declan hoche la tête avec détermination, comme s'il avait pu lire dans mes pensées. Nous allons l'abattre, lui et son putain d'empire. Cliff va couler avec lui et ç'en sera fini des menaces qu'il fait peser sur Sophie. Ça va beaucoup plus loin que ce qu'on a fait jusque-là avec les informations compromettantes qu'on a réunies sur lui pour qu'il arrête de la faire chier. Vous comprenez ? C'est la guerre maintenant. Nous devons le détruire complètement, pas juste un peu, mais pour de bon cette fois.

Ses mots provoquent un frisson sur ma peau.

C'est la guerre.

C'était franchement la dernière chose que j'aurais imaginée en mettant les pieds à Hawthorne, mais je ne vois pas non plus comment faire autrement. La seule autre option qui s'offre à moi est la fuite et j'ai l'horrible sensation que si je commence à fuir, je fuirai pendant le restant de ma vie. Je fuirai, encore et encore, jusqu'à ce que le passé que je commence tout juste à retrouver finisse par me rattraper.

Je ne le ferai pas, je préfère mourir.

Mais pour la première fois de ma vie, je ne suis plus seule. Les Pécheurs se battent à mes côtés, ils me protègent et sont prêts à en découdre avec quiconque essaierait de s'en prendre à moi.

— Aller voir la police n'a pas été une totale perte de temps, continue Declan en hochant la tête à mesure qu'il déroule sa pensée. Ça nous offre une sorte de protection, même si elle n'est pas immense. On a au moins la preuve que Sophie a alerté la police à propos d'Alan et qu'ils ont fait une enquête, même si elle n'a mené à rien. Il existe maintenant un rapport de police dans lequel Sophie témoigne avoir été enlevée par Alan. S'il s'en prend à elle à partir de maintenant, s'il tente de lui faire du mal ou de la tuer, il attirera l'attention sur lui et c'est la dernière chose qu'il veut. Leurs noms sont connectés désormais.

— Ça signifie qu'il ne va plus tenter de te kidnapper. Du moins pas pour l'instant, ajoute Elias en me lançant un regard. Puis il regarde Declan et ajoute : Mais ça ne signifie pas pour autant qu'elle est en sécurité.

— Ouais, marmonné-je à voix basse. Surtout sachant que Reagan n'a pas vraiment compris qu'elle devait se calmer ou faire les choses avec subtilité. Merde, elle a déjà essayé de me tuer plusieurs fois. Alan lui a clairement dit que ça avait été une mauvaise idée de m'enlever, mais elle... je grimace. Elle est tellement folle de lui, obsédée ou je ne sais pas quoi, que je suis certaine qu'elle ne va pas s'arrêter là. Elle croit qu'en faisant ça, elle lui rend service.

Tout en parlant, je repense au fait de devoir retourner dans ma chambre toute seule. L'université d'Hawthorne est tellement huppée, que la plupart des chambres sont individuelles et ressemblent plus à des mini appartements, qu'à des chambres étudiantes. Et jusque-là, j'étais très heureuse d'avoir un tel espace rien que pour moi.

Mais soudain, ce luxe ne me fait plus envie. Je me sens mal à la simple idée de devoir y retourner et y dormir toute seule.

Les garçons passent le reste du trajet à me poser des questions en espérant qu'un détail pouvant incriminer Alan me revienne, mais c'est inutile. Tout ce dont je me rappelle, je leur ai déjà dit. Je me souviens avoir été enfermée dans ce bunker quand j'étais petite. Je me souviens du visage d'Alan au-dessus de moi. Je me souviens avoir tenté de m'échapper et je me souviens que Reagan était avec moi, une petite fille captive, tout comme moi.

Il y a tant d'informations qui ne me reviennent pas. Tant de trous dans ma mémoire qui ne me permettent pas de comprendre pourquoi je me trouvais là-bas.

Mais peut-être que si je peins, que j'y réfléchis et que j'en rêve suffisamment... *quelque chose* émergera enfin. N'importe quoi qui pourrait m'aider à faire tomber la famille Montgomery dans son ensemble. Pas seulement Cliff, pas seulement Alan, mais absolument tous ceux qui sont impliqués d'une manière ou d'une autre dans les agissements de ce monstre.

Quand nous arrivons enfin sur le parking de la fac, je vois Caitlin et Gemma sortir d'une voiture. Elles ont dû quitter le campus pour aller se chercher à manger j'imagine. Elles nous voient tous les cinq et nous lancent des regards meurtriers avant de tourner les talons et de se diriger vers les dortoirs.

Ma mâchoire se contracte quand je réalise que Reagan ne les accompagne pas.

Je l'ai mentionnée dans mon témoignage à la police, mais même s'ils prennent le temps d'enquêter sur elle, je doute fortement qu'ils l'inculpent de quoi que ce soit. Comme je m'en rends compte rapidement, Alan semble avoir le pouvoir de faire disparaître ce genre de désagréments d'un claquement de doigts et vu qu'il cherche à se protéger, il protégera aussi Reagan.

Peut-être a-t-elle manqué les cours d'aujourd'hui pour les mêmes raisons que moi. Elle est peut-être encore occupée à soigner ses blessures, mais elle reviendra bien assez tôt.

Et quand elle reviendra, je suis certaine qu'elle voudra toujours me tuer.

CHAPITRE 9

Quand nous arrivons aux dortoirs des filles, Max semble tout aussi épuisée que moi. Après tout, elle a été kidnappée la nuit dernière elle aussi. Je déteste avoir à repenser à ce qui aurait pu lui arriver, simplement parce que Reagan voulait s'en prendre à moi.

Je la serre fort dans mes bras après l'avoir raccompagnée jusqu'à sa chambre et elle me retourne mon câlin avec la même ferveur.

— Sois plus intelligente qu'eux, me dit-elle en se reculant. Et fais attention. Appelle-moi si jamais tu ne te sens pas en sécurité. Je viendrai dormir sur ton canapé et défendrai ta porte d'entrée si besoin. Je ferai tout ce que je peux pour que tu ne te retrouves plus en danger.

J'essaie de sourire, mais je ne réussis qu'à grimacer. Mes émotions sont si à fleur de peau, que je n'arrive plus à faire semblant.

— Rien de tout ce qui s'est passé n'est de ta faute, Max.

— Je sais, tout est la faute de cette folle de Reagan et de ce taré d'Alan. Elle hoche la tête, mais ses yeux brillent un peu trop, alors qu'elle disparaît dans sa chambre, ne rêvant probablement que de prendre une douche et d'aller se coucher.

Je fixe sa porte pendant quelques secondes, puis laisse échapper un soupir et me tourne vers les garçons.

— Vous croyez que ça va aller pour elle ?

Elias hoche la tête.

— Oui, c'est la deuxième femme la plus forte que je connaisse.

— Et elle n'est plus en danger maintenant, ajoute Declan. Ses yeux bruns sont plus sérieux que jamais et il s'avance vers moi pour me prendre le menton dans ses mains. Le pire est derrière elle, Elias a raison. Elle est forte. Elle s'en remettra après avoir passé une bonne nuit de sommeil et avoir eu le temps d'y repenser calmement. Tu devrais plutôt t'inquiéter pour toi.

C'est déjà le cas.

Je suis morte de peur. Pas seulement pour moi-même, mais pour tous les gens auxquels je tiens. Ceux qui se sont retrouvés mêlés à cette folie à cause de moi. Comment suis-je supposée les protéger, alors que je ne sais même pas si je vais parvenir à me protéger moi-même ? Je ne me suis jamais sentie aussi impuissante auparavant. Je ne sais vraiment pas comment je vais pouvoir gagner contre un homme comme Alan Montgomery.

Mais dire tout ça tout haut ne ferait que lui donner plus de réalité, je préfère donc ne pas répondre à Declan. À la place, je me tourne et marche en direction de mon dortoir.

— Tu vas où comme ça ? Rien qu'en entendant la voix de Gray, je m'arrête net.

Je le regarde par-dessus mon épaule.

— Euh, dans ma chambre.

J'ai prévu de me doucher, de bloquer ma porte avec des meubles, d'ingurgiter une bonne dose de whisky et d'essayer de dormir. Essayer de croire, pendant un petit moment que rien de tout ça n'est réel et que ma vie telle que je la connais n'est pas encore terminée.

— Tu n'es pas en sécurité là-bas, dit-il en me regardant fixement. Il s'approche de moi et pose ses mains sur mes épaules. C'est trop risqué, surtout sachant que Cliff et Reagan sont sur le campus eux aussi.

Elias hoche la tête, le visage aussi sérieux que celui de Gray.

— Elle fait peut-être profil bas pour l'instant, mais elle a tout de même essayé de te tuer. Elle voulait te voir morte, tu l'as dit toi-même.

— De plus, Alan sait que tes souvenirs te sont revenus, ajoute Declan. Même si le fait d'aller voir la police nous a donné un petit avantage contre lui, il ne va pas en rester là, pas avant de s'être assuré d'être totalement intouchable. C'est peut-être le grand méchant loup, mais il a peur de toi. Et ça ne fait que le rendre encore plus dangereux. Nous n'allons plus te laisser toute seule dans ton dortoir à partir de maintenant. C'est trop risqué.

— D'accord. J'acquiesce parce que je sais qu'il a raison. Je peux rester chez l'un de vous alors ?

Pour la première fois depuis qu'on a quitté la maison de ses parents ce matin, je vois de l'humour illuminer les yeux bruns de Declan. Il me sourit.

— Allez Sophie, je crois qu'on peut faire un petit peu mieux que ça, non ?

Je fronce les sourcils de confusion et je les regarde alternativement.

— Mais de quoi parlez-vous ? Qu'est-ce que vous avez en tête ?

Il s'avère que ce que Gray et les autres ont en tête est un arrangement bien plus permanent que l'idée que je squatte dans la chambre de l'un d'entre eux.

Au lieu de ça, ils m'aident à faire une grosse valise contenant mes affaires et mon matériel de peinture et nous montons tous dans la voiture de Gray. Nous quittons le campus pour nous rendre dans une maison qu'ils semblent avoir *achetée* récemment.

Elle est vide quand nous arrivons, mais des déménageurs apportent peu à peu des meubles et autres cartons.

— Mais... Quand avez-vous fait tout ça ? *Comment ?* Je regarde autour de moi, sous le choc, essayant de réaliser qu'entre le moment où je suis arrivée chez Declan et maintenant, ils ont eu le temps d'acheter cet endroit.

Gray hausse les épaules, comme si ce n'était pas grand-chose.

— Nous en avons discuté avant de partir pour le poste de police. C'est ce qui nous a paru le plus logique. Nous voulons tous les trois être avec toi et on ne veut pas que tu aies à choisir dans quelle chambre tu pourras dormir. Tu es plus en sécurité ici, avec nous trois pour veiller sur toi, que sur le campus avec Cliff et Reagan. Je ne veux plus que tu dormes là-bas.

Putain de merde. Ils ont pensé à tout ça. Tous les trois. Même si tout ça est arrivé très vite, je sens que cette décision n'a pas été prise sur un simple coup de tête. Ils sont vraiment sérieux.

Et même s'il y a quelques semaines, je suis certaine que j'aurais paniqué rien qu'à l'idée, aujourd'hui, je ne ressens aucune inquiétude.

Tout ce que je ressens… c'est du soulagement.

Je suis soulagée d'être près d'eux et de savoir que nous n'allons plus être séparés. Ce n'est pas simplement une question de sécurité, mais parce que les choses semblent plus *naturelles* quand je suis avec eux.

Cet endroit est immense et bien plus agréable que les chambres universitaires, qui étaient déjà bien mieux que ce que j'avais pu connaître dans ma vie. La maison compte cinq chambres, mais je sais déjà que je ne dormirai pas souvent dans la mienne, à moins qu'aucun d'entre eux ne soit à la maison, et ce n'est pas quelque chose qui risque d'arriver avant qu'Alan ne soit mis hors d'état de nuire. Il y a aussi plusieurs salles de bains, un salon, une salle à manger et une grande terrasse surplombant le jardin à l'arrière.

Entre le design épuré de l'endroit et les meubles tous plus beaux les uns que les autres qui n'arrêtent pas d'arriver, c'est clairement l'endroit le plus magnifique dans lequel il m'a été donné de vivre. J'en reste sans voix.

J'ai vu les maisons de famille de Gray et de Declan. Je sais à quel point ils sont riches, mais je ne les ai jamais vus faire étalage comme aujourd'hui de leur puissance financière.

C'est plus qu'impressionnant.

Mais s'ils peuvent faire tout ça, je réalise soudain, s'ils peuvent accomplir toutes ces choses en une journée avec leur puissance et leur argent, mais alors que peut bien faire Alan ?

Malgré le sentiment de sécurité que je ressens à être entourée par les Pécheurs, je ne peux pas repousser la peur qui m'envahit soudain.

CHAPITRE 10

Je suis de nouveau dans le bunker, mais cette fois, je ne suis pas attachée. Je ne suis pas ligotée à une chaise, tout simplement parce qu'à cet âge, ils ne me craignent pas. Ils me parlent à peine et quand ils daignent s'adresser à moi, c'est toujours d'un ton froid et méprisant.

Je suis petite, mon corps est frêle, mais mon esprit combatif est déjà là, nourri par les ténèbres, l'amertume et la colère.

Il ne se manifeste pas pour le moment. Il restera tapi en moi pendant de longs mois encore, jusqu'au jour où je me battrai et où je parviendrai enfin à m'échapper. Mais je peux le sentir couler dans mes veines, je suis intrépide, agitée, comme une lionne prête à bondir.

Les murs de ciment qui m'entourent sont oppressants, mais quelqu'un a tenté de maquiller leur laideur en décorant cette pièce pour essayer de la faire ressembler à une vraie chambre. Le petit lit poussé dans un angle est recouvert d'une couverture rose et quelques animaux en peluche reposent sur l'oreiller. Un petit tapis est posé au sol et des posters sont affichés aux murs.

Mais je ne connais pas les gens qui y sont représentés. Je n'ai pas choisi ces peluches et je n'aime même pas le rose.

Cette chambre n'est pas la mienne. Je n'ai rien à faire ici, peu importe à quelle fréquence ils me répètent le contraire.

La porte s'ouvre violemment me faisant tressaillir. Voici une autre des raisons qui me fait dire que cette chambre n'est pas la mienne, je n'ai pas mon mot à dire sur qui passe la porte. Je ne peux empêcher personne d'y rentrer, peu importe à quel point je le voudrais.

Je serre les dents en voyant la silhouette d'un petit garçon se découper dans l'encadrement de la porte : c'est celui qui ne me laisse jamais tranquille. Il avance d'un pas assuré dans la pièce et je vois ses lèvres se relever dans le rictus que je connais si bien. Ça me retourne l'estomac et mon cœur accélère, comme celui d'un lapin tentant d'échapper à la morsure d'un loup.

Il a le même âge que moi, à peu de choses près. À peine plus grand, il a tout juste atteint les onze ans, mais c'est déjà un vrai monstre.

Les yeux de petit garçon de Cliff brillent d'une satisfaction cruelle quand je croise son regard.

— Salut Sabrina.

Je me réveille en sursaut, sentant une peur datant d'il y a de trop nombreuses années couler dans mes veines. Il me faut quelques secondes pour me repérer dans cet environnement qui me semble étranger, mon cœur tambourine contre mes côtes et j'avale de grandes goulées d'air. Le rêve est toujours présent dans mon esprit, clair et frais.

Ce n'est pas réel. Ce n'est pas réel.

Mais c'est pourtant arrivé. Il y a longtemps, toutes ces années auparavant, *c'était* réel. Me réveiller dans ce bunker après que Reagan m'y a traînée était réel aussi. Mes rêves ne décrivent pas la réalité de mon présent, mais celle de mon passé. Il y a bien longtemps, c'était ma réalité et je n'ai pas d'autre choix maintenant que de faire face aux horreurs qui ont hanté mon enfance.

Plongeant mes doigts dans mes cheveux, je tire dessus à pleine mains jusqu'à ce que ce que la morsure de la douleur réussisse à calmer mon esprit.

Dans ton rêve tu n'étais qu'une petite fille, Sophie, sans défense. Jeune et fragile.

Je ne pouvais pas me défendre tout simplement parce que physiquement j'en étais incapable. Alan et Cliff étaient toujours plus forts que moi, la peur était toujours plus forte que moi. Mais ce n'est plus vrai désormais, ou du moins, il est possible qu'il en soit autrement. Aujourd'hui, je suis une femme adulte et une sacrée combattante, tant qu'il me restera la moindre étincelle d'énergie, je ne baisserai pas les bras.

Je ne laisserai plus jamais Alan ou Cliff me maltraiter. Ils n'auront plus jamais rien de moi, ils m'ont déjà trop pris.

À peine réveillée, je lance mes jambes par-dessus le rebord du lit et me dirige à tâtons hors de ma chambre. Même si je déteste avoir à faire ça, je sais que j'ai besoin de capturer les images de ce rêve avant qu'elles ne disparaissent totalement de ma mémoire et repartent se tapir dans mon subconscient.

Les garçons ont installé un studio d'art dans une pièce qui était semble-t-il, conçue pour accueillir un bureau et je parcours la maison enténébrée pour m'y rendre.

Même si j'ai plus qu'envie d'oublier ces souvenirs et de les enterrer profondément, je sais qu'ils sont importants. Si je peux enfin remettre la main sur le *bon* souvenir, peut-être me fournira-t-il une preuve accablante contre Alan.

Dans le studio, je n'allume même pas la lumière. Les volets sont ouverts et j'ai tout juste assez de lumière pour commencer à peindre. Peut-être est-il mieux de peindre dans l'obscurité, quand on cherche à capturer des ombres.

Mes peintures sont déjà là, la toile vierge est installée sur le chevalet, prête à servir. Cherchant mes couleurs à l'aveugle, je me laisse porter par l'habitude et l'instinct pour préparer ma palette et commencer à peindre.

À chaque coup de pinceau que je pose sur la toile, de nouveaux souvenirs et de nouvelles images refont surface dans mon cerveau, mais je n'arrive pas à les comprendre, pas de façon rationnelle en tout cas. Si j'essaie de focaliser ma conscience dessus et de les disséquer intellectuellement, je sais qu'elles disparaîtront. Je dois les peindre telles quelles, sans réfléchir. Après, quand ma peinture sera terminée, je pourrai prendre du recul et essayer de les comprendre.

Je peins pendant un long moment, mordillant ma lèvre inférieure et faisant danser mon pinceau sur la toile. Au fil du temps, mon cœur ralentit. Quand je pose enfin mon pinceau pour analyser ma création, il a retrouvé un rythme normal.

Ça ne représente rien.

C'est juste un mélange trouble d'ombres et de couleurs, qui ressemble beaucoup à ce que je faisais il y a quelques mois, avant l'exposition. Peut-être cette peinture représente-t-elle un coin particulier dans le bunker qui a une signification spéciale ? Mais avant de pouvoir exhumer d'autres souvenirs, je ne pourrai pas le savoir avec certitude.

Poussant un profond soupir, je pose mon pouce sur un endroit de la toile où la peinture n'est pas totalement mélangée, me moquant bien de me tacher la peau. J'aime sentir la peinture sécher et se craqueler sur ma peau et la manière dont elle tombe en petits morceaux quand je me nettoie les mains. Ça ressemble à ce qu'on ressent après l'amour : ce sentiment mélangeant transpiration et satisfaction, quand on n'est pas encore prêt à aller se nettoyer et quand on n'a pas encore envie de lâcher l'autre corps transpirant à ses côtés.

Je sais que je ne réussirai pas à peindre quoi que ce soit d'autre ce soir, mais je sais aussi que je ne peux pas aller me recoucher.

Je reste donc à fixer la peinture que je viens de faire, dans la pièce silencieuse qui est devenue mon studio de peinture. Une pièce entière dans cette magnifique maison est réservée à mon art. Il ne s'agit pas seulement d'un coin de ma chambre ou du salon, d'une installation temporaire qui doit être enlevée ou nettoyée avant de pouvoir prendre le dîner ou de pouvoir se détendre. Une vraie pièce, pour mon *art*.

C'est quelque chose dont j'ai toujours rêvé, mais que je ne pensais pas pouvoir avoir un jour.

Malgré toutes les horreurs, malgré la peur et les combats contre Cliff et Alan, une part de moi m'estime tout de même chanceuse.

Les Pécheurs ont créé ce studio pour moi et ils l'ont fait sans que je leur demande, tout simplement parce qu'ils se soucient de moi.

Des bruits de pas dans le couloir me font lever la tête et quelques secondes après, je vois Elias encore à moitié endormi, dans l'embrasure de la porte.

— Salut, tu peins encore ? demande-t-il en passant une main dans ses cheveux emmêlés.

— Ouais, je hoche la tête en frottant la peinture sur mon doigt sans trop penser, la faisant pénétrer plus profondément dans ma peau. Je me suis dit que j'allais tenter quelque chose, au cas où de nouveaux souvenirs ressurgiraient et me donneraient quelque chose d'utile à exploiter.

— C'est une bonne idée.

Il s'avance vers moi et regarde le tableau par-dessus mon épaule. Pour moi, l'image que je viens de créer ne signifie rien et pour lui, probablement encore moins. Pourtant, ça ne l'empêche pas d'essayer d'y distinguer des indices, *quelque chose* qui serait caché derrière cette bouillie de couleurs.

Il se rapproche jusqu'à se tenir à mes côtés et je lève les yeux vers lui. Il est torse nu et porte un pantalon de jogging, sa peau brille sous la lumière lunaire. Il est musclé, son corps est tonique, athlétique, ses lignes musculeuses parfaites me donnent envie de prendre un pinceau, de le plonger dans de la couleur et de le faire glisser sur son torse.

— Hey, regarde-moi dans les yeux plutôt, Blue, me dit-il d'un ton léger, et alors que je lève les yeux vers lui, je vois qu'ils sont emplis de désir.

Je me mords la lèvre, sentant ma peau s'échauffer instantanément.

— Tu flirtes avec moi, même au beau milieu de la

nuit, dis-je, taquine, avant de me retourner vers ma peinture. Qu'est-ce que tu fais debout à cette heure ?

Il m'attrape le menton avant même que je n'aie eu le temps de me retourner complètement et me tourne vers lui pour que je croise son regard.

— Je crois que la question est plutôt de savoir pourquoi *toi*, tu es debout ? murmure-t-il.

— Tu sais pourquoi, dis-je doucement.

Je n'aime pas vraiment parler de ce que je ressens, de mes frustrations, de mes peurs, ou de mes inquiétudes, parce que ça ne fait que les rendre plus réelles encore. Peindre me fait un tout autre effet, parce que parfois, quand j'ai réussi à transférer ce que je voulais sur la toile, je n'ai plus l'impression que ça m'appartient. En discuter par contre, me forcerait à *faire face* à tous ces sentiments.

Elias m'attire contre lui, enroulant ses bras autour de moi de manière à ce que ma joue se retrouve collée contre son torse. Il ne me force pas à parler, il me tient simplement contre lui et nous respirons à l'unisson.

Je laisse échapper un soupir haché.

— Je suis frustrée, dis-je enfin et mes mots sortent sans filtres. Je déteste que même après tout ce que j'ai vécu, même après être retournée là-bas, tant de souvenirs m'échappent encore.

Des souvenirs importants. Ceux qui pourraient envoyer Alan en prison pour de bon.

Le pourquoi et le comment...

C'est vraiment ça que j'ai besoin de retrouver.

— Et ce qui est pire encore, continué-je en plantant mes doigts dans les muscles de son dos, c'est en partie parce qu'au fond de moi, je crois que je ne veux pas me souvenir. Même si mon enfance *après* l'âge de onze ans a été franchement terrible, c'est complètement fou de savoir que ce qui s'est passé avant a probablement été encore pire.

Elias se recule suffisamment pour pouvoir me regarder. Il écrase du pouce la larme brûlante qui coule le long de ma joue. Puis il se baisse et embrasse l'endroit que son pouce à effleuré, il est doux, léger.

— Parfois j'ai l'impression que c'est ma faute si je n'arrive pas à me souvenir. Je finis par admettre. Et parfois, j'ai presque envie de tout oublier pour de bon et de me construire ma propre version des faits.

Son regard s'adoucit et il m'attire une nouvelle fois contre lui, enfouissant son visage dans mon cou. Son nez frôle l'endroit sensible à la jonction de mon cou et de mon épaule, il pose ses lèvres sur ma peau et ses cheveux doux me chatouillent le menton.

— Je sais que je n'ai rien vécu de semblable et que je ne peux pas vraiment comprendre, murmure-t-il en embrassant ma gorge. Et je sais aussi que tu n'es pas une demoiselle en détresse qui a besoin d'être sauvée, mais pourtant, j'ai *envie* de te sauver, Blue. Tu donnes un sens à ma vie désormais. J'ai envie de te protéger et plus que ça encore, j'ai envie de te rendre heureuse. Pas seulement aujourd'hui, mais pour aussi longtemps que je peux l'imaginer. C'est ça que je désire.

Il est sincère. Chacune de ses phrases l'est. Je peux l'entendre dans la manière qu'à sa voix de se contracter d'émotion et dans la manière qu'il a de me serrer contre lui.

Quand il relève la tête pour me regarder dans les yeux, je sens mon cœur gonfler de bonheur. C'est un sentiment effrayant, je n'ai aucun mal à l'admettre, tout comme j'imagine que c'est effrayant pour lui de m'ouvrir ainsi son cœur. Mais ce qu'il se passe entre nous, entre nous tous, est bien trop grand pour se laisser retenir par ce genre de peurs.

De plus, j'en ai assez de me battre.

Quand je n'étais encore qu'une petite fille, Alan Montgomery m'a appris que je ne pouvais faire confiance à personne. Il m'a appris à me battre. Il m'a rendue défiante et tellement endommagée, que je croyais être incapable d'accorder ma confiance à qui que ce soit.

Mais les Pécheurs ? Ils m'ont fait découvrir que la confiance était quelque chose de bien réel. Ils m'ont appris que parfois, certains combats ne sont pas nécessaires.

Donc, quand Elias se penche vers moi pour m'embraser, je ne le combats pas.

J'abandonne toute résistance.

CHAPITRE 11

L'odeur d'Elias emplit mes narines, alors que ses lèvres bougent sur les miennes. Elle est fraîche, douce, un mélange de l'odeur de son gel douche et de l'odeur de sa peau, la combinaison est incroyablement addictive.

J'ai envie de m'y enrouler comme dans une couverture, de m'y noyer.

— Mon dieu, je ne me lasserai jamais de toi, Blue, grogne-t-il doucement, ses mains posées sur mes joues alors qu'il m'embrasse encore et encore.

— Moi non plus, murmuré-je, les doigts remontant le long de ses bras vers ses épaules.

La chaleur de son baiser pénètre jusqu'au plus profond de mon corps. Je peux sentir la bosse de son érection sous son pantalon et j'adore savoir qu'il ne lui faut que quelques baisers pour me désirer ainsi. Pour qu'il bande pour moi et qu'il soit déjà prêt à me posséder.

Ce n'est que justice, car moi aussi, je suis déjà trempée.

Serrant mes bras plus fort autour de lui, je l'attire contre moi, me frottant contre sa verge de manière à lui arracher un grognement de plaisir. Les mains toujours sur mon visage, il commence à me faire reculer, je suis le mouvement, je lui fais confiance, je sais qu'il ne me laissera pas tomber.

Nous ne nous arrêtons que lorsque mon dos se retrouve plaqué contre le mur et qu'il se presse contre moi, collant son corps contre le mien et me bloquant contre la surface lisse. Nos lèvres se séparent et j'incline la tête en arrière pendant qu'il m'embrasse le long du cou.

La pièce est plongée dans l'obscurité, seulement éclairée par le clair de lune passant par la fenêtre. Maintenant qu'Elias est à mes côtés, les peintures dans la pièce ne me paraissent plus aussi sinistres qu'avant. Je laisse mon regard dériver vers le plafond, décidant pour le moment d'ignorer tous les souvenirs de mon passé et de me concentrer sur le présent.

Sur la sensation des lèvres d'Elias sur mes clavicules.

Sur la pression de ses dents quand il me mordille l'épaule.

Sur la grande main qui remonte sous mon débardeur pour venir caresser mes seins.

C'est ça qui est important. C'est ça qui est réel.

Ce que nous partageons.

Nous.

En faisant un bruit de gorge, Elias se baisse pour poser les lèvres sur ma poitrine, attrapant mon téton entre ses dents à travers le tissu de mon débardeur. Je pousse un petit cri et il glousse. Puis il se laisse tomber à genoux devant moi, posant ses mains sur ma taille.

Quand il pose les mains sur l'élastique de mon short de pyjama et ma culotte, il lève un instant les yeux vers moi. Ses yeux noisette ont l'air presqu'aussi sombres que ceux de Declan dans l'obscurité et je me mords la lèvre en le regardant.

D'un mouvement assuré, il fait glisser mon short et ma culotte le long de mes jambes, soulevant mes pieds l'un après l'autre, avant de lancer mes vêtements au loin. Il ne m'a pas enlevé mon débardeur, mais vu qu'il a déshabillé la partie inférieure de mon corps, il ne semble plus s'en soucier. Son regard se pose entre mes cuisses, et je me demande s'il peut voir mes fluides accrocher le peu de lumière qu'il y a dans la pièce.

J'espère. J'espère qu'il voit que je mouille déjà pour lui.

Grâce à ce qu'il m'a dit. À sa voix. À ses caresses.

Il se lèche les lèvres, tends la main vers moi et glisse un doigt entre les lèvres de mon sexe. Ses épaules se tendent et je l'entends jurer tout bas.

— Putain, Blue, tu me rends fou, tu m'anéantis.

Je ne lui fais pas remarquer que mes genoux sont sur le point de lâcher rien qu'avec cette seule caresse. Une fille se doit d'avoir un peu d'orgueil tout de même.

Je reste donc silencieuse et je me cale contre le mur derrière moi alors qu'Elias s'avance entre mes cuisses et fait glisser sa langue sur ma vulve. Mes genoux flageolent à nouveau et je manque de faire des trous dans le plâtre tant mes doigts sont contractés sur le mur pour essayer de me maintenir debout.

— Tu as tellement bon goût, murmure-t-il en s'agrippant à mes hanches et en léchant ma vulve de haut en bas, comme s'il cherchait à me dévorer vivante.

— Putain, Elias.

C'est tout ce que j'arrive à dire et ma voix sonne

un peu irritée. Comme si je n'arrivais pas à croire qu'il puisse me faire tant d'effet avec si peu d'efforts, et que l'anéantissement était réciproque.

Il rit doucement contre ma peau, comme si je lui lançais un défi personnel et il commence à me lécher avec une ferveur renouvelée, enfouissant sa tête entre mes cuisses et léchant le moindre recoin de ma chatte. Quand il s'attaque à mon clitoris et commence à lui donner des coups de langue experts, mes hanches se projettent malgré moi contre son visage.

Il m'agrippe avec fermeté et me soulève une jambe pour la passer par-dessus son épaule tout en me baisant de sa langue, plus profondément que je ne l'aurais cru possible.

L'une de mes mains s'enfouit dans ses cheveux, glissant à travers les mèches dorées auxquelles je m'agrippe fort, alors que la jambe supportant mon poids tremble méchamment, comme si nous étions au milieu d'un tremblement de terre.

— Merde, Elias, putain ! Je me cambre vers lui, m'écartant un peu du mur, pour suivre les sensations incroyables qu'il fait naître dans mon corps et essayant de satisfaire le désir que je sens monter inexorablement dans mon clitoris.

Je suis déjà proche de l'orgasme. Si proche grâce

à ses caresses, la chaleur de sa bouche et la douceur de son souffle. Et la manière sauvage dont bougent ses lèvres et sa langue sur moi.

— Tu as un goût absolument fabuleux, grogne-t-il et je sais qu'il ne dit plus ça pour m'exciter. Il le désire autant que moi. Il a besoin de me sentir jouir. Je pourrais te bouffer la chatte toute la journée sans jamais m'en lasser.

Mes yeux se révulsent et mes hanchent roulent contre son visage, rien qu'à l'idée qu'il puisse me faire ça pendant des heures. J'imagine déjà ses joues rougies d'avoir été serrées entre mes cuisses et mon souffle se bloque dans ma gorge.

Il doit le sentir. Sentir à quel point mes muscles sont contractés, car sa bouche s'est refermée sur mon clitoris et que sa langue de titille d'avant en arrière, faisant monter un ouragan de plaisir en moi.

— Putain, oui.

Je pousse un son étrange, entre le soupir et le cri, qui se transforme rapidement en grognement de plaisir, alors que l'orgasme s'abat sur moi. Je me tortille contre lui, car il ne s'est pas arrêté de me lécher et quand les dernières vagues de l'orgasme cessent enfin de m'assaillir, la jambe qui supporte mon poids se met à trembler de manière incontrôlable. Quand il repose la jambe qui était sur son épaule par terre, je me laisse glisser au sol de manière assez peu élégante.

— Oh merde, ça va, Blue ?

Elias s'accroupit en face de moi et m'aide à me redresser, l'amusement et l'inquiétude se lisant à part égale sur son visage.

— Ouais, ça va. Je fais semblant de lui lancer un regard noir, mais mes joues rougies et mes yeux dans le vague me trahissent. J'ai peut-être un problème d'oreille interne, j'ajoute.

— Hum, hum. Il me redresse sur les genoux, dans la même position que lui, pour que nos corps soient pressés l'un contre l'autre. Ou peut-être plutôt que je suis très performant. Il hausse un sourcil en souriant légèrement. Est-ce que Gray ou Declan t'ont déjà fait tomber à la renverse comme ça ?

Je ris, puis je le pousse au niveau du torse. Je sais qu'ils n'ont pas de problèmes à l'idée de me partager, mais je n'ai pas envie de les pousser à la compétition.

S'ils ont envie de comparer leurs styles ou leurs techniques, ils n'ont qu'à le faire les uns en face des autres.

Cette pensée fait ressurgir un torrent de souvenirs dans mon esprit. Mon clitoris se remet à pulser en repensant aux trois hommes dans la chambre de Gray qui m'avaient fait jouir avec leurs mains et leurs bouches. Et plus récemment, la nuit après mon exposition, quand Elias m'avait baisée devant ses deux potes qui s'étaient branlés en nous regardant.

Ça avait été l'un des moments les plus chauds de toute ma vie et l'idée de pouvoir recommencer un jour et de les baiser tous les trois en même temps, me donne l'impression que du feu liquide coule dans mes veines.

Les yeux d'Elias s'assombrissent et je suis presque sûre qu'il sait à quoi je pense. Il n'a pas l'air d'hésiter, il n'a pas non plus l'air énervé que je puisse rêver de coucher avec ses potes et lui en même temps.

Au lieu de ça, il a l'air franchement excité par la perspective.

Ma chatte est trempée et je le pousse vers l'arrière, un peu plus fort cette fois. Il comprend ce que je veux et s'allonge sur le dos par terre, levant les yeux vers moi. Je retire mon débardeur et me dirige vers lui.

Nous respirons fort tous les deux alors que j'essaie de le débarrasser de son pantalon et de son boxer. Dès que c'est fait, il m'attrape par les hanches et me positionne pour que je le chevauche. Ma chatte se frotte contre sa queue bandée et nous poussons tous les deux un soupir contrôlé.

— Merde, Blue. J'ai besoin de te pénétrer. J'en ai un besoin vital, ça fait déjà trop longtemps, lâche-t-il dans un souffle.

Je hoche la tête, empoignant sa verge d'une main en ajustant ma position, puis je me lève et me laisse doucement retomber sur sa queue.

Dieu que c'est bon.

Il m'étire juste comme il faut et j'adore voir ses abdos se contracter, alors que je me tortille légèrement de gauche à droite pour m'enfoncer encore plus profondément sur lui. Je reste immobile pendant quelques secondes, savourant ce sentiment si parfait de complétude. Puis je pose mes mains sur son torse avant de commencer des mouvements de bas en haut.

Mes orteils se contractent sur le sol froid et lisse et je recommence le mouvement, encore et encore, accélérant la cadence en sentant le plaisir monter en moi. Je me penche un peu vers l'avant, laissant mes cheveux blond et bleu glisser devant mon visage et je trouve l'angle parfait. Mon clitoris toujours sensible pulse et je sens une vague de plaisir monter en moi en me frottant ainsi rythmiquement à lui.

Il me regarde, les yeux mi-clos et le regard empli

de désir. Ses mains caressent mon corps tout entier et finissent par se poser sur mes seins, pinçant et titillant mes tétons. Quand je me mords la lèvre, il recommence, m'encourageant à le chevaucher encore plus fort, encore plus vite.

Ses hanches montent à ma rencontre, faisant que nos corps se percutent avec plus de force encore et enfin, je bascule dans la jouissance. Je frissonne de la tête aux pieds en jouissant fort sur sa queue, mes muscles spasmant et se contractant autour de lui. Il laisse échapper un grondement sourd et je sais qu'il est proche de la délivrance lui aussi.

Mais avant qu'il ne puisse terminer, je me relève. Ma chatte est encore secouée par les dernières vagues de l'orgasme et je me sens soudain vide sans sa queue à l'intérieur de moi.

— Blue, mais que... ?

Il laisse sa phrase en suspens quand il comprend ce que je suis en train de faire. Il laisse échapper un grondement de désir en me voyant me retourner et le chevaucher à nouveau, mais dans l'autre sens. Désormais face à ses pieds, je le fais glisser en moi et m'assois sur lui.

Tout est différent dans cette position et à en juger par la manière qu'il a de m'attraper par les hanches, j'ai bien l'impression qu'il apprécie autant que moi. Il ne me faut que quelques secondes pour trouver mon rythme et je commence à rebondir à nouveau sur sa verge, le poussant rapidement vers l'orgasme.

— Oh mon dieu, je ne vais pas tenir bien longtemps. Putain, tu es tellement parfaite !

Sa voix est rauque, sous tension et ses cuisses puissantes se contractent sous mes doigts alors qu'il tend un bras vers moi pour m'attraper par les cheveux. Cette position me force à cambrer un peu le dos et nous gémissons de concert.

— Chevauche-moi, ma belle, murmure-t-il et je devine au son de sa voix qu'il est tout proche de la jouissance. Fais-moi jouir.

C'est exactement ce que je fais, serrant mes muscles intimes autour de lui, je glisse de haut en bas le long de son membre avec des mouvements vifs et brutaux. Quand ses hanches se projettent vers le haut pour rencontrer les miennes et que je sens sa verge décharger sa semence en moi, je mets la tête en arrière et le laisse m'emplir de son sperme chaud.

Il se redresse d'un coup, enroulant un bras autour de ma taille et collant mon dos contre son torse, alors que les derniers soubresauts de l'orgasme parcourent son corps. Il enfouit son visage dans le creux de mon épaule et embrasse ma peau échauffée alors que je me laisse aller contre lui.

— Tu es absolument incroyable, Blue, murmure-t-il à bout de souffle. Je n'ai jamais désiré personne comme je te désire.

Avec ses bras autour de moi, je me sens complètement enveloppée. Protégée. Le cauchemar qui m'a réveillée et m'a poussée à venir dans mon studio, me semble bien lointain désormais.

Il faut toujours que je parvienne à déterrer de nombreux éléments de mon passé. Je dois toujours me souvenir d'autant de détails que possible.

Mais je me sens mieux à présent. Les mots doux d'Elias et ses caresses possessives m'ont rappelé que je n'étais pas seule.

Je sais que quand les démons de mon passé viendront me harceler, les Pécheurs seront là, à mes côtés, pour leur faire face.

CHAPITRE 12

Le matin suivant, nous débattons pour savoir si je dois ou non retourner à la fac, mais de toute manière, je ne peux pas me permettre de rater plus de cours si je veux maintenir mes résultats. Et je déteste l'idée qu'Alan me fasse rater mon année universitaire en m'empêchant de me rendre en cours.

Les garçons acceptent à contre cœur de me laisser y retourner, je sais très bien qu'ils détestent tous l'idée. Mais Gray a déjà essayé le plan consistant à « Faire en sorte que Sophie quitte Hawthorne pour son propre bien » et on ne peut pas vraiment dire que ça ait fonctionné. À la place, les trois garçons réfléchissent à des moyens pour garder l'œil sur moi pendant que je serai sur le campus.

Notre nouvelle maison est située à moins de cinq

minutes de route du campus et même si je fréquente l'université d'Hawthorne depuis presqu'un an désormais, quand nous nous garons sur le parking, j'ai l'impression de m'y rendre pour la première fois.

— Putain, pourquoi je suis nerveuse comme ça ? murmuré-je à Gray alors qu'il coupe le moteur.

Dès que les mots franchissent mes lèvres, je réalise que j'aurais dû les garder pour moi. Il est déjà très inquiet et c'est moi qui ai insisté pour retourner en cours. Je ne devrais pas lui donner encore *plus* de raisons de redémarrer, de rentrer dans notre nouveau chez nous et de m'enfermer à double tour dans mon studio pour me garder hors de tout danger.

Mais au lieu de ça, il se contente de me regarder, la mâchoire serrée et l'air déterminé.

— Tout va bien se passer, Moineau, dit-il. Tu peux compter sur nous.

C'est vrai, je peux compter sur eux. C'est d'ailleurs la seule raison qui me permet de garder mon sang-froid quand nous tombons sur Caitlin et sa bande, déambulant sur le campus. Gemma est tout à côté de Caitlin et Reagan marche en retrait, à l'arrière.

Merde. Elle est revenue.

Mes muscles se tendent malgré moi. Je n'avais jamais vraiment fait attention à Reagan avant tout ça. Elle est réservée, silencieuse, se contentant de suivre la fille bruyante et extravertie qu'est Caitlin. Vue de l'extérieur, elle ne semble pas être le genre de fille capable de tenir tête à quelqu'un comme moi et pourtant, je sais d'expérience qu'elle l'est.

— Merde, lâche Elias en ralentissant.

Declan grimace.

— Elle est bien amochée, c'est toi qui lui as fait ça, Soph ?

— J'imagine, oui, marmonné-je.

Un sentiment de satisfaction vicieuse s'empare de mon corps malgré moi. Oui, c'est à cause de moi qu'elle a un œil au beurre noir, le nez abîmé et la lèvre éclatée. Elle a l'air hagard, abattu, et j'aurais presque pitié d'elle... mais je ne me laisse pas glisser vers ce genre de sentiments. Elle n'est pas la seule à être couverte de bleus et les miens ne sont pas seulement sur mon corps.

Caitlin redresse les épaules, penche la tête sur le côté et pose ses mains sur ses hanches.

— Je suis surprise que tu oses remettre les pieds sur le campus après ce que tu as fait, salope, crache-t-elle. D'abord tu t'en prends à Cliff Montgomery et maintenant à ma *meilleure amie* ?

Je me retiens de lever les yeux au ciel. Caitlin n'est pas plus proche de Reagan que d'aucune des autres filles qui gravitent autour d'elle. Reagan est seulement la plus facile à contrôler. Ce qui ne me surprend pas le moins du monde, sachant avec quelle facilité cette dernière laisse les autres, et notamment Alan, la manipuler à leur guise.

— Cliff n'était pas suffisant pour toi, hein ? continue Caitlin en plissant les yeux. C'est quoi ton problème ? Tu *aimes* te battre, c'est ça ? Attaquer les gens sans raison ? T'es complètement tarée ma parole !

Elle lance des coups d'œil rapides à Gray tout en me parlant et j'ai l'impression que son agressivité n'est pas seulement due à ce que j'ai fait à Reagan. Caitlin voit bien que les trois hommes se regroupent autour de moi de manière protectrice et sachant à quelle vitesse les rumeurs se répandent dans cette fac, elle doit déjà être au courant que nous avons emménagé ensemble. Elle est simplement dégoûtée parce qu'elle aurait voulu être à ma place.

Je ne suis peut-être pas populaire ici, mais j'ai les trois Pêcheurs de mon côté. Sur le papier, Caitlin est normalement tout à fait le genre de fille qu'ils auraient dû désirer. Nous le savons toutes les deux. Mais pourtant, ils m'ont choisie, moi.

Et ça l'insupporte.

J'ai presque envie de lui sourire d'un air suffisant

et de la provoquer un peu, mais à quoi ça servirait ? Je n'ai pas besoin d'en faire plus, la réalité de la situation est déjà bien suffisante. Je suis avec les Pécheurs et les Pécheurs sont avec moi. Elle ne peut rien faire d'autre qu'accepter cette vérité, parce que même si elle réussissait à se débarrasser de moi, elle ne pourrait pas prendre ma place pour autant.

Ils n'ont jamais voulu d'elle, même quand je n'étais pas une option. Je les connais suffisamment bien désormais pour le savoir.

Vu que je ne rentre pas dans son jeu, Caitlin s'énerve encore plus.

— T'es complètement tordue ma pauvre, hurle-t-elle. Tu es un danger pour notre université et tous les étudiants qui la fréquentent. Et en plus tu as lavé le cerveau des Pécheurs ou je ne sais quoi. Qu'est-ce qu'ils te trouvent bordel ? T'as l'air d'une clocharde avec tous tes tatouages dégueulasses, tes cheveux bleus et tes cicatrices partout. Tu ressembles à une vieille pute.

— C'est plus possible, murmure Gray en me dépassant et en s'interposant entre Caitlin et moi. Mon sang bouillonne dans mes veines alors qu'il se penche vers elle, son corps vibrant d'une colère tout juste contenue. Casse-toi d'ici maintenant, Caitlin.

Elle doit voir le sérieux de son expression, car

elle pâlit tout à coup. Gray n'est pas là pour me défendre, pour se défendre lui-même, ni pour chercher les problèmes, mais seulement pour énoncer une vérité. Et je ne sais pas pourquoi, mais je sens ma peau s'échauffer un peu à cette idée, mes tétons pointent d'excitation en entendant le grondement sourd de sa voix.

Que c'est chaud, me dis-je en sentant mon cœur accélérer dans ma poitrine.

— Tu veux voir des gens avec des vrais problèmes mentaux ? De vrais tarés ? lance-t-il avec un sourire mauvais. Regarde-toi dans un miroir ou regarde la fille derrière toi. Ce n'est pas Sophie qui devrait te préoccuper. Il lance un regard à Reagan derrière elle, puis fixe ses yeux sur Caitlin. Ne t'approche plus de Moineau et ne laisse pas non plus tes copines s'en approcher.

Je peux entendre au son de sa voix que Gray est on ne peut plus sérieux et je sais que Caitlin le comprend elle aussi. Pour la première fois depuis que je la connais, elle a l'air presque... bouleversée. Effrayée.

— Très bien, dit-elle d'une voix trop aiguë. Trop perçante.

Elle a l'air sur le point d'ajouter autre chose, mais au lieu de ça, elle tourne les talons et claque des doigts, demandant à tout sa clique de la suivre sur le champ. Elles s'empressent d'obéir et même si je ne quitte pas Reagan des yeux, pas une fois elle ne croise mon regard.

Quand elles sont parties, Gray me tourne pour que je me retrouve face à lui. Il m'attrape par la taille et me colle contre lui avant de se pencher vers moi et de m'embrasser brutalement. C'est un baiser possessif, violent, qui ne veut dire qu'une seule chose.

Tu es à moi.

Je sens une intense chaleur exploser en moi, irradiant de mon corps et me donnant envie de me fondre contre lui, mes hanches se frottant malgré moi aux siennes, dans une démonstration publique d'affection qui se transforme progressivement en film pour adultes. Un gémissement que je suis la seule à pouvoir entendre s'échappe de sa gorge quand je lui rends son baiser avec la même force.

Quand il se recule, je peux voir dans ses yeux qu'il n'a qu'une envie, me tirer dans la cage d'escalier la plus proche, dans une salle de classe vide, dans un placard – peu importe, même dans la voiture si nécessaire – pour me baiser à m'en faire oublier mon nom, mais il se retient. Mon corps tout entier pulse, frémit, le désirant tout autant.

— C'était super chaud. Je me lèche les lèvres et lui souris de toutes mes dents, lui faisant comprendre que je ne parle pas simplement du baiser. Ça change de la première fois où j'ai mis les pieds ici.

Le voir prendre ainsi ma défense ? J'adore, bien plus que je ne l'aurais cru. Et qu'il m'embrasse ainsi, de cette manière si possessive ? Ça relègue tout ce qu'il a pu me faire à mon arrivée ici à l'état de lointains souvenirs. Il s'est vraiment comporté comme un connard au début, enfin non, pas seulement au début, mais ce baiser qu'il vient de me donner, scelle la promesse de tout ce qu'il va faire pour se rattraper.

Quand Gray me relâche, Elias m'adresse un sourire charmeur qui est tout sauf innocent. Il me fait comprendre qu'il pense à ses mains sur mon corps, à ma peau contre la sienne et à ce que nous avons fait hier soir, rien que tous les deux. Il m'attire contre lui et plante un baiser sur ma bouche à son tour, glissant sa langue entre mes lèvres quand je les écarte pour le laisser entrer.

Je sais qu'on nous observe. Je vois très bien que certains sont comme fascinés par ce qui se passe. C'est la première fois que les garçons m'embrassent l'un après l'autre en public. Comme si c'était la chose la plus naturelle au monde, une évidence. Comme s'ils se foutaient bien de ce que les autres pouvaient penser.

Declan me tire des bras d'Elias et je glousse en le voyant me faire un clin d'œil. Je me hisse sur la pointe des pieds pour l'atteindre. Quand nos lèvres se touchent, il glisse ses mains le long de mon dos et m'empoigne fermement les fesses.

Je souris contre sa bouche, un sentiment de joie étourdissant me submerge, noyant momentanément mon stress.

La rumeur de ma relation avec les Pécheurs court déjà dans toute la fac. Mais avec ce que nous venons de faire, la rumeur n'a plus lieu d'être, c'est un fait établi désormais. Les garçons auraient tout aussi bien pu prendre des mégaphones et le hurler dans tous les couloirs.

J'aime ça.

J'aime vraiment beaucoup ça.

Je suis escortée par au moins l'un d'entre eux à tout moment de la journée et ils assurent ma sécurité autant que possible. Quand je leur dis que ça m'inquiète qu'ils ratent leurs cours à cause de moi, ils m'expliquent qu'ils se sont arrangés pour modifier leurs horaires de façon à ce que je sois toujours protégée du mieux possible.

Ils font tout ça pour moi.

Pour une fois, je ne me dis pas avec amertume d'en profiter tant que ça dure. Je me contente simplement d'en profiter. Je savoure le fait d'avoir mes hommes près de moi et j'accepte leur aide.

Les jours suivants se passent de la même manière. Bien que je ne rencontre aucune difficulté sur le campus, j'ai tout de même la désagréable sensation qu'une épée de Damoclès est suspendue au-dessus de ma tête.

Car la question n'est pas de savoir *si* Alan s'en prendra à moi, mais plutôt *quand* il choisira de le faire.

J'essaie toujours de récupérer mes souvenirs depuis que les vannes semblent avoir été rouvertes dans mon esprit, mais le processus est très lent. J'ai pu me souvenir de quelques bribes, de vagues images de mon passé, mais rien qui incrimine Alan et prouve qu'il m'a détenue captive pendant mon enfance.

Pour le moment, c'est ma parole contre la sienne et on a déjà vu à quel point c'était insuffisant.

Nous avons besoin d'autre chose.

Je me souviens de ce que le docteur Cohen m'avait dit et j'essaie de ne pas être frustrée ou déçue que mes souvenirs soient si lents à refaire surface, mais parfois, j'aimerais vraiment pouvoir les arracher de force à mon cerveau.

J'ai besoin d'avoir des réponses et j'ai besoin de les obtenir *tout de suite*.

Je dois mettre les Montgomery hors d'état de nuire le plus vite possible, avant qu'ils n'aient le temps de s'en prendre à moi ou aux personnes auxquelles je tiens.

Alors que je retourne cette idée dans ma tête le jeudi, une idée me vient soudain.

Mes souvenirs ne seront pas suffisants. Nous devons nous approcher plus encore de la source. Alan a déjà prouvé qu'il était rusé et qu'il savait naviguer ce genre d'eaux troubles : il n'est pas du genre à faire des erreurs d'inattention ou à se faire pousser à dire des choses qu'il ne devrait pas.

Mais son fils ?

C'est une tout autre histoire.

CHAPITRE 13

Il me faut une soirée entière pour parvenir à convaincre les Pécheurs de me laisser mettre sur pieds mon plan d'attaque. Ils détestent tous cette idée et je comprends bien pourquoi.

La dernière fois que j'ai croisé Cliff, on ne peut pas vraiment dire que ça se soit bien passé et même si j'ai réussi à l'envoyer à l'hôpital, je n'en suis pas sortie indemne pour autant. De plus, si je m'en prends physiquement à lui une nouvelle fois, je rentrerai dans son jeu. Ce salopard et son père, ne se gêneront pas pour porter plainte cette fois. Et sachant le poids que ce dernier a dans cette ville, je suis certaine qu'il pourra se débarrasser de moi facilement.

Mais là, l'idée n'est pas de s'en prendre à Cliff. L'idée est de le coincer seul à seul pour le laisser faire ce qu'il fait le mieux, c'est-à-dire se comporter comme un connard dégueulasse et lubrique qui aime montrer sa supériorité. Cette simple pensée me donne des frissons, mais j'espère tout de même que si je le laisse me coincer dans un coin, il m'avouera malgré lui quelque chose qui pourra l'incriminer lui, ou son père. Je *sais* qu'il est au courant pour le bunker.

Gray est celui des trois qui s'oppose le plus longtemps à l'idée, la jugeant trop risquée, mais il finit tout de même par céder. Il insiste pour que je ne me retrouve pas totalement seule avec Cliff et j'ai du mal à ne pas lui donner raison sur ce point. On décide donc que Gray se tiendra près de nous, hors de vue, juste au cas où Cliff péterait les plombs.

Vendredi matin, nous nous préparons à nous rendre à la fac comme un jour normal, mais l'adrénaline qui coule dans mes veines me picote la peau, comme si elle était parcourue d'un courant électrique. J'écoute à peine les cours et en début d'après-midi, je suis si tendue que j'ai l'impression d'être sur le point d'exploser.

Declan dépose un baiser sur mes lèvres avant de se diriger vers l'autre bout du campus. Un jour normal, il m'accompagnerait jusqu'à ma salle de classe, mais aujourd'hui, nous devons donner l'impression que je suis seule pour ne pas décourager Cliff de m'approcher.

Je sors mon téléphone de ma poche et fait semblant de le regarder d'un air absent tout en me dirigeant vers un bâtiment situé à la périphérie du campus. De l'extérieur, j'ai l'air distraite et détendue, mais ma mâchoire se tend malgré moi quand j'entends des bruits de pas derrière moi. Je ne lève pas les yeux et je me contente de pousser la porte du bâtiment Wyman.

Nous avons fait en sorte que je sois un peu en retard pour le début de mes cours. Donc quand je rentre à l'intérieur du bâtiment, les couloirs sont déjà presque vides. Au lieu de prendre l'ascenseur, je me dirige vers les escaliers, au fond.

Mais je n'ai pas le temps de les atteindre. Avant que je ne parvienne à la porte qui y mène, une main s'enroule autour du haut de mon bras, me retourne et me plaque contre le mur. Tout se passe en quelques secondes et je dois lutter contre moi-même pour maîtriser mon envie de combattre et briser un à un les doigts de la main qui m'immobilise.

Mon estomac me remonte dans la gorge quand je sens l'haleine de Cliff me frôler. Il se penche vers moi, si proche que sa bouche se pose presque sur mon oreille, son souffle chaud sur ma peau.

— Tu as été une vilaine fille, Sophie, dit-il à voix basse. Le couloir est totalement vide, mais il n'élève pas la voix, comme s'il me murmurait un vilain secret. Mais ça ne m'étonne pas, tu as toujours été une vilaine fille, n'est-ce pas ?

Il ne mentionne pas le bunker. Et même si le ton de sa voix est glauque à souhait, il ne révèle rien de particulier.

Ce n'est pas assez, merde.

J'ai besoin qu'il m'avoue quelque chose qui l'implique, lui ou son père, dans ma captivité. Quelque chose d'irréfutable.

— T'es franchement obsédé, tu le sais, ça ? Ma mâchoire se serre et je me raidis. Au moins, je n'ai pas à faire semblant d'apprécier qu'il me touche. Ce plan n'aurait jamais fonctionné s'il avait fallu que je fournisse une performance de ce genre.

— Je suis obsédé, *moi* ? Il glousse. Il me semble que c'est plutôt toi qui es obsédée par ma famille. C'est un peu pathétique d'ailleurs, si tu veux mon avis.

— Peut-être que je pense qu'il nous reste des choses à régler, lâché-je. J'essaie de respirer par petits à-coups pour que nos corps n'entrent pas en contact.

Je sens la vibration de son rire.

— Eh bien, tu as peut-être raison sur ce point. Il

laisse échapper un soupir silencieux. *Pourquoi as-tu tout gâché, Sophie ? Pourquoi es-tu si violente, si dérangée ? Je t'aimais beaucoup. Vraiment. Et même quand tu es agressive, j'aime ton esprit combatif. Nous étions vraiment faits l'un pour l'autre.*

Je n'ai pas besoin de lever les yeux vers lui pour savoir qu'il arbore un sourire méprisant et je frissonne de dégoût et de peur. Il se recule légèrement et mes yeux se posent sur son visage, fixant la petite cicatrice sur sa joue droite que j'ai remarquée dès notre première rencontre.

— Nous étions faits pour être ensemble Sa… Sophie, continue-t-il. Je me tends en réalisant qu'il m'a presque appelée par mon ancien nom. Celui qui me semble si étrange, si étranger. Nous avons été promis l'un à l'autre et je ne serai pas satisfait, tant que je n'aurai pas obtenu ce qui m'est dû.

Mon souffle se bloque dans ma gorge en entendant ces mots.

Promis l'un à l'autre.

La phrase se réverbère dans mon cerveau, semblant se cogner aux os de mon crâne.

Promis.

Mon estomac se contracte en une boule dure quand une nouvelle vague de souvenirs me submerge. Cette fois-ci, ce ne sont pas des images à demi formées de Cliff encore petit garçon, non ces souvenirs-là sont clairs comme du cristal.

Je le connais depuis longtemps. Quand j'étais une petite fille, détenue prisonnière par son père pour une raison qui m'est toujours inconnue, je le connaissais déjà. Il venait parfois dans le bunker. Il laissait Reagan tranquille, mais avec moi, c'était autre chose. Il était complètement *obsédé* par moi.

Il me voulait.

Et comme il vient de me le dire, son père lui avait dit qu'il pourrait m'avoir. Qu'il pourrait *m'épouser* un jour, quand il aurait l'âge. Que je lui appartiendrais.

Je me souviens de tout cela d'un coup et je sens la bile remonter dans ma gorge, comme le jour où Cliff était venu me l'annoncer. Je me souviens de son visage, déformé par une satisfaction cruelle, quand il m'avait dit que je lui appartiendrais. Et que je ne pouvais rien y faire. Que nous étions *faits l'un pour l'autre*.

Mes yeux restent fixés sur la cicatrice de sa joue droite, l'ancienne, et je réalise que c'est moi qui lui ai faite, *celle-là aussi*.

Je lui ai faite le jour où il m'a annoncé que j'étais destinée à lui appartenir.

Son obsession pour moi n'a pas commencé le

semestre dernier, parce qu'il s'est dit que ce serait sympa de se taper la fille qui a grandi en famille d'accueil et qu'elle serait probablement facile à convaincre. Non, je l'obsède depuis que nous sommes enfants.

Et Alan m'a promise à lui.

Bodel. Ils sont aussi fous l'un que l'autre.

J'inspire un grand coup, essayant de calmer mes pensées. Je dois reprendre le contrôle de la situation. Je dois le faire parler.

Mais j'ai l'impression d'avoir un véritable volcan sous la peau, chauffant désagréablement le sang dans mes veines et rugissant à mes oreilles.

Mon estomac se tord et je lève la main pour toucher la cicatrice sur sa joue, faisant glisser mon ongle sur l'endroit où je lui ai arraché un petit morceau de chair il y a tant d'années. Je remarque sans peine la manière qu'il a de se coller à moi et le frisson qui le parcourt. Ses paupières se ferment un peu et sa pomme d'Adam tressaute en réponse à mon toucher. Ça me révulse jusqu'au plus profond de mon être.

— Cliff. Ce mot à le goût du poison sur mes lèvres. Nos visages sont trop proches l'un de l'autre, sa bouche est si près de la mienne qu'il m'embrasse presque et ses lèvres sont entrouvertes de désir.

— Ouais ? dit-il dans un souffle.

— Je me souviens de cette promesse, je me souviens que tu me *voulais*.

Ses lèvres s'incurvent dans un sourire que je reconnais trop bien. Il se presse contre moi, si proche que je peux le sentir bander contre ma jambe.

— Je savais que tu t'en souviendrais. Je savais que tu voudrais…

— Tu ferais mieux de faire attention, continué-je d'une voix dure en lui coupant la parole. Parce que la prochaine fois, je ferai bien pire qu'une petite cicatrice sur ton visage. Si ton père essaie encore de s'en prendre à moi, je te démolirai tellement que tu seras méconnaissable.

Sa réaction à mes mots est immédiate. La satisfaction méprisante et le désir disparaissent de son visage. Il se met à gronder, une rage pure secouant son corps, alors qu'il me plaque rudement contre le mur.

— Tu n'es pas aussi en sécurité que tu peux le croire, Sophie. Ses lèvres sont retroussées et il plisse les yeux. Tu crois que tes petits copains me font peur ? Ne t'imagine pas que je ne vais pas tout simplement te ramener dans le…

Il s'interrompt d'un coup, me dévisage et serre les dents.

Ses épaules sont tendues et je le supplie silencieusement de continuer, de me menacer à nouveau et de me dire qu'il va me ramener dans le bunker pour me baiser tout son saoul.

Mais il prend une grande inspiration par le nez et se redresse en repoussant le mur, s'éloignant de moi par la même occasion. Il respire fort, clairement furieux contre moi. Mais il ne prononce pas un mot de plus, se contentant de tourner les talons et de quitter les lieux.

Merde. Putain de merde.

Je sors le téléphone de ma poche et appuie sur le bouton stop de l'application d'enregistrement que j'avais ouverte. J'étais si près d'obtenir quelque chose de lui. J'étais censée lui tendre un piège, l'appâter et le pousser à me révéler quelque chose qui l'incriminerait, mais j'ai perdu le contrôle. J'ai craqué quand il m'a parlé de la promesse monstrueuse que son père lui a faite quand nous n'étions encore que des enfants. La vague de souvenirs qui m'a submergée, m'a fait perdre le fil.

J'ai réagi émotionnellement, je l'ai agressé, voulant qu'il ait peur de moi, autant que j'avais peur de lui enfant. Le menacer ne faisait pas partie du plan que nous avions mis sur pied avec les Pêcheurs. J'ai tout gâché et je n'ai fait qu'empirer les choses.

Je regarde autour de moi, ne sachant pas où Gray a bien pu se cacher pendant mon échange avec Cliff et mon cœur s'arrête quand je vois qu'il est déjà en train de se diriger vers moi à grandes enjambées, la colère irradiant de lui.

Il ne me laisse pas le temps de m'expliquer, ni de me trouver des excuses. Il ne me laisse le temps de rien, il se contente de me tirer le long du couloir et de m'entraîner à sa suite en haut de plusieurs volées d'escalier. Quand nous atteignons le toit, il ouvre la porte d'un coup sec et me pousse à l'extérieur. La porte se referme bruyamment derrière nous et il me plaque contre elle, les yeux lançant des éclairs.

— Putain, mais à *quoi* tu pensais, Moineau ?

CHAPITRE 14

La porte en métal est froide contre l'arrière de mes bras, un contraste saisissant avec la chaleur de la peau de Gray.

Pendant quelques secondes, je reste sans réagir, choquée par la force de sa colère. Je ne l'ai pas vu si furieux depuis le jour où il s'est battu avec Declan et aujourd'hui, toute cette rage est dirigée contre moi.

— Mais à quoi tu pensais bordel ? répète-t-il d'une voix grave. Il n'a jamais été question que tu ailles aussi loin. Tu n'étais pas censée le pousser à bout comme ça. Tu sais pourtant qu'il est dangereux, merde !

— J'essayais d'obtenir quelque chose, lâché-je en le poussant au niveau du torse. Il me saisit les poignets, les immobilisant de ses grandes mains.

Nous avons besoin de preuves et il ne me disait rien d'intéressant, je devais le faire parler. Son père l'a briefé, c'est évident, il lui a dit de ne surtout rien révéler et même si Cliff est un connard prétentieux, son père est bien plus rusé.

Mais ce n'est pas pour ça que je me suis battue, j'ai envie de le lui dire. Je veux lui parler des souvenirs qui me sont revenus à propos de Cliff, les mots sont sur le bout de ma langue, mais je n'arrive pas à les prononcer.

Je ne peux pas lui dire, je ne peux pas le laisser connaître la vérité.

Tout simplement parce que je ne veux pas m'en souvenir.

— C'était franchement une mauvaise idée, gronde Gray les yeux encore plus sombres que d'habitude quand ils croisent les miens. Je t'ai pourtant dit que je n'aimais pas du tout cette idée. Je ne voulais pas que tu serves d'appât, Moineau. C'est dangereux, tu n'es pas en sécurité.

— Pourquoi alors tu as accepté ce plan ? demandé-je en le repoussant de nouveau. Les souvenirs tournoient encore dans mon cerveau et je n'arrive plus à maîtriser mes émotions. Si tu veux me garder en sécurité comme tu dis, pourquoi est-ce que tu ne m'enfermes pas dans ta belle maison ? Pourquoi est-ce que tu ne construis pas un bunker pour m'y cacher tant qu'on y est ?

Sa mâchoire tressaute.

— Ne me tente pas. On n'a aucune idée de ce qu'ils vont faire maintenant et on ne sait pas si Cliff ne va pas péter les plombs parce que tu l'auras trop poussé à bout. Ce n'est pas parce que son cher papa lui a dit de ne rien dire et de ne pas faire de vagues, qu'il ne va pas réagir pour autant. Tu comprends ? Ce mec est complètement taré !

— Je sais.

Je déglutis, tentant de détacher mes yeux de son regard furieux. Mais il est si proche de moi que je ne peux regarder nulle part ailleurs. Je fixe donc mon regard sur son menton, assombri par une barbe naissante.

Il n'apprécie pas. Il pose sa main sur ma mâchoire, ses doigts puissants glissent sur ma peau et il me force à le regarder.

— Non, dit-il. Tu ne sais clairement pas. Tu ne prends pas tout ça assez au sérieux.

Dis-lui. À l'intérieur de moi, mon esprit me hurle. Dis-lui !

Il croit que je ne comprends pas, tout simplement parce qu'il navigue dans ce monde de richesses et de privilèges depuis plus longtemps que moi. Mais ce qu'il ne sait pas, c'est que je connais Cliff depuis bien plus longtemps que lui.

— Je *sais* à quel point il est taré, Gray, murmuré-je d'une voix devenue rauque. Je le sais mieux que toi, que Declan, qu'Elias ou qui que ce soit d'autre.

J'inspire, je n'ai pas envie de le lui dire. Je n'ai pas envie de le dire à haute voix de peur de le rendre encore plus réel.

Alors que je croyais que les choses ne pouvaient pas être pires, que mon passé ne pouvait pas être plus tordu qu'il l'était déjà, j'apprends ça.

Cliff a essayé de... me posséder.

Comme si nous étions des animaux, comme si je n'étais qu'un objet, prête à être troquée ou vendue. Il croit que je lui appartiens, que la promesse que son père lui a faite quand il n'était encore qu'un petit garçon lui donne des droits sur moi. Mais personne, pas même les Pécheurs, ne me possède ainsi. C'est plus que malsain d'imaginer un truc pareil.

Je déglutis.

— Je le sais parce que je m'en souviens, dis-je. Mon cœur bat si fort dans ma poitrine que j'ai du mal à parler normalement. Les souvenirs me sont revenus pendant qu'il me parlait, c'est lié à quelque chose qu'il a dit. Tout m'est revenu d'un coup. Cliff a essayé de me posséder quand nous étions plus jeunes.

Je grimace intérieurement en disant ça, mais Gray s'immobilise instantanément, les épaules tendues. Il sait pertinemment que je ne plaisanterais pas, que je n'inventerais pas un truc pareil. Je sais qu'il comprend tout ce que ça sous-entend, mais que, comme moi, il n'arrive pas à y croire.

— Quand nous étions enfants, son père m'a promise à lui, continué-je. Ces mots ont une saveur amère, écœurante dans ma bouche. Comme si c'était possible de donner la vie de quelqu'un d'autre à son fils, comme si je lui appartenais, qu'il me possédait. Cliff a grandi en croyant que je lui appartenais et il le croit toujours. Je l'obsède, tout simplement parce qu'il croit que je suis à lui.

Gray ne dit rien, il ne fait pas un mouvement, ne respire même pas. Une horreur, sans nom est inscrite sur son visage.

— Moineau. Ses mains lâchent mon visage, pendant mollement au bout de ses bras. Je ne... je ne savais pas.

— Je ne savais pas non plus, dis-je, la voix cassée. Mais je sais maintenant. Nous le savons. Un rire sans joie m'échappe. Je n'ai rien réussi à enregistrer d'intéressant de notre conversation. J'ai craqué quand tous ces souvenirs me sont revenus et je l'ai menacé. J'ai perdu pied et j'ai tout fait foirer.

Mon cœur martèle dans ma poitrine et le toit est plongé dans un silence de mort. Le vent a arrêté de souffler, comme s'il retenait lui aussi sa respiration. Quand Gray relève enfin les yeux vers moi, ils sont emplis d'une grande résolution.

— Qu'il aille se faire foutre, dit-il doucement en faisant glisser les mains sur mon corps, remontant le long de mes bras, de mes épaules et s'arrêtant au niveau de mon cou, dans un mouvement doux, mais possessif. Qu'il aille se faire foutre, ce *connard*.

Les mots sont à peine sortis de sa bouche, qu'il se penche pour m'embrasser. Une étincelle crépite quand nos corps se rencontrent. La peur, l'inconnu, sont toujours autant d'obstacles sur notre chemin, mais quand il m'embrasse, tout semble soudain plus lointain. Quand il pose ses lèvres sur les miennes, personne, pas même Cliff Montgomery, ne peut plus me faire souffrir. Quand il m'embrasse comme ça, je sais qu'il ne reculera devant rien pour me protéger.

Avec ses lèvres, il m'enlève ma douleur.

Il se recule pour reprendre son souffle, ses yeux bleu-vert assombris de désir.

— Ne crois jamais, lance-t-il, pas même une seconde, que ce connard te possède, Moineau. Parce que tant que je serai en vie, tant que Declan et Elias seront en vie, personne ne te fera une chose pareille. Ni Cliff. Ni Alan. Personne.

Je hoche la tête, repoussant les larmes qui menacent de déborder. J'ai passé tellement de temps à ne faire confiance à personne, à ne m'autoriser à placer ma confiance qu'en moi-même, que ce qu'il me dit sonne étrangement à mes oreilles. Même s'ils me l'ont prouvé à de nombreuses reprises, j'ai toujours du mal à y croire. C'est difficile de faire confiance, de passer la main.

— Tu n'es pas seulement l'une d'entre nous, dit-il. Tu fais *partie* de nous.

Putain.

Ces mots sont douloureux, mais c'est une bonne douleur. Elle me fait me pencher vers lui et l'embrasser à mon tour, enroulant mes bras autour de son cou, passant mes doigts dans ses cheveux et le tirant tout près de moi. Ses mains parcourent mon corps, glissant le long de mon dos, empoignant mes fesses et mes hanches et m'attirant fort contre lui.

Quand sa langue glisse sur la commissure de mes lèvres, je le laisse entrer sans hésitation. Le grognement qu'il pousse en réponse, résonne dans tout mon corps faisant pointer mes seins et échauffant ma peau. Le désir intense, maintenant si familier, que je ressens pour lui s'éveille à nouveau, lourd et puissant, dans mon ventre, dans ma poitrine, entre mes jambes.

Nous nous embrassons comme deux adolescents en chaleur. Et même si Gray m'a déjà embrassée, même si nous avons déjà couché ensemble, cette fois, c'est différent. Je peux le sentir dans toutes les fibres de mon corps, dans le battement puissant de son cœur contre le mien.

L'air est froid sur ma peau et même si nous sommes hors de vue sur cette partie du toit, je peux entendre le bruit des étudiants en contrebas, leurs voix, leurs rires et leurs cris.

Mais je ne suis qu'à peine consciente de tout ça. Mon être entier est concentré sur Gray et sur la pression de ses lèvres sur les miennes.

Nos corps se frottent l'un contre l'autre et je peux sentir la bosse que fait sa queue dans son pantalon, alors qu'il plaque ses hanches contre les miennes. Il me mord la lèvre inférieure et j'empoigne ses fesses, l'attirant encore plus près de moi. Nous respirons fort et la chaleur que je ressens soudain me fait réaliser que nous sommes tout proches de la jouissance tous les deux.

L'alchimie qui existe entre nous est si puissante, si primale, que nous sommes prêts à jouir rien qu'en nous frottant l'un à l'autre contre une porte en métal.

J'ai envie de sentir Gray exploser en moi. J'ai envie d'entendre le grognement sourd qu'il pousse quand il jouit. Merde, rien que ce son pourrait me faire jouir, mais j'ai envie de l'avoir au fond de moi pour ça.

Peut-être qu'un jour, nous serons plus posés et nous ne nous laisserons plus aller à cette passion sauvage et dangereuse. Peut-être qu'un jour, nous ne baiserons plus dans des cages d'escaliers et sur les toits des immeubles. Peut-être que nous nous contenterons de la chambre à coucher, comme un couple responsable et bien élevé.

Mais j'en doute fortement.

Passant ma main entre nous deux vers le bas, je baisse l'avant de son pantalon et fait glisser mes doigts sur sa queue. Il frissonne contre moi, mordant ma lèvre inférieure si fort, qu'il me fait presque saigner. Il se recule suffisamment pour nous permettre de bouger plus à notre aise et nous commençons à nous déshabiller fiévreusement, les doigts empêtrés dans les boutons, les fermetures éclairs et les tissus.

Je baisse son pantalon plus bas sur ses jambes, permettant à sa queue de s'extraire entièrement. Il me regarde, son visage à quelques centimètres seulement du mien, ses yeux bleu-vert brûlant d'un feu intérieur. Puis il m'embrasse une fois, d'un baiser fort, possessif, avant de me retourner.

Ma joue se retrouve écrasée contre le métal froid de la porte et Gray baisse mon pantalon et ma culotte d'un coup sec. Les laissant en boule au niveau de mes cuisses, il fait glisser sa main entre mes jambes et glisse ses doigts en moi d'une manière tellement possessive que je sens mon corps prendre feu.

Je gémis et cambre le dos et je l'entends jurer tout bas. Sa main libre s'abat bruyamment sur mes fesses et je suis presque sûre que le son qu'elle produit s'entend jusqu'au rez-de-chaussée.

Me mordant la lèvre pour retenir un cri, je frissonne contre la porte. Mes fluides coulent sur la main de Gray et il grogne d'appréciation. Retirant ses doigts de mon vagin frémissant, il masse ma fesse douloureuse, étalant mes fluides partout sur ma peau. Son gland se pose sur ma vulve et nous inspirons un grand coup tous les deux. Puis il me saisit par les hanches et me tire en arrière vers lui en même temps qu'il donne un coup de bassin vers l'avant pour me pénétrer.

C'est rapide, sauvage, brutal, nous sommes trop

pressés de solidifier notre connexion pour nous préoccuper de faire ça en finesse. Je pose mes mains contre la porte, priant pour qu'un vigile ne choisisse pas ce moment précis pour débouler sur le toit et tombe sur Gray en train de me pilonner brutalement à petits coups rapides.

Le bruit que font nos corps se percutant l'un l'autre est presque aussi assourdissant que la claque qu'il m'a mise tout à l'heure, mais je me fous pas mal de savoir si quelqu'un nous entend maintenant. Je ne sais même plus si je fais du bruit. Mes dents sont toujours plantées dans ma lèvre, mais je crois que des gémissements et des cris étouffés s'échappent tout de même de ma gorge.

Quand Gray jouit, il me mord brutalement le creux de l'épaule, son corps collé contre le mien qu'il écrase contre la porte. La sensation des pulsations de sa verge et de son sperme qui se répand à l'intérieur de moi est plus que je ne peux supporter. Je gémis en le suivant dans l'extase, mes yeux se révulsent dans mon crane et mon corps s'avachit contre le métal lisse de la porte de la cage d'escalier.

Gray enroule son bras autour de moi, glissant sa grande main sur mon ventre jusqu'à atteindre mon clitoris. Il le caresse doucement, m'arrachant des frissons.

— J'ai envie de le tuer, Moineau, murmure-t-il doucement et je n'ai pas à chercher bien longtemps pour savoir de qui il parle.

Je n'ai pas non plus besoin de me demander s'il est sérieux ou non. Je peux l'entendre dans le ton de sa voix.

— Je sais. Ma voix est rauque, essoufflée. Je sais, mais tu ne peux pas.

Parce que s'il le fait, il finira en prison ou Alan le tuera pour se venger. S'il le fait, je le perdrai.

Et je ne crois pas que j'y survivrais.

CHAPITRE 15

Je ne vais pas en cours les jours suivants. C'est exactement ce que j'aurais voulu éviter et une partie de moi, la partie têtue qui ne se laisse jamais faire, déteste concéder à Alan et à sa progéniture abjecte la moindre victoire, si petite soit-elle.

Mais si je ne vais pas en cours, ce n'est pas pour rester cloîtrée chez moi, cachée sous les couvertures. Je ne fuis pas parce que Cliff me fait peur. Non, je manque les cours parce que j'ai besoin de peindre. J'ai pu le sentir, après ma confrontation avec Cliff, il y a quelque chose en moi qui a besoin de sortir et ça risque de me déchirer de l'intérieur si je ne prends pas mes pinceaux pour l'aider à s'extraire.

J'ai toujours aimé l'art, mais je n'aurais jamais

cru que la peinture deviendrait un tel exutoire pour mes souvenirs.

Pendant quelques temps, j'ai cru que je ne me rappellerais jamais mon passé et j'ai essayé de me convaincre que ça n'avait pas d'importance. Or *c'est* important, surtout maintenant. C'est même plus important que tout.

Nous ne pourrons plus nous jouer de Cliff une seconde fois. Nous avons essayé de lui extorquer un aveu en s'arrangeant pour que je me retrouve en tête à tête avec lui. Mais après que j'ai craqué la dernière fois et que je l'ai menacé, j'ai l'impression qu'il a compris ce que j'essayais de faire. Il s'est arrêté net avant de mentionner le bunker et je suis certaine que ce n'est pas un accident.

Et donc, en l'absence de nouvelles informations ou de la moindre preuve, je me concentre pour faire revenir mes souvenirs. Je sais bien que le simple fait de me souvenir avec précision de ce qui m'est arrivé il y a si longtemps dans ce bunker ne sera pas suffisant pour retourner voir la police, mais ça nous fournira peut-être une piste à creuser. Si nous ne pouvons pas faire tomber Cliff et Alan avec ce que nous avons pour le moment, il va nous falloir creuser davantage pour trouver autre chose.

Peut-être y-a-t-il quelque chose dans mon passé,

quelque chose que j'aurais vu ou dont je me souviendrais qui nous aiderait à faire tomber Alan. Peut-être la *raison* derrière tout ça est enfermée quelque part dans mon cerveau : ce qui expliquerait pourquoi il m'a kidnappée et pourquoi il m'a séquestrée pendant de si longues années.

Pourquoi moi ? Que me voulait-il ? Qu'aurait-il fait de moi si je ne m'étais pas échappée ? Reagan était là elle aussi et maintenant elle fréquente Hawthorne tout comme moi. Comment a-t-elle fait pour s'en sortir, vu qu'elle ne m'a pas suivie quand je me suis échappée ?

Les questions se bousculent dans ma tête, mais pour une fois, je n'essaie pas de les repousser. Je les laisse me submerger comme une lame de fond, me consumer jusqu'à ce que j'aie l'impression que ma tête va exploser. Je ne réfléchis pas à une quelconque composition, ni aux couleurs que je pose sur la toile, je me contente de peindre en espérant que quelque chose émerge.

Pourquoi étais-je retenue dans ce bunker ? Que me voulait Alan ? Comment m'a-t-il trouvée ? Étais-je une fillette qu'il a kidnappée au hasard dans la rue ? Pourquoi moi ?

Mon pinceau se tord sur la toile, traçant courbes et tourbillons. Je me souviens d'une femme. Des bribes de souvenirs me reviennent dans le désordre, comme les pièces d'un puzzle que je n'arrive pas à replacer au bon endroit. Je me souviens d'une femme, mais je ne sais pas qui elle est. Elle venait régulièrement dans le bunker puis, du jour au lendemain, je ne l'ai plus revue.

Était-ce la femme d'Alan ?

C'est probable. Il a dit qu'elle était morte il y a longtemps, peut-être qu'elle a cessé de venir tout simplement parce qu'elle est morte ? Je me souviens qu'elle était gentille avec moi, mais repenser à elle me retourne tout de même l'estomac. Si elle descendait dans le bunker, ça signifiait qu'elle savait ce qu'Alan faisait. Elle le laissait faire, elle était sa complice.

Et ça la met dans le même panier que lui, peu importe à quel point ses sourires étaient doux.

Ma poitrine s'enfonce un peu en regardant la peinture que je viens de terminer. Aucune des formes ou des ombres de ce tableau ne signifie rien de précis, mais elles expriment un sentiment qui va au-delà d'une interprétation littérale.

Elles expriment la douleur. La mort. La violence. La peur.

Mon corps tremble alors que j'arrache mes yeux de la toile pour les poser sur les dizaines d'autres qui sont posées sur toutes les surfaces disponibles de la pièce, posées au sol pour sécher ou repoussées dans les coins pour les plus difficiles à regarder.

C'est tout ce qu'il reste alors désormais ? Seulement moi et mon esprit dérangé ? Moi, luttant contre mon passé ?

Je déteste ça. Je le hais au plus haut point. Je hais le fait que quelque chose que j'aime, ma passion, mon exutoire, mon *art,* soit le véhicule par lequel s'exprime la part de moi que je méprise. Mon passé.

Mon passé répugnant, écœurant qui m'a déjà enlevé une si grande partie de ma vie. Et maintenant ça ? Doit-il vraiment me prendre ça, en plus de tout le reste ?

Je ressens soudain l'envie violente de détruire toutes mes peintures, de les déchirer pour qu'il n'en reste rien, comme la personne qui s'est introduite dans ma chambre l'a fait la dernière fois. C'était probablement Reagan, je réalise soudain avec une certitude sinistre. Elle espérait sûrement que ça lui ferait gagner des points auprès d'Alan. Qu'elle pourrait m'empêcher de devenir un problème en détruisant mon art.

Ça m'a brisé le cœur de voir mes peintures ainsi jetées au sol, en morceaux. Et rien que ce souvenir fait monter en moi les prémices d'une crise de panique. Pourtant, je me retrouve à chercher dans la pièce de quoi détruire mes peintures actuelles, comme si en les anéantissant, je pourrais détruire avec elles les souvenirs douloureux qu'elles représentent, les annuler en quelque sorte.

Comme si ça pourrait me permettre de changer mon passé.

Je n'arrive à rien trouver de mieux qu'une paire de ciseaux. Je l'empoigne d'une main, la lame vers l'avant, comme un poignard. Je m'avance d'un pas assuré vers une toile posée contre le mur quand une voix m'interpelle.

— Tu n'es pas obligée de faire ça, Moineau, dit Gray d'une voix douce.

Je fais presque tomber la paire de ciseaux au sol de surprise. Je tourne vivement la tête vers lui et le vois entrer dans la pièce et refermer la porte derrière lui. Quand ses yeux se plantent dans les miens, ils sont tourmentés, mais sincères.

— Faire quoi ? demandé-je la voix rauque. Ce que je m'apprêtais à faire est pourtant évident, mais je n'arrive pas à l'admettre.

— D'essayer de les détruire. De laisser tout ça te détruire, *toi*. Il secoue la tête, l'expression douce. Je sais que c'est dur. Je sais que tu voudrais pouvoir te souvenir, mais que tu n'y arrives pas. Repoussant la porte sur laquelle il s'était adossé, il s'avance vers moi. Dis-moi ce qui ne va pas.

Six mois plus tôt, je l'aurais repoussé. Je lui aurais dit d'aller se faire foutre et que je n'avais pas besoin de son aide. Six mois plus tôt, je me serais laissé glisser dans ma bulle d'insensibilité où plus rien n'avait d'importance et où rien ne pouvait me faire souffrir. Où il n'y avait rien, ni couleur, ni vie, ni amour, ni Pécheurs, ni Max. Mais aujourd'hui, je ne vais pas bien et s'il me fait confiance...

Je dois lui montrer que je lui fais confiance moi aussi.

— Hey. Viens là, murmure-t-il en prenant ma main libre et en me tirant dans ses bras. Parle-moi.

J'inspire un grand coup en regardant la peinture écarlate que je viens de terminer. Les autres toiles de la pièce sont tout aussi difficiles à regarder, mais ne dégagent pas la même douleur brute que celle-là.

— Je hais mes peintures, dis-je soudain, honnêtement et brutalement. Ça sort de moi comme un coassement rauque, c'est difficile à admettre à voix haute. Je déteste ce qu'elles sont devenues.

— Pourquoi tu les détestes ? Il tend la main vers moi et repousse une mèche de mes cheveux bleus de mon visage.

Je lui avoue tout ce que je ressentais quand il est

entré dans la pièce et à quel point c'est horrible pour moi de voir ce qui était avant une échappatoire, se transformer en prison. Ce n'est pas que je déteste être une artiste, c'est pas vraiment ça, mais je déteste qu'il y ait *ça* en moi. Je hais que toutes ces images atroces que je transfère sur mes toiles, soient une représentation de qui je suis vraiment et que tous ces sentiments soient enfouis en moi.

Gray m'écoute avec attention et je penche vers moi pour déposer un baiser sur mon épaule quand j'ai terminé.

— Je crois que tu vois les choses sous le mauvais angle, Moineau, dit-il. Je sens ma gorge se serrer un peu, sous l'assaut des sentiments. Je sais que nous sommes supposés regarder l'art et le ressentir comme l'expression de l'âme de l'artiste. Mais je ne crois pas que ce soit aussi simple. Ces peintures ne représentent pas qui tu es. Elles représentent qui tu étais. En transférant ces images et ces émotions sur les toiles, tu purifies petit à petit ton âme de tout ce poison et tu fais place nette pour le futur. Ça te permet de te régénérer pour qu'une fois que ce sera derrière nous, tout soit *vraiment* bel et bien terminé.

— Comment peux-tu... je me mords la lèvre, accrochant son regard de braise. Comment fais-tu pour voir les choses de cette façon ?

— Tout simplement parce que je te vois, *toi*, répond-il. Je vois qui tu es vraiment. Parfaite, généreuse, bienveillante, drôle. Il fait un signe de la main englobant les peintures autour de nous. Et même si tout ça fait partie de toi actuellement, une partie merdique, douloureuse et blessée sur laquelle tu dois travailler, ce n'est pas *qui* tu es vraiment. Tu n'as pas besoin de la laisser te définir, ni te tirer vers le bas.

Une seule larme parvient à rouler sur ma joue, mais avant que je ne puisse l'essuyer, il se penche vers moi et embrasse la ligne mouillée qu'elle a tracée avant de terminer par poser ses lèvres sur les miennes.

Quand il se recule, sa voix est rauque.

— J'ai laissé la douleur me dévorer de l'intérieur après la mort de Beth, dit-il doucement. Je n'ai pas envie que tu fasses la même erreur que moi. Je suis content que tu parviennes à la laisser s'exprimer, que ce soit par le biais de tes peintures ou en discutant avec Elias, Declan ou moi. Ne t'enferme pas à l'intérieur de toi, Moineau, ok ? Reste à mes côtés.

CHAPITRE 16

J'ai dix ans. Je suis dans le bunker. Mes membres sont fragiles et maigres, ma peau est pâle. J'ai grandi dans cet endroit ou du moins, c'est le seul endroit que je connaisse désormais, je ne me souviens pas d'autre chose.

Plus je reste assise dans cet endroit silencieux, moins je me rappelle ma vie d'avant. Mes parents, ma maison. Les grands arbres dans le jardin, la liberté.

J'ai essayé de garder précieusement ces souvenirs dans ma tête, mais si je ne sors pas d'ici rapidement, je sais qu'ils disparaîtront. Ils ont essayé de rendre cet endroit confortable, comme pour me convaincre que tout ceci était normal. Que c'était ma place et que je n'avais aucune raison de vouloir en partir.

Mais ce sont tous des menteurs, je le sais.

Mes bras sont couverts de bleus et mes jambes sont écorchées. Je me suis battue avec le garçon la dernière fois qu'il est descendu ici et j'en paie le prix aujourd'hui. Mais les douleurs de mon corps n'ont plus d'importance, car j'ai trouvé un moyen de sortir d'ici. Un moyen de m'échapper.

De fuir.

Cette simple pensée me pousse vers l'avant. Ce bunker est tout ce dont je me souviens maintenant, mais contrairement à l'autre fille, je déteste être ici. C'est pour ça que je vais m'enfuir, que je vais m'échapper par cet endroit étroit, dans le mur.

Mais quelque chose me fait soudain m'arrêter quand j'atteins la porte. Je sais que je perds des secondes précieuses, des secondes qui pourraient faire la différence entre la vie et la mort, mais je me retourne tout de même et regarde l'autre personne qui partage ma souffrance, l'autre petite fille, encore plus maigre et fragile que moi, probablement du même âge. Nous sommes maigres, faibles, trop petites en taille pour avoir presqu'onze ans. Elle, on dirait qu'elle a à peine sept ou huit ans. Je sais que je dois renvoyer le même genre d'image.

Comme si elle sentait que je la regardais, elle lève les yeux vers moi, les bras croisés autour de son corps.

— Tu dois venir avec moi, murmuré-je. Ma voix

est trop faible, trop éraillée pour produire plus qu'un murmure. Nous pouvons nous échapper toutes les deux et être libres.

Elle cligne des yeux.

— Tu ne veux pas être libre ? J'essaie de la convaincre en regardant une nouvelle fois la porte. Je n'ai que quelques secondes, mais je ne peux pas me résoudre à l'abandonner. Tu te souviens ce que c'est d'être libre ?

Je ne m'en souviens pas.

Elle secoue la tête.

— S'il te plait Reagan, son nom sort de ma bouche comme un coassement. Tu dois venir avec moi. Je te protégerai, nous allons sortir d'ici.

— Je ne veux pas partir, siffle-t-elle enfin. J'aime être ici.

— Non, ce n'est pas vrai, c'est seulement ce qu'ils te font croire. Je le sais, parce qu'il a essayé avec moi aussi. L'homme qui s'appelle Alan et le garçon qui s'appelle Cliff, les deux ont essayés de me convaincre, mais je connais la vérité. Je ne suis pas heureuse ici. C'est ce qu'ils veulent que tu croies.

— C'est ce que je crois, dit-elle de l'agressivité dans la voix. Je ne veux pas y aller.

Arrivée à la porte, j'hésite et je la regarde. Elle a détourné le visage, comme si elle ne voulait pas me voir partir. Même si je suis encore une petite fille, je sais déjà que le monde est pourri. J'en sais déjà bien trop. Et je sais aussi que je n'ai que quelques secondes pour filer d'ici et que je ne devrais pas les gaspiller en parlant avec elle.

Nous avons peut-être grandi ensemble dans ce bunker, mais je ne la considère en rien comme ma sœur, ni même comme une amie. Elle aime le monstre et moi, je le déteste. Toute ma vie, elle sera mon ennemie.

Vraiment ?

Un éclair de douleur me serre la poitrine, mais je le repousse. Je n'ai pas le temps pour ça. Je dois m'enfuir.

J'atteins l'endroit où se situe l'entrée du conduit, haut dans le mur. Il est couvert par une grille, mais je suis parvenue à dévisser les fixations petit à petit, sur plusieurs jours.

Tirant deux caisses en-dessous, je les empile l'une sur l'autre, grimaçant sous l'effort. L'homme ne laisse pas toujours des caisses ici et j'ai eu très peur qu'il les enlève avant que je n'aie eu le temps de m'échapper.

Mais elles sont encore là. Et quand je monte dessus, je suis tout juste assez grande pour atteindre la grille bloquant l'entrée du conduit. Mes petits bras brûlent sous l'effort nécessaire à la retirer puis à me hisser dans le trou percé dans le mur. Mon cœur bat à toute vitesse dans ma poitrine alors que je commence à ramper maladroitement à l'intérieur.

Je ne sais pas où mène ce conduit, mais ça n'a pas d'importance. Il doit bien arriver quelque part. je suis convaincue qu'il va me conduire hors de cet endroit cauchemardesque.

Dès que je pose les pieds à l'extérieur, je me mets à courir.

Je laisse cet enfer derrière moi.

Je me réveille le cœur battant la chamade, ma peau couverte d'un voile de sueur qui refroidit instantanément ma peau exposée. J'ai envie de courir, de m'enfuir de tout ça, mais que dois-je encore fuir ? Je me suis enfuie, je ne suis plus dans cet endroit terrifiant.

Je suis ici.

Elias bouge à côté de moi, collant son corps chaud contre le mien qui est glacé. Je dois me le répéter encore et encore pour me calmer.

Je suis ici. Je suis ici. Je suis ici.

— Merde, ton cœur bat à toute allure, murmure-t-il contre mon cou, ses lèvres se posant sur ma peau dans les ténèbres. Qu'est-ce qu'il y a ?

J'ouvre la bouche pour dire quelque chose, pour lui expliquer ce que j'ai vu, ce dont je me suis souvenue, mais je ne trouve pas les mots. Il me prend dans ses bras de manière rassurante, se reculant suffisamment pour croiser mon regard dans la pièce sombre. Ses yeux noisette semblent très sombres dans l'obscurité et la douceur que je vois dans leurs profondeurs est suffisante pour calmer la terreur qui m'a envahie.

— Reagan était là elle aussi, dis-je doucement, serrant les dents alors que les souvenirs déferlent dans mon cerveau. Dans le bunker. J'ai toujours pensé qu'elle me connaissait depuis que nous étions petites, et qu'elle devait elle aussi avoir passé du temps dans ce bunker, mais tout était encore embrouillé. Mais si les souvenirs de mon rêve sont exacts, elle était elle aussi enfermée avec moi.

Il laisse échapper une petite bouffée d'air.

— C'est logique. Ça expliquerait son implication dans tout ça.

Je déglutis.

— Mais ce n'est pas tout. Le jour où je me suis enfuie, je voulais qu'elle vienne avec moi. Mais elle n'a pas voulu. Elle voulait rester.

Elias grimace.

— Merde, elle était détenue captive tout comme toi et elle ne voulait pas s'enfuir ?

Je sens ma poitrine se contracter et je hoche la tête.

— Ouais, je l'ai suppliée de venir avec moi. Je pouvais voir à quel point cet endroit nous faisait du mal et je voulais qu'elle sorte elle aussi, mais elle a refusé. Merde. Je croyais qu'elle était tombée amoureuse d'Alan après la mort de sa femme, mais maintenant... Je déglutis, sentant la bile me remonter dans la gorge. Je crois qu'elle était amoureuse de lui déjà bien avant ça.

Je ne parviens pas à me rendormir de la nuit, malgré la présence réconfortante d'Elias à mes côtés. Il enroule ses bras autour de moi, comme s'il pouvait me protéger des traumatismes de mon passé et la chaleur de sa peau contre la mienne, empêche le froid de venir me glacer à nouveau.

Mais les souvenirs que j'ai entrevus dans ce rêve ne cessent de me revenir en mémoire et je n'arrive pas à oublier le visage de Reagan ce jour-là. Si jeune et innocente, son esprit déjà corrompu par des mensonges pervers. Elle était convaincue qu'elle était heureuse dans cet endroit. Qu'elle était mieux sous terre, dans ce bunker que libre, à l'extérieur.

Un étrange sentiment de culpabilité me serre le cœur quand je me souviens de l'avoir suppliée de venir avec moi. Je savais que je devais me dépêcher, donc quand elle m'a dit qu'elle préférait rester, je n'ai pas vraiment insisté. Je n'ai pas essayé de la tirer de force à ma suite, mais peut-être aurais-je dû. Qu'aurais-je pu faire de plus ? Et si j'avais pu la forcer à me suivre, serait-elle aussi folle aujourd'hui ?

En toute logique, je sais que je ne devrais pas me sentir exagérément coupable. Reagan a essayé de me tuer à de multiples reprises. Et au final, celui qui est responsable de toutes ces horreurs, n'est autre qu'Alan. C'est lui qui nous a retenues prisonnières. Reagan et moi somme ses victimes, même si elle ne le voit pas de cette manière.

Mordillant ma lèvre, je fixe le plafond enténébré.

Les garçons et moi nous sommes arrangés pour ne jamais croiser Reagan sur le campus depuis qu'elle m'a kidnappée. Elle représente clairement une menace sérieuse, mais je me demande tout de même si on ne pourrait pas l'utiliser à notre avantage.

Elle ne s'est pas échappée comme je l'ai fait, mais elle a tout de même réussi à sortir. Comment ? A-t-elle négocié quelque chose avec Alan ? A-t-il lui aussi commencé à développer des sentiments à son égard et l'a-t-il prise en pitié ?

Quelque chose m'est arrivé après ma fuite. Que ce soit une blessure physique ou un traumatisme émotionnel et j'ai perdu tous les souvenirs de mon séjour dans ce bunker. Mais je ne crois pas que Reagan ait perdu les siens.

Et si elle n'a pas perdu la mémoire comme moi, peut-être se souvient-elle de choses qui pourraient m'être utiles.

Peut-être qu'elle sait *pourquoi* nous avons été kidnappées par Alan.

Reagan est peut-être une sacrée combattante, mais elle est aussi clairement déséquilibrée. C'est évident que ce qu'elle a vécu l'a endommagée aussi bien mentalement qu'émotionnellement. Elle vénère Alan, l'homme qui l'a détenue prisonnière pendant je ne sais combien d'années. Elle ne le trahira jamais consciemment. Mais je vais tout de même essayer de lui soutirer quelques réponses, même si ça sous-entend la menacer ou la manipuler comme on a tenté de le faire avec Cliff.

Quand le jour se lève enfin, je saute presque du lit. Je raconte à Gray et à Declan le contenu de mon rêve pendant que nous prenons notre petit-déjeuner dans la grande cuisine du rez-de-chaussée. Avec réticence, quoi que bien moins que lorsque je leur avais proposé d'aller parler à Cliff, les garçons comprennent qu'il serait intéressant que j'essaie de parler à Reagan.

Le plus dur sera de trouver un moment où elle sera seule pour l'aborder. Elle est pratiquement toujours collée à Caitlin, Gemma ou ses autres groupies, et je me vois mal commencer à lui parler en face de ses copines, du temps où nous étions toutes les deux retenues prisonnières dans un bunker par le père de Cliff.

Heureusement, une occasion se présente le lundi suivant. Max, les garçons et moi, sommes assis dans la cafétéria pour manger notre repas de midi, quand Caitlin se lève soudain de la table où elle déjeunait en compagnie de Reagan et Gemma. Je n'entends pas ce qu'elle dit, mais elle semble leur dire qu'elle n'a plus besoin d'elles pour le moment. Elle quitte la salle rapidement sortant un petit miroir de sa poche pour vérifier son maquillage. Je suis persuadée qu'elle a rendez-vous avec un garçon.

Gemma et Reagan restent assises ensemble un moment, puis Gemma se lève et quitte la cafétéria à son tour. Sans leur reine dans les parages, je me demande si ces deux-là ont la moindre chose à se dire. Je n'en ai pas l'impression.

Alors que Gemma s'en va, je me lève à mon tour et jette un coup d'œil aux garçons.

— C'est maintenant ou jamais, j'y vais.

— Tu veux qu'on t'accompagne ? me demande Declan d'un ton dur en regardant Reagan avec suspicion. Elle est toute seule, en train de manger une salade, les traces de coups bleuissant lentement sur son visage. Elle a l'air aussi inoffensive et triste qu'une personne peut l'être.

Mais je sais que je ne dois pas me fier aux apparences.

Et je sais aussi qu'elle sera probablement plus encline à me parler si j'y vais toute seule. Et à la différence de ma confrontation avec Cliff, cette fois, nous sommes dans une cafétéria remplie de monde. Elle ne va pas pouvoir faire grand-chose sans risquer d'attirer l'attention.

— Ça va aller, lui dis-je en lui lançant un sourire rassurant. Si j'ai besoin d'aide, je vous ferai signe.

— Fais attention à toi, Blue.

Elias me sourit, mais je peux voir qu'ils sont tous tendus autour de la table alors que je m'éloigne, me dirigeant en droite ligne vers Reagan.

Des souvenirs se bousculent dans mon cerveau

sur le chemin qui me rapproche d'elle, un mélange étrange d'anciennes et de nouvelles images. Le visage de Reagan, déformé par la rage quand elle m'a attaquée dans les bois, alterne avec des souvenirs d'elle, petite fille, blême et frêle.

Comment ces deux visages peuvent-ils appartenir à la même personne ? Comment est-il possible qu'elle soit à la fois vicieuse et vulnérable, à la fois victime et bourreau ?

Je déteste ne plus pouvoir réussir à ressentir de la haine pure et simple à son égard. Je lui en veux toujours énormément et je ne lui fais pas confiance, mais elle n'est qu'une marionnette manipulée par Alan. Oui, c'est ça, une marionnette, car elle n'a même plus sa propre personnalité à ce stade. J'en suis presque triste pour elle.

Essayant de repousser les sentiments compliqués que je ressens à son égard, je m'assois à sa table.

Elle lève les yeux et son visage se durcit quand elle réalise qui vient de la rejoindre. Elle baisse les yeux vers sa salade, essayant d'ignorer ma présence.

— Il faut qu'on parle.

Ma voix est ferme, mais je fais tout mon possible pour ne pas laisser transparaître ma colère et mon amertume. Je n'ai plus mal à la gorge quand je parle, mais je sens encore la pression de ses doigts sur ma trachée, m'étranglant dans les bois sombres.

Elle ne me répond pas et serre sa fourchette plus fort entre ses doigts.

— Je sais que tu étais avec moi, Reagan, lui dis-je à voix basse en la regardant intensément. Sa fourchette s'arrête avant de se planter dans une feuille de laitue, mais elle ne lève toujours pas les yeux vers moi. Je me souviens de toi. Quand nous étions plus jeunes. Tu étais retenue dans ce bunker toi aussi, avec moi.

Elle me lance un regard rapide, ses yeux brillent d'une émotion que je n'arrive pas à reconnaître.

— Tu ne sais rien, *Sophie*, me dit-elle d'une voix méprisante. Tu ne fais qu'inventer des choses pour nuire à monsieur Montgomery. Tout ça parce que son fils n'a pas voulu de toi et que tu n'arrives pas à passer à autre chose. C'est pathétique.

Je la fixe d'un œil noir.

— Il semblerait qu'Alan t'ait dit exactement ce que tu devais penser. C'est vrai, je peux pratiquement entendre sa voix doucereuse entre ses mots. Pourquoi étais-tu là-bas, Reagan ?

Ses lèvres se pressent l'une contre l'autre.

— Je ne sais pas de quoi tu parles.

— Bien sûr qui si tu sais, murmuré-je doucement.

Et tu vas m'expliquer. C'est peut-être *toi* qui ne te souviens pas correctement de ce qui s'est passé. Te souviens-tu avoir été enfermée dans ce bunker pendant des semaines, tellement de semaines qui tu en perdais le compte ? Tu m'avais dit que tu voulais t'échapper, tu t'en souviens de ça ?

C'est un mensonge, mais il fonctionne. Je sais pour les avoir vus tous les deux ensemble, qu'elle est folle amoureuse d'Alan, même si cet amour n'est basé sur rien d'autre que le syndrome de Stockholm. Que je puisse suggérer qu'elle ait voulu le fuir, la fait se raidir sur sa chaise. Elle me regarde, les yeux plissés de rage.

— Ce n'est pas vrai, chuchote-t-elle d'une voix rauque. C'est toi qui voulais t'échapper. Tu as essayé de me forcer à t'accompagner, mais je n'aurais jamais quitté Alan. Il m'avait promis...

Elle ferme soudain la bouche.

Merde, j'étais si proche du but...

— Quoi ? Que t'avait-il promis ? J'essaie d'insister, sentant mon cœur accélérer dans ma poitrine. Reagan ?

Avant qu'elle ne puisse me répondre, la porte à l'autre bout de la salle s'ouvre bruyamment. Reagan sursaute violemment, faisant voler un morceau de salade qui atterrit près de ma main. Quand je regarde par-dessus mon épaule vers la source du bruit, mes sourcils se haussent d'un coup en découvrant un groupe de policiers en uniforme. Ma gorge se serre quand je réalise qu'ils se dirigent droit vers nous.

Merde. De quoi Alan m'a-t-il accusé cette fois-ci ? Essaie-t-il de me faire arrêter pour avoir menacé Cliff ?

Mais je comprends vite que ce n'est pas après moi qu'ils en ont.

Quand ils atteignent notre table, deux policiers encadrent Reagan et la mettent debout de force. L'inspecteur Banning les accompagne, le visage grave.

— Reagan Hawking, vous êtes en état d'arrestation pour possession et trafic de drogue, occupation illégale d'une propriété privée et le possible kidnapping de Sophie Wright, annonce-t-il.

Le regard de Reagan se pose sur moi, j'y lis l'angoisse et la panique, quand les policiers lui passent les menottes. J'ai envie de secouer la tête, pour lui faire comprendre que je n'ai rien à voir avec son arrestation, mais je n'y arrive pas.

Mais que se passe-t-il encore, bordel ?

— Nous avons un mandat d'arrestation contre vous et nous allons vous emmener au poste pour vous faire subir un interrogatoire, continue Banning. Vous avez le droit de garder le silence jusqu'à l'arrivée de votre avocat. Si vous n'avez pas les moyens de vous payer un avocat…

Mon esprit est en ébullition, pendant que le policier lit ses droits à Reagan, tentant de comprendre ce qu'il est en train de se passer sous mes yeux. Alan et Cliff essaieraient-ils de tout mettre sur le dos de Reagan ? Elle est loin d'être innocente, c'est vrai, merde elle nous a tout de même kidnappées, ma meilleure amie et moi, mais elle est loin d'être le cerveau de l'histoire. Elle n'est qu'un simple pion. Et j'ai bien l'impression qu'Alan s'apprête à la sacrifier pour ne pas perdre la partie.

Sous le choc, je les regarde l'emmener, sa salade à moitié terminée abandonnée sur la table.

Banning s'attarde à côté de moi un instant, grimaçant en baissant les yeux sur moi.

— Vous aviez raison à propos de ce bunker, dit-il à voix basse, même si tous les gens présents dans la cafétéria ont les yeux rivés sur nous désormais. Certains ont même sorti leurs téléphones, filmant la scène pour en discuter entre eux plus tard et pour la montrer à tous ceux qui n'auront pas été assez chanceux pour la voir en direct.

— Nous sommes repartis dans ce bunker pour

effectuer des recherches approfondies et nous y avons découvert une cache avec de la drogue et de l'argent. Les résultats de la police scientifique nous conduisent droit à mademoiselle Hawking. Nous avons suffisamment de preuves pour confirmer qu'elle vous a également kidnappée. Justice sera faite, mademoiselle Wright.

Il m'adresse un sourire professionnel et ce que je pense être un hochement de tête encourageant. Les pêcheurs se sont rapprochés de nous pour essayer d'écouter ma conversation avec Reagan et je peux voir mes émotions reflétées sur leurs visages.

Alan. Putain de connard d'Alan.

Il l'a piégée, il lui a tout mis sur le dos. C'est sa récompense pour avoir été aveuglée par lui, à son service, cherchant toujours à lui faire plaisir. Il savait que la police allait continuer à fouiner et il a vu en elle le parfait bouc émissaire. Il pourrait ainsi faire d'une pierre deux coups et se débarrasser d'elle par la même occasion.

Je sens la colère monter en moi et je repousse ma chaise en me redressant, quittant la table pour aller retrouver les garçons.

Je pense que lorsqu'elle m'a kidnappée, Reagan s'est transformée en problème pour Alan et il vient de s'en charger.

CHAPITRE 17

Il y a une question qui me trotte dans la tête depuis que les Pêcheurs et moi sommes allés rejoindre Max autour d'une table dans un coin de la grande salle de la cafétéria.

Comment diable allons-nous faire pour arrêter Alan ?

Il est manifeste qu'il ne reculera devant rien pour se protéger et protéger ses secrets. Il laissera Reagan pourrir en prison sans remords si ça lui permet de protéger ses arrières. Je parierais tout ce que j'ai qu'il est retourné dans le bunker après que j'y ai conduit la police la première fois pour y déposer des preuves destinées à incriminer Reagan.

— Mais qu'est-ce qu'il vient encore de se passer,

bordel ? demande Max. T'as réussi à apprendre quelque chose d'elle avant que…

Elle laisse sa phrase en suspens, jetant un coup d'œil aux policiers qui escortent Reagan à l'extérieur.

— Avant qu'elle se fasse arrêter ? continué-je d'une voix morne. Je renifle. Non, j'aurais peut-être pu en tirer quelque chose si j'avais su comment la cuisiner, elle est bien plus facile à déstabiliser que Cliff. Mais non, les flics l'ont arrêtée avant que je puisse lui tirer les vers du nez.

— Alan, marmonne Gray en disant tout haut mes pensées. C'est forcément lui.

— Oh, bordel de merde. Mais qu'est-ce qu'il veut à la fin ? Declan regarde par-dessus mon épaule et son visage se durcit.

Je n'ai pas le temps de me retourner, que je sens déjà la présence de Cliff derrière moi. Il s'avance de l'autre côté de la table et s'empare du siège resté libre entre Elias et Max tout en gardant les yeux braqués sur moi. Max s'écarte ostensiblement de lui, comme si elle ne voulait pas être contaminée par ses émanations.

— Pauvre Reagan, fait Cliff avec une compassion feinte, arborant une expression de fausse sympathie. Elle n'aura pas eu de seconde chance pour apprendre qu'il ne faut pas contrarier mon père. Il ne s'embête pas à donner des avertissements préalables. Je suis sur le point de lui dire de foutre le camp d'ici, mais il continue, ses lèvres se tordant dans un sourire mauvais. Tu sais ce qu'il va lui arriver, Sophie ? Elle va aller en prison. Elle ne reviendra jamais, tout ça parce qu'elle s'est retrouvée au mauvais endroit au mauvais moment, au milieu de choses qui ne la concernaient pas.

J'ai envie de me jeter sur lui par-dessus la table et de l'étrangler de mes propres mains, mais au lieu de ça, je serre les poings et je me maîtrise. Je ne connais que trop bien les conséquences de m'en prendre à lui et je ne peux pas prendre ce risque, pas alors que les choses sont encore si volatiles.

— Je crois que nous connaissons tous les deux une autre personne qui fourre son nez là où elle ne devrait pas, continue Cliff en baissant la voix. Il se penche en avant en plissant les yeux. Et pourtant, elle en a reçu, des avertissements, celle-là. Mais c'est terminé maintenant. Que ça lui serve de leçon et qu'elle comprenne qu'elle n'a pas intérêt à aller fouiner dans mes affaires ou dans les affaires de mon père, parce que ce qui vient de se passer, il lance un coup de tête en direction de la porte, ce n'est que la partie émergée de l'iceberg.

— C'est pathétique que les seules menaces que

tu sois en mesure de proférer incluent forcément l'influence ou l'argent de ton cher papa, lance Gray d'un ton sec. Mais je peux voir qu'il est au bord de l'explosion. Casse-toi, maintenant.

La mâchoire de Cliff se contracte, mais il n'ajoute rien de plus. Il quitte la table et fait un signe de tête vers la porte après avoir attiré l'attention d'Aaron et Shane. Ils se tiennent près de l'entrée de la salle, suffisamment loin pour ne pas pouvoir entendre la conversation que nous venons d'avoir.

Généralement, il les garde toujours près de lui, en renfort, mais j'ai l'impression qu'il a dû être coaché pour ne rien dire de potentiellement problématique. Alan est en train de resserrer les vis, étouffant les fuites potentielles, pour que ses secrets restent bien enterrés, à jamais.

Les deux autres s'avancent pour rejoindre Cliff et se dirigent vers la porte. Ils s'apprêtent à le suivre à l'extérieur, mais je vois Aaron hésiter. Il dit quelque chose à Shane et reste en retrait pendant que les autres sortent.

Je regarde Max, qui fait tout son possible pour éviter son regard, même si les yeux d'Aaron sont clairement braqués sur elle. À la manière dont son corps semble tendu, je vois qu'il fait face à un conflit intérieur. Il se décide enfin et se dirige rapidement vers notre table, tirant la chaise que Cliff vient de quitter pour s'asseoir à côté d'elle maladroitement.

— Je peux te parler, Max ? demande-t-il d'une voix douce.

Max carre les épaules et le fixe droit dans les yeux.

— Bien sûr, vas-y.

Il lance un regard circulaire aux garçons présents autour de la table puis à moi, mais aucun de nous ne fait le moindre mouvement pour quitter les lieux. Il est évident qu'il nous demande silencieusement de lui laisser un peu d'intimité, mais je sais avec certitude que mon amie n'a pas envie de lui parler en tête à tête, donc nous restons à ses côtés.

Aaron se racle la gorge, se penche vers Max et reprend à voix basse, tentant de garder sa conversation avec elle plus ou moins privée.

— Écoute, je croyais que ça se passait bien entre nous. Je croyais qu'on partageait quelque chose de *réel*. Mais après le truc avec Cliff, je ne sais plus trop quoi en penser.

Il me faut quelques secondes pour comprendre précisément de quoi il parle. Il y a eu tellement de « trucs avec Cliff » que c'est difficile de savoir de quelle confrontation déplaisante il parle. Puis je me souviens de son visage, quand les Pêcheurs, Max et moi, avons confronté Cliff à propos de la pute qu'il avait tenté de séquestrer.

C'est Aaron qui avait vendu la mèche.

— C'est que… Aaron grimace, rougissant très légèrement en levant les yeux vers les Pécheurs et moi, puis en les reposant sur Max. Je ne sais pas, peut-être que tu m'as simplement utilisé, mais je ne… je n'ai pas envie que ça se termine comme ça entre nous. On ne s'est même pas reparlé depuis cette histoire et je ne comprends pas pourquoi tu m'évites comme ça. Qu'est-ce qu'il se passe ?

J'observe Max pendant qu'Aaron lui parle, essayant de savoir ce qui peut se passer dans sa tête, mais je ne vois rien.

Elle a l'air déchirée elle aussi, tout comme Aaron l'était avant de prendre la décision de venir à notre table. Les garçons sont tendus autour de moi, et une bouffée d'affection monte en moi en voyant à quel point ils ont envie de la protéger elle aussi. Ils savent que je tiens à elle et l'attention et la protection dont ils font preuve à mon égard s'étendent aussi à elle désormais. Comme si c'était une sorte de sœur adoptive.

— Tu me plais, Max, murmure Aaron. Je dois bien lui reconnaître ce courage, d'oser lui avouer ça devant une tablée de personnes qui ont l'air prêtes à lui arracher la tête avec les dents. Je croyais que c'était réciproque, mais si je me suis trompé, tu n'as qu'à… tu n'as qu'à me le dire et je te laisserai tranquille.

Max lève les yeux vers moi, comme si elle cherchait des conseils, mais je ne dis rien. C'est à elle de choisir comment elle veut gérer cette situation. Elle a utilisé Aaron pour avoir des informations compromettantes sur Cliff et elle m'a dit qu'elle avait même eu l'impression qu'il savait ce qu'il faisait en lui racontant tout ça. Comme s'il savait qu'il lui donnait des armes qu'elle allait retourner contre son ami.

— Pourquoi tu traînes avec eux, Aaron ? demande enfin Max d'une voix calme. Pourquoi es-tu ami avec les Saints ?

Aaron cligne des yeux, comme s'il était surpris par sa question. Puis il rougit et baisse les yeux.

— Cliff et Shane… il laisse sa phrase en suspens, semblant hésiter à continuer. En terminale, j'ai changé d'école. J'étais le nouveau et c'était… difficile. Mes parents venaient tout juste de mourir et j'avais emménagé chez mes grands-parents. Les autres lycéens étaient vraiment cons. Mais Cliff m'a laissé traîner avec Shane et lui. Ils se connaissent depuis qu'ils sont tout petits et ils se faisaient déjà appeler les Saints. Il m'a dit que je pourrais moi aussi rentrer dans le groupe.

Mon regard passe d'Aaron à Max. son visage s'est un peu adouci, mais quand elle reprend la parole, sa voix est ferme.

— Tu me plais Aaron. Mais si tu veux vraiment être avec moi, qu'on essaie de se donner une vraie chance, alors tu dois arrêter de traîner avec eux, ce ne sont pas des gens bien. Et toi, tu es bien trop bien pour eux.

Bonne réponse, je pense.

Aaron lève brusquement la tête, comme si ce qu'elle venait de lui dire lui avait fait un choc.

— C'est tout ?

— C'est tout. Elle hoche la tête.

— D'accord. Il se lève et ouvre la bouche, comme pour ajouter quelque chose, mais à la place, il se contente de hocher la tête et de quitter les lieux, les mains enfoncées dans ses poches.

Max laisse échapper un long soupir dès qu'il quitte la table, laissant retomber son sandwich à moitié mangé dans son assiette.

— Ça m'étonnerait qu'il le fasse. Elle grimace. Mais je suis contente de savoir qu'il ne fréquente pas Cliff depuis aussi longtemps que Shane. Peut-être qu'il n'est pas encore trop impliqué dans leurs magouilles et qu'il pourra s'en sortir plus facilement. Mais quoi qu'il en soit, hors de question de lui faire confiance avant qu'il m'ait prouvé qu'il est vraiment de mon côté. C'est toi qui m'as appris ça, Sophie.

Je lui adresse un petit sourire.

J'espère sincèrement qu'Aaron va se débrouiller pour faire ses preuves. Mais étant donné les problèmes que j'ai déjà avec les autres membres des Saints, j'en doute fortement.

CHAPITRE 18

Quelques jours passent et je ne peux pas m'empêcher de repenser à Reagan. Et même si j'aimerais pouvoir me dire qu'elle mérite ce qu'il lui arrive pour avoir essayé de me tuer à de multiples reprises, je n'arrive pourtant pas à faire abstraction. Je ne peux pas laisser tomber, pas en sachant qu'Alan est derrière tout ça.

C'est vrai que Reagan est loin d'être blanche comme neige, mais elle est aussi la victime de cet homme, au même titre que moi, qu'elle en ait conscience ou non.

Peut-être même *plus* que moi, vu qu'elle ne s'en rend pas compte.

Et ça me fout en rogne.

À en juger par notre petite conversation dans la

cafétéria, il est évident qu'elle en sait plus qu'on ne le pensait au début. Si seulement je pouvais lui parler et la convaincre qu'Alan n'est pas l'homme qu'elle croit. Peut-être alors, serait-elle capable de nous aider à le faire tomber.

Même si c'est complètement fou, nous savons que Reagan est obsédée par Alan et peut-être même amoureuse de lui et jusque-là, elle n'était pas disposée à le trahir.

C'est pourquoi, nous avons peut-être notre chance maintenant. J'ai vu la douleur et la surprise dans ses yeux quand les flics sont arrivés pour l'arrêter : elle n'était pas au courant. Elle ne s'est pas offerte en sacrifice. Alan a manigancé tout ça derrière son dos et ça l'a fait souffrir. Il s'est encore une fois servi d'elle comme l'enfoiré manipulateur qu'il est.

Et maintenant, plus que jamais, ses œillères sont peut-être suffisamment baissées pour qu'elle voie vraiment les choses telles qu'elles sont.

— J'ai envie d'aller voir Reagan en taule, dis-je un soir aux garçons alors que nous sommes assis à table en train de manger des repas achetés à emporter. Le silence se fait autour de la table alors que trois paires d'yeux se braquent sur moi. Je grimace.

— Je pense qu'elle pourrait parler, dis-je en leur

expliquant ma pensée. Elle sait désormais qu'Alan n'est pas de son côté, il n'est pas son ami ni je ne sais quel autre fantasme elle imagine dans sa tête. Elle sera peut-être disposée à nous aider.

Gray pose sa fourchette.

— Je vois où tu veux en venir, dit-il lentement. Mais es-tu certaine que ça fonctionnera ? Cette fille est complètement tarée, il lui manque je ne sais pas combien de cases. Et si elle était prête à tuer pour lui, qui sait ce dont elle peut être capable ?

— J'ai l'impression qu'elle était sur le point de m'avouer quelque chose avant que les flics ne viennent la chercher, continué-je. J'ai l'impression que ses défenses ont été ébranlées et qu'il ne manque plus qu'une petite poussée pour qu'elles tombent en morceau.

— C'est pas un mauvais plan, dit Elias, mais je remarque tout de même une note de scepticisme dans sa voix. Ça pourrait marcher.

— Très bien. Declan pousse un soupir et me regarde. Il semble qu'on va devoir aller faire un tour en prison.

Samedi matin, les garçons et moi nous rendons au centre pénitentiaire de South Hills. Il est situé sur la bordure sud de la ville et à la différence du reste d'Hawthorne, il n'est en rien luxueux. C'est un bâtiment imposant en briques grises, bas et large, entouré de hautes grilles.

Nous nous enregistrons en tant que visiteurs et une fois qu'un garde a vérifié que nous ne portons pas d'armes ou d'objets interdits, nous sommes conduits dans un parloir où Reagan est déjà installée derrière une paroi vitrée. Elle porte un uniforme beige trop grand pour elle et elle se tient les épaules voûtées.

Quand elle lève les yeux vers nous, je sens mon cœur se serrer un peu. Elle a des cernes marqués et ses yeux sont rouges et gonflés, comme si elle venait tout juste de s'arrêter de pleurer. Sa peau et ses lèvres sont pâles, elle a l'air vidée, blessée. Perdue. Elle ne réagit pas négativement en nous apercevant, mais elle ne nous manifeste pas d'intérêt particulier non plus. Je ne sais pas trop quoi en penser.

Je m'assois en face d'elle. Deux gardes sont postés de chaque côté de la pièce, ils sont massifs, les cheveux coupés courts et ils ont l'air de s'ennuyer ferme.

Je leur lance un coup d'œil avant de décrocher le

combiné qui me permettra de parler à Reagan. Honnêtement, je suis un peu surprise qu'elle ait accepté de nous parler et j'ai la sensation qu'il va falloir rapidement entrer dans le vif du sujet avant qu'elle ne change d'avis.

— Je suis désolée, Reagan, dis-je. Je ne sais pas vraiment pourquoi je m'excuse.

Mais c'est pourtant ce que je ressens, je *suis* vraiment désolée. Je n'ai pas oublié qu'elle m'a kidnappée et qu'elle a tenté de me tuer et je crois que je ne lui pardonnerai jamais. Cependant, personne ne devrait subir les traumatismes physiques et émotionnels qu'elle a traversés. Personne ne devrait être ainsi piégé et emprisonné pour des crimes qu'il n'a pas commis.

— Je sais que tu n'as rien à voir avec cette histoire de drogue et avec l'argent qu'on a retrouvé, dis-je doucement. Et je veux t'aider.

Elle lève les yeux vivement, son regard morne reprenant légèrement vie.

— Je ne l'ai pas fait chuchote-t-elle d'une voix rauque. Je ne suis pas une trafiquante de drogue. J'ai essayé de le leur dire, mais ils sont persuadés que c'est moi. Ils ont dit qu'ils ont trouvé mes empreintes digitales, mais je n'ai jamais touché à la drogue, de toute ma vie. Pas même quand Gemma et Caitlin…

— Je sais, lui dis-je d'une voix douce. Elle pourrait mentir à ce sujet, mais je ne crois pas que ce soit le cas. Et je sais avec certitude qu'elle ne dirige pas une opération de vente de drogue de grande échelle.

À voix basse, je lui explique tout ce que l'on sait sur Alan. La façon dont il a manipulé les choses, qu'il a vidé le bunker avant que les flics y pénètrent pour la première fois, puis qu'il est revenu y déposer les objets incriminants avant leur retour, la deuxième fois.

Je sais que c'est risqué, sachant à quel point elle est sous l'emprise de ce connard, mais si je peux l'emmener à réaliser que cet homme est mauvais, qu'il est cruel, égoïste et que c'est *lui* qui l'a piégée, alors peut-être qu'elle verra les choses différemment. Je dois briser les lunettes colorant le monde en rose qu'elle semble porter.

— Il ne se soucie pas de toi, comme tu te soucies de lui, Reagan, conclus-je. Et ce n'est pas parce que tu es une mauvaise personne ou que tu as fait quelque chose de mal, c'est parce que c'est un homme mauvais, tout simplement. S'il t'avait aimée, t'aurait-il piégée comme ça ? Te laisserait-il aller en prison pour ses crimes alors que tu es innocente ?

— Non, murmure-t-elle.

— Tu as fait tellement d'efforts, Reagan, lui dis-je ensuite. Mais ce genre d'homme se moque bien de nous. Ils veulent seulement faire le plus de mal possible autour d'eux et Alan veut te faire du mal pour pouvoir continuer à faire du mal à d'autres.

— Comme à toi, dit-elle doucement en relevant les yeux vers moi. Elle cligne lentement des yeux, comme si elle était en transe. Elle déglutit et sa gorge remue. Il veut nous faire du mal.

Mon cœur fait un bond dans ma poitrine. Elle n'a pas simplement dit qu'il voulait me faire du mal, elle a dit *nous*. C'est la première fois que je l'entends admettre cette vérité à voix haute. Que je ne suis pas la seule victime d'Alan, mais qu'elle l'est, elle aussi.

Je hoche la tête.

— Il veut faire ça depuis longtemps. Et ça ne va faire qu'empirer, Reagan. Maintenant qu'il te voit comme une ennemie, simplement parce que tu sais des choses qu'il veut garder secrètes. Tu comprends ?

— Il ne m'aime pas, murmure-t-elle. Son visage se froisse et je revois la petite fille de mes rêves. Mon cœur se serre à ce souvenir. Ça fait mal, Sophie. Je l'aime tellement et lui... il ne n'aime pas... Une larme coule sur sa joue. Il ne m'aime pas et parfois, j'ai même l'impression qu'il me hait.

— Je suis désolée. Je me retiens de poser ma main

à plat sur la vitre. J'ai envie de la réconforter, mais je ne sais pas trop comment m'y prendre. J'ai l'impression d'être face à un petit animal effrayé. Mais tu peux arranger les choses en nous aidant, et à notre tour, on fera le maximum pour te faire sortir d'ici, d'accord ?

— Cet endroit est vraiment horrible, dit-elle, la voix tremblante. Je déteste être ici, je ne veux pas être enfermée à nouveau. Je ne… je ne vais pas pouvoir le supporter.

Mon cœur se serre, elle me rappelle tellement la petite fille qu'elle était, sauf que cette fois, elle a envie de fuir.

Dans mon esprit, je m'imagine la prendre par la main et la tirer à ma suite, vers la sortie, l'aider à quitter ce bunker où nous étions toutes les deux enfermées. Je n'ai pas pu la sauver à l'époque, et je ne sais pas si je vais pouvoir faire grand-chose pour elle aujourd'hui. Mais si nous ne faisons pas tomber Alan, je sais avec certitude qu'il s'arrangera pour qu'elle passe le reste de ses jours derrière les barreaux.

— Je sais. J'essaie de maîtriser ma voix, même si je sens les larmes brûler derrière mes paupières. C'est terrible. Mais si tu nous aides, nous t'aiderons à notre tour. Tu veux bien ?

Elle hoche la tête. C'est si faible que je manque de le rater, mais elle hoche la tête à nouveau, d'une manière plus décidée cette fois.

— Dis-moi ce que tu sais sur Alan, dis-je. De quoi te souviens-tu ? Pourquoi étions-nous enfermées dans ce bunker ? Sais-tu pourquoi nous nous y sommes retrouvées ?

Reagan laisser échapper un soupir haché et quand elle prend la parole, son ton est différent. Elle a soudain l'air plus âgée, plus fatiguée. Mais elle a également l'air bien plus *saine d'esprit*.

Je déteste savoir que le choc d'être enfermée à nouveau soit ce qui ait enfin brisé l'emprise qu'Alan avait sur elle. Je vois enfin que la dévotion aveugle qu'elle lui portait commence un peu à s'estomper.

— Nous avons été données à Alan en tant que garanties. Elle parle à voix basse et elle fait un signe de la main nous englobant toutes les deux. Il a la possibilité… d'aider les gens qui se trouvent dans des situations vraiment désespérées. Des gens qui ont besoin de l'intervention de quelqu'un d'aussi puissant que lui. Mais on ne peut pas vraiment appeler ça une faveur, puisqu'il demande une somme considérable en échange de ses services. Et si la personne ne peut pas payer cette somme d'avance, il garde leur enfant en otage jusqu'au remboursement complet. Nous étions ces enfants.

Je peux sentir les trois Pécheurs se tendre derrière moi. Je peux pratiquement sentir leur colère et le choc de cette révélation s'insinuer dans mon corps, mais cette sensation est noyée par mes propres émotions. Je n'arrive plus à parler. Je ne peux que m'accrocher désespérément au combiné du téléphone, tout en fixant Reagan sans dire un mot.

— Tu étais déjà là quand je lui ai été donnée, continue-t-elle. Je me souviens de toi, tout comme tu te souviens de moi. J'ai été renvoyée chez mes parents peu de temps après que tu te sois échappée car ils sont parvenus à payer leur dette. Ils ont dit à tout le monde que j'étais en pension pendant tout ce temps... pendant plusieurs années. Sans possibilité de visite, sans vacances, sans rien.

Bordel de merde.

Sa voix est si morne que la réalité de ses mots n'en paraît que plus brutale. Comme si elle ne s'était pas attendue à autre chose que ce comportement de la part des gens qui étaient censés l'aimer et la protéger.

— Tes parents n'ont jamais payé leurs dettes et même s'ils l'ont fait, tu t'es enfuie avant qu'ils puissent te récupérer.

Mes parents… une dette… abandonnée.

J'ai la tête qui tourne tellement, que je dois m'agripper à la tablette qui soutient la paroi vitrée, essayant de comprendre tout ce que vient de me révéler Reagan.

Mes parents m'ont donnée ? Comme ça ? Exprès ? Ils m'ont utilisée comme une *monnaie d'échange* pour obtenir une faveur ? Et ses parents à elle ont fait de même ? Dans quel monde pourri vit-on, où les parents vendent leurs propres enfants pour protéger leurs intérêts ? Pour protéger leurs entreprises, leur image, leurs secrets ?

— Je me souviens du jour où tu t'es enfuie, continue Reagan d'une voix faible. Tu m'as demandé de venir avec toi, mais je ne voulais pas partir… je ne l'ai jamais voulu. Je croyais qu'il me désirait, qu'il avait besoin de moi. Mais il ne me voyait que comme un outil. Sa voix se brise. Je suis désolée pour tout ce que je t'ai fait. Je voulais seulement qu'Alan m'aime. Je croyais que si je faisais ce qu'il voulait, il serait heureux et il…

Elle laisse sa phrase en suspens, les larmes coulant librement sur ses joues.

Je pense vaguement que je devrais la réconforter. Que je devrais lui dire quelque chose, lui montrer que je comprends ou que je lui pardonne. Mais je n'arrive pas à faire sortir le moindre son de ma gorge, je n'arrive même plus à penser. J'entends à peine ce qu'elle me dit, ses paroles assourdies par le bruit de mon sang battant à mes oreilles. Mon esprit est embrouillé, envahi de pensées que j'essaie d'ordonner pour comprendre cette nouvelle réalité dans laquelle je viens de basculer.

— Qui sont-ils ? demandé-je d'une voix brisée. Tu sais comment ils s'appellent ? Mes parents ?

Reagan lance un regard aux Pêcheurs derrière moi, puis repose les yeux sur moi.

— Oui, Ils s'appellent Charles et Maria Davenport, dit-elle. Et toi, tu es Sabrina Davenport.

— Putain.

La voix de Gray me fait sursauter. Les garçons sont tous les trois derrière moi, en arc de cercle et je tiens le combiné à quelques centimètres de mon oreille pour qu'ils puissent eux aussi entendre notre conversation.

Je lève la tête pour les regarder. Leurs expressions oscillent entre le choc et la colère, mais Elias est celui qui se reprend le plus rapidement. Il déglutit et baisse les yeux sur moi.

— Nous savons qui ils sont, dit-il en passant une main dans ses cheveux. Ils gravitent dans les mêmes cercles que nous, ils ne sont pas vraiment proches de nos trois familles, mais je les connais. Je ne savais pas qu'ils avaient une...

Une fille.

Il ne prononce pas le mot, mais je le vois serrer la mâchoire. Un millier d'émotions envahissent mon cerveau. Ai-je des frères et sœurs ? Mes parents se souviennent-ils de moi ? Comment ont-ils expliqué ma disparition ? Sont-ils toujours redevables d'Alan ou l'ont-ils enfin remboursé ? A-t-il arrêté de les aider quand j'ai fui avant qu'ils n'aient pu le rembourser ?

Et que s'est-il passé après ?

Reagan n'a rien de plus à nous apprendre et le garde qui nous avait escortés dans la salle, revient quelques minutes plus tard pour nous dire que la visite est terminée.

Personne n'essaie de me parler durant notre trajet jusqu'à la maison. La voiture est silencieuse. Je n'arrive toujours pas à desserrer les lèvres et encore moins à réfléchir, essayant désespérément d'accepter tout ce que Reagan vient de me révéler. J'ai besoin d'être seule avec mes pensées et avec mon art pour pouvoir faire le tri dans tout ça.

Quand nous rentrons chez nous, je me dirige droit vers mon studio, comme si j'étais guidée par mon instinct, et je ferme la porte derrière moi. Mais dès que le loquet s'enclenche, je sens mon cœur se contracter dans ma poitrine.

Seule.

Je suis seule. Je sais que si je laisse cette porte fermée, les garçons ne viendront pas me déranger. Ils me laisseront probablement de l'espace. Mais la solitude est une chose que la Sophie d'il y a un an recherchait désespérément quand les choses étaient difficiles. Celle que j'étais il y a un an aurait repoussé tout le monde jusqu'à avoir réussi à enterrer profondément en elle ce qui la faisait souffrir, en s'insensibilisant, et en continuant d'avancer dans la vie comme un zombie, évitant de ressentir la moindre émotion.

Je ne suis plus comme ça désormais.

Je n'ai pas envie d'être seule, pas alors que tant de choses ont changé. Être seule était peut-être bénéfique il y a un an, mais aujourd'hui, j'apprends à faire confiance, à ressentir et j'ai besoin des garçons. Je ne peux pas les repousser comme ça. Je dois m'ouvrir à eux, pour mon bien et pour le leur.

Je m'avance vers la porte tendant la main vers la poignée, mais elle s'ouvre avant que j'aie pu l'atteindre. Declan ne se donne pas la peine de frapper à la porte, il entre et referme derrière lui. Il tient un joint entre ses doigts.

— Je peux entrer ? dit-il en me montrant le joint comme une offrande de paix.

Je lui offre un pâle sourire.

— Bien sûr, dis-je. Fumer avec Declan est exactement ce dont j'avais besoin, mais je ne le savais pas encore. Tu as un briquet ou tu veux le mien ? Je crois que je l'ai laissé sur la table de nuit.

Il tire un briquet de sa poche et s'assoit sur le sol sans plus de cérémonie, allumant le pétard, puis me le tendant. Quand je tends la main pour l'attraper, il me saisit gentiment par le poignet et m'attire à lui jusqu'à ce que nous soyons tous les deux assis côte à côte, le dos collé contre la porte.

Je pose ma tête sur son épaule. Son odeur est boisée et chaude, comme toujours quand on fume tous les deux et je m'installe un peu plus contre lui, je prends le joint entre mes lèvres et en tire une longue bouffée.

Je lui retends en expirant lentement. Nous restons assis en silence pendant de longues minutes, mon cœur commençant enfin à reprendre un rythme normal.

— Tu sais, dit-il enfin. J'ai toujours souhaité que mes parents m'aiment, mais ils ne l'ont jamais vraiment fait. J'ai appris assez jeune, qu'ils aimaient l'idée qu'ils se faisaient de moi, plus que qui j'étais réellement. Ils m'exhibaient devant leurs amis, se vantaient quand j'avais accompli quelque chose auquel ils accordaient de la valeur et surtout, ils avaient un héritier qui pourrait perpétuer leur nom de famille. Mais ils ne m'ont jamais soutenu dans les choses qui avaient de l'importance pour moi. Les choses que je désirais faire. Il me redonne le joint, expirant un long nuage de fumée et baissant les yeux vers moi. Mais ce que tes parents ont fait ? C'est juste monstrueux.

— On peut voir les choses comme ça, oui, dis-je en laissant échapper un rire amer. Je prends une dernière bouffée du joint puis je l'éteins et je le jette dans un pot de peinture vide qui traîne non loin de là.

J'ai mal à la poitrine et je me frotte doucement le torse avec la main. Pourquoi suis-je si perturbée d'avoir été abandonnée par des parents dont je ne me souviens même plus ? Pouvons-nous avoir le cœur brisé par des personnes qu'on ne reconnaîtrait même pas si on les croisait dans la rue ?

— Ils m'ont sacrifiée pour sauver leur peau. Je fronce les sourcils. Je ne devrais peut-être pas être surprise par tout ça. C'est à ça que sert la famille, non ?

Declan me prend le visage entre ses mains et me

tourne vers lui. Nos lèvres sont si proches que je pourrais l'embrasser. Mais il me regarde avec un grand sérieux.

— Il existe toute sorte de familles, Soph. J'ai trouvé une famille avec Elias et Gray et tu en fais partie toi aussi désormais. Nous serons toujours là pour prendre soin de toi et nous ne te trahirons jamais. Nous n'essaierons pas de te changer. Nous serons seulement là, toujours, pour toi.

Ma gorge se serre et j'essaie de trouver quelque chose à lui répondre, des mots qui pourraient égaler la douceur de ce que je viens d'entendre.

Mais avant que je n'aie pu formuler quoi que ce soit, il reprend la parole. Et avec ces quatre mots de plus, il surpasse tout ce qu'il vient de me dire.

Quatre mots et il fait tomber en morceaux l'armure autour de mon cœur.

— Je t'aime, Sophie.

CHAPITRE 19

Je fixe Declan, essayant de me souvenir comment faire pour respirer. Mon corps semble avoir tout oublié, même ce mouvement de base. Mon cœur semble lui aussi s'être momentanément arrêté de battre.

Il m'aime.

Je crois que je le savais déjà, au fond de moi. Mais le savoir intérieurement et l'entendre sont deux choses bien différentes.

Declan m'aime.

C'est peut-être pathétique, mais je n'ai encore jamais été aimée. Jared se souciait de moi, c'est vrai, et je l'appréciais beaucoup moi aussi, mais ce n'était pas comme ça. Je crois que nous étions tous les deux trop abîmés par la vie, trop perdus et effrayés pour nous aimer véritablement.

Car lorsque Declan me dit qu'il m'aime, je sais qu'il le fait de tout son être. Et plus que ça encore, je sais qu'il me le prouvera. Il me protégera. Il prendra soin de moi. Il me respectera et m'honorera. Rien n'est théorique dans les sentiments qu'il exprime. C'est viscéral et tellement réel.

—Soph ?

Declan fronce un peu les sourcils et je réalise que je le fixe en silence depuis un peu trop longtemps. Je secoue doucement la tête pour m'éclaircir les idées et ce mouvement semble remettre mon cœur en marche et redémarrer ma respiration. Ma bouche s'entrouvre un peu et j'aspire de l'air.

Je le vois rougir légèrement et il incline un peu la tête sur le côté avant de plonger ses yeux dans les miens, ses mains encadrant toujours mon visage.

— Désolé, j'espère que je n'ai pas rendu l'atmosphère trop bizarre. Mais c'est ce que je ressens pour toi. Je t'aime de tout mon cœur et je devais te le dire. Tu es forte, tu es loyale et tu es tellement belle que ça me coupe le souffle à chaque fois. Mais tu n'as pas besoin de me répondre. Ce n'est pas pour ça que je te l'ai dit, je ne veux pas...

— Je t'aime.

Les mots sortent de ma bouche si vite que j'en bafouille presque, comme si j'avais peur de craquer si je me retenais plus longtemps. Ou peut-être parce que je ne veux pas les garder en moi plus longtemps.

Peut-être que je veux qu'il sache la vérité.

Declan écarquille les yeux.

— Vraiment ?

— Oui. Mon cœur accélère quand je le répète, plus lentement et délibérément. Je t'aime, Declan.

Son sourire est l'une des plus belles choses qui m'ait été données de voir. Je ne sais pas lequel de nous deux bouge en premier, mais nos bouches s'écrasent l'une contre l'autre.

Ce baiser est différent de tous ceux que nous avons échangé jusque-là. Je ne sais pas si c'est parce que nous ne retenons plus nos sentiments ou parce que ces trois mots résonnent encore dans le moindre mouvement de nos langues l'une contre l'autre.

Honnêtement, je pense que c'est un mélange des deux.

Declan fait glisser sa main dans mes cheveux, la posant sur l'arrière de mon crane, alors qu'il approfondit tellement le baiser que j'ai l'impression de m'y noyer. Nous nous retrouvons au sol et je ne sais pas si c'est parce que nous avons bougé ou que nous avons littéralement fondu l'un contre l'autre. Je me sens comme de la gelée quand Declan rompt le baiser pour faire glisser ses lèvres sur mon visage et sur ma mâchoire. Il descend ensuite le long de mon cou, sur mon épaule, ses mains descendant pour attraper l'ourlet de mon t-shirt. Quand il le fait passer au-dessus de ma tête, je l'aide en me tortillant pour me débarrasser du tissu. Mon soutien-gorge ne tarde pas à disparaître à son tour, Declan passant une main agile dans mon dos pour le dégrafer et le jeter de côté.

Sa bouche ne s'arrête pas, explorant et goûtant ma peau nue. Il pose des lèvres affamées sur mon téton droit, enroulant sa langue autour, avant de passer à l'autre. Il continue d'alterner, jusqu'à ce que mes seins soient sensibles et mes tétons si durs que le simple contact de ses dents sur leur surface, envoie une décharge de plaisir directement dans mon clitoris.

Alors qu'il continue à me torturer délicieusement les seins, ses mains descendent pour déboutonner mon jean et baisser le fermeture éclair. Il s'en occupe adroitement et glisse une main dans ma culotte pour empaumer ma chatte.

Il glisse ensuite deux doigts en moi tout en suçant fort mon téton et en frottant la paume de sa main sur mon clitoris. Je me cambre contre lui, serrant mes muscles intimes de toutes mes forces autour de ses doigts.

Il laisse échapper un grognement étouffé, frottant doucement son visage contre la chair tendre de ma poitrine, tout en continuant à me baiser de ses doigts.

— Tu me serres tellement fort, Soph. Tu es tellement étroite.

Je hoche la tête, dans un état second, baissant les yeux sur lui alors qu'il dépose des baisers sur mon ventre. Quand il atteint mon entre-jambe, il déplace sa main et pose doucement ses lèvres sur mon clitoris, me faisant tressaillir. Puis il se recule et entreprend de m'enlever mon pantalon et ma culotte.

Je vois le désir et l'amour qu'il me porte brûler dans ses yeux, alors qu'il fait glisser ses mains sur la peau nue de mes mollets, à l'intérieur de mes genoux, avant d'empoigner fermement mes cuisses. Quand il m'écarte les jambes largement, mon souffle se bloque dans ma gorge en sentant la possessivité de son geste. Les muscles de mes cuisses frémissent, essayant de se refermer pour soulager un peu la tension que je ressens dans mon clitoris, mais il m'en empêche.

— Non, pas encore. Son regard se pose sur ma

chatte gonflée de désir et en manque de lui. Reste ouverte pour moi. Laisse-moi te regarder.

Et pendant un long moment, c'est exactement ce qu'il fait. Même s'il me sent me tortiller de désir sous lui, haleter et pratiquement le supplier de me toucher, il prend tout son temps pour m'observer, se reculant un peu en baissant le regard sur moi.

Comme s'il tentait de mémoriser ce qu'il voyait. Comme s'il voulait se souvenir de cet instant pour l'éternité.

Cette pensée me percute comme un mur de brique. Ce que nous partageons à cet instant est bien plus que du sexe.

C'est de l'amour.

C'est un engagement.

C'est une promesse d'éternité, ou du moins le temps qu'il nous reste, sachant qu'Alan fait tout son possible pour nous détruire.

Mais chaque minute que je passe avec cet homme est un véritable cadeau, même si notre temps est limité. Je n'en regretterai jamais une seule seconde.

Je me sens submergée par les émotions, ma mâchoire se serre et je sens les larmes brûler derrière mes paupières. Aujourd'hui, je suis passée par une telle variété d'émotions que je me sens toujours un peu étourdie quand Declan baisse la tête vers moi et titille l'intérieur de ma cuisse de ses dents. Quand il atteint ma chatte, il commence à me lécher lentement, glissant sa langue en moi, avant de la passer sur mon clitoris.

Le désir se sent dans le moindre de ses mouvements, mais il prend tout son temps. Il se retient même, faisant durer son exploration le plus longtemps possible, me dégustant avec sa bouche jusqu'à ce que je ne sois plus qu'une boule de désir sous ses caresses.

— Declan, grogné-je en secouant la tête de droite à gauche et en glissant mes doigts dans ses cheveux. Je t'en prie. Oh, allez, s'il te plait.

— Je m'occupe de toi, murmure-t-il et la promesse que j'entends dans sa voix est incroyablement excitante.

Accélérant un peu, il trouve les caresses qui me font gémir de plaisir et répète le mouvement encore et encore jusqu'à ce que je m'écroule sous lui, mon corps frémissant et mon souffle coupé, alors que des étincelles de plaisir explosent en moi comme un feu d'artifice.

Mais il n'est pas encore satisfait.

Sa langue continue de bouger, trouvant un nouveau rythme, avant même que mon corps n'ait eu le temps de s'ajuster au précédent. Il continue de me lécher jusqu'à ce que le premier orgasme s'apaise et qu'un deuxième commence déjà à monter en moi, tout aussi intense que le premier. Cette fois, au lieu de m'agripper à ses cheveux, j'empoigne mes seins et pince mes tétons, ma bouche s'ouvrant toute seule sur un cri.

Declan lève les yeux vers moi et je vois ses pupilles se dilater à travers l'écran de ses cils épais. Sa langue continue de bouger, si chaude, si mouillée, si ferme qu'elle me rend folle. Je l'entends grogner en me voyant jouer avec mes seins.

Je ne peux plus tenir plus longtemps, sachant à quel point il est excité et à quel point il a envie de me pénétrer. J'en bascule une nouvelle fois dans l'extase et je frémis de plaisir, frottant mes hanches contre son visage.

Je respire fort, mais j'ai l'impression de ne pas réussir à reprendre mon souffle. Quand les mouvements de sa langue s'arrêtent enfin, je sens que mon cœur bat si fort que mes poumons ont du mal à fonctionner correctement.

Il s'avance pour se retrouver au-dessus de moi, puis baisse la main vers le bas pour retirer son pantalon. Le bas de son visage est luisant de mes fluides et quand il se passe la langue sur les lèvres, mon clitoris pulse de plaisir, comme s'il m'avait léchée directement.

— Tu n'avais pas besoin de me dire que tu m'aimais, murmuré-je, mes lèvres s'incurvant dans un sourire coquin. Tu aurais pu de contenter de faire ce que tu viens de me faire et j'aurais compris.

Il me rend mon sourire, puis baisse la tête pour m'embrasser. Sa verge se pose sur ma vulve et je sursaute quand elle frôle mon clitoris.

— Peut-être, murmure-t-il contre mes lèvres. Mais je préfère te l'avoir dit. Regarder la femme que j'aime jouir est ce que je préfère au monde.

— Fais-moi jouir à nouveau, alors. Je mordille sa mâchoire, pose mes mains sur ses fesses et l'attire à moi. Avec ta grosse queue.

Il gronde doucement. Sa bouche est de nouveau sur moi, me dévorant d'un baiser profond, alors qu'il me pénètre d'un coup.

Je jouis presque instantanément, même si j'avais prévu de faire durer un peu les choses. Mais mon corps est tellement excité, surfant encore sur le plaisir qu'il m'a procuré plus tôt. Ma chatte est gonflée, sensibilisée et le sentir s'enfoncer en moi est presque trop intense.

Je pousse un cri sonore et enroule mes jambes

autour de sa taille, l'empêchant de bouger quelques secondes, avant qu'il ne commence à me besogner.

Sa bouche se pose sur mon oreille et je sens son souffle sur ma peau alors qu'il commence à bouger en moi, nos corps ondulant de concert au rythme des mouvements de ses hanches.

— J'adore te voir jouir sur ma langue. J'adore te voir jouir sur ma queue. Il me mord le lobe de l'oreille, plantant ses dents dans ma chair, avant de me lécher pour faire passer la douleur. J'ai adoré te voir jouir sur la queue d'Elias.

Sa voix grave et rauque de désir fait naître en moi une nouvelle vague de plaisir. Je m'accroche à lui, enroulant mes bras et mes jambes autour de son corps et enfouissant mon visage contre sa peau chaude en jouissant à nouveau. L'orgasme se déroule lentement, comme une vague puissante, recouvrant tout mon corps alors que je sens Declan se laisser enfin aller.

— Putain. Oui, comme ça. C'est parfait. Tu es tellement étroite. Il me pilonne violemment quelques instants avant de laisser échapper un gémissement rauque.

Nous sommes en sueur et nos peaux collent l'une à l'autre, alors qu'il frotte ses hanches contre les miennes savourant les dernières gouttes de plaisir.

Puis il roule sur le dos, m'attirant avec lui pour que je me retrouve allongée sur son torse.

Son cœur bat fort dans mon oreille, alors que je suis posée sur lui, toutes mes terminaisons nerveuses fourmillant encore de plaisir.

Il bat pour moi, je réalise soudain et je tire une grande force de cette pensée que je n'aurais jamais cru possible seulement six mois auparavant.

Son cœur bat pour moi. Mon cœur bat pour lui.

Peu importe ce que mes parents on fait, peu importe quelles horreurs je vais encore devoir affronter, ce que je vis actuellement est absolument parfait.

CHAPITRE 20

Fumer avec Declan m'aide à me détendre un peu et faire l'amour avec lui – sans parler du fait de l'entendre m'avouer qu'il m'aime – permet d'apaiser l'ouragan qui fait rage en moi.

Quand nous descendons à la cuisine retrouver Gray et Elias après nous être rhabillés, je me sens encore tout étourdie par tout ce que Reagan nous a appris. Ils lèvent les yeux quand nous arrivons, leurs regards s'adoucissant quand ils se posent sur moi et mon cœur battant agréablement en réponse.

Ça.

J'ai au moins ça : eux

Il fut un temps où un jour comme celui que je viens de vivre m'aurait totalement détruite. Ce que je viens d'apprendre est toujours dur à avaler, mais avec l'aide des Pécheurs, je parviens à le digérer sans que ça me détruise. Désormais, j'ai dans ma vie des gens que j'aime et sur qui je peux compter, et savoir que ma propre famille m'a abandonnée quand j'étais petite, est moins dur à supporter que ça l'aurait été autrefois.

Car, comme Declan me l'a dit plus tôt, nous formons une famille désormais. Gray, Elias, Declan et Max : ce sont eux, ma famille. Et non pas Charles, ni Maria Davenport qui m'ont vendue à un monstre en échange d'une faveur.

— Qu'est-ce que vous faites ? demandé-je. Je devine au ton de leurs voix qu'ils étaient en train de discuter de quelque chose d'important.

— Nous avons fait quelques recherches pendant que vous étiez à l'étage, dit Gray en nous regardant alternativement Declan et moi. Ses lèvres s'incurvent très légèrement vers le haut, je vois un éclair de désir passer dans ses yeux et je me demande soudain s'ils ont pu nous entendre tout à l'heure. Puis son expression redevient sérieuse et il continue. Nous avons trouvé l'adresse de tes parents, ainsi que pas mal d'informations sur leur entreprise.

Elias hoche la tête.

— Nous avons également découvert que l'entreprise de ton père a presque fait faillite il y a treize ans… il semblait sur le point de déposer le bilan et de tout liquider, quand tout à coup, après un *miracle* que personne n'a été en mesure d'expliquer, tout est rentré dans l'ordre.

Alan.

— Tu te fous de ma gueule ? dis-je, sachant pertinemment qu'il est sérieux. Mais je sens la colère bouillir en moi, anesthésiant mon corps. Tu me dis qu'il a choisi son entreprise plutôt que sa fille, la chair de sa chair ?

Cet homme partage son ADN avec moi. J'étais encore une enfant et mon père, en toute connaissance de cause, a choisi de me sacrifier pour protéger son business. Cet homme n'est pas mon père, pas plus que Brody ne l'a été, ni aucun de mes autres pères de famille d'accueil.

Brody et mon père se sont servis de moi et ont abusé de ma confiance.

Je les hais tous les deux.

Declan pose ses bras autour de ma taille et m'attire contre lui, comme s'il sentait l'agitation insoutenable de mes émotions.

— C'est impardonnable. Les gens sont vraiment prêts au pire pour protéger leurs intérêts, leur confort et leur argent.

Mais de là à sacrifier sa propre fille ?

— Je dois le voir, dis-je soudain, moi-même surprise pour la fermeté que j'entends dans ma voix. J'ai envie d'entendre sa version des faits. J'ai envie de comprendre quel genre de marché il a pu passer avec Alan qui justifie tout ce que j'ai subi.

Les garçons hésitent, mais je sais que ce n'est pas parce qu'ils pensent que ce n'est pas la bonne chose à faire. C'est parce qu'ils veulent me protéger. Ils veulent me garder en sécurité.

Mais la seule manière d'y parvenir, c'est de faire face à la réalité la tête haute.

— Je ne veux plus fuir. Prenant une grande inspiration, je lève le menton. Je veux me battre. Je ne veux plus jamais fuir devant personne, ni Alan, ni mon père, personne. Je me battrai jusqu'à ce qu'Alan pourrisse en prison ou que je sois morte.

Nous n'attendons pas le lendemain. Nous ne nous appesantissons pas sur les informations que nous a fournies Reagan, débattant d'actions potentielles ou de stratégies variées. Au lieu de cela, quelques minutes à peine après notre discussion dans la cuisine, nous nous entassons dans la voiture de Gray et nous prenons l'autoroute en direction de la maison de mes parents.

Je regarde le plan sur le téléphone de Gray en mordant ma lèvre inférieure. Ils n'habitent qu'à trente minutes à peine d'Hawthorne.

Pendant tout ce temps, ils n'étaient qu'à une demi-heure de route de moi. Sans savoir que j'étais là, sans même savoir que j'avais survécu.

Comment ont-ils pu vivre avec ça ? Si je représentais quoi que ce soit pour eux, comment ont-ils pu se résoudre à m'abandonner ainsi ? Ont-ils au moins essayé de me retrouver ? Ont-ils utilisé le pouvoir qu'ils ont récupéré grâce à la reprise de leurs affaires pour tenter de convaincre Alan de les aider ?

Mon estomac se noue, alors qu'une nouvelle pensée envahit mon esprit. Peut-être savaient-ils pertinemment où j'étais pendant tout ce temps. Peut-être même savent-ils que je suis revenue à Hawthorne et qu'ils ne veulent rien avoir à faire avec moi.

Merde. Je déteste vraiment tout ça.

Le GPS sur le téléphone de Gray nous indique que nous ne sommes plus qu'à quelques minutes de notre destination. Je sais que je devrais être nerveuse, mais je ne le suis pas. En lieu et place de la nervosité, je ressens une montée d'adrénaline qu'aucune drogue, partie de jambe en l'air ou peinture n'a encore jamais été en mesure de me donner. Ce n'est pas vraiment de la colère, ni de la peur, mais un mélange de sensations encore inédit.

C'est… agréable.

J'ai l'impression d'être invincible.

Peu importe ce qu'il se passe, peu importe les difficultés que je rencontrerai sur mon chemin dans le futur, je ne m'arrêterai que lorsque tout sera enfin terminé.

Ici, il n'y a pas de portail sécurisé comme chez les Montgomery, rien qui nous empêche de rouler jusqu'à la maison. Je suis contente que nous n'ayons pas à nous annoncer avant de pénétrer dans la propriété, vu que j'ai vraiment envie de prendre Charles et Maria Davenport par surprise. Je ne veux pas leur donner le temps de se trouver des excuses ou de fuir.

Je ne sais même pas s'ils le feraient. En fait, je n'ai absolument aucune idée de la réaction qu'ils auront en me voyant. Je ne sais pas si ma combativité me vient de l'un d'entre eux, ou si c'est juste une compétence que j'ai dû développer afin de pouvoir rester en vie et survivre à tout ce qui m'est arrivé.

Aucun de nous ne parle alors que Gray gare la

voiture et que nous en sortons. Il me regarde, une question silencieuse dans les yeux. *Tu vas bien ?*

Je fourre les mains dans les poches de mon sweat à capuche et je hoche la tête. Je ne sais pas si aller bien est la formulation adéquate, mais je sens toujours l'adrénaline couler dans mes veines et je suis absolument certaine de vouloir le faire ça.

En m'avançant vers la porte, j'essaie de retrouver des souvenirs, quelque chose, n'importe quoi, que je pourrais reconnaître, mais cette maison, comme toutes les autres du quartier, ne représente rien pour moi. Peut-être ai-je passé mon enfance dans cette maison, peut-être pas. Peu importe à présent.

Ce que je dois faire, c'est confronter mes parents qui m'ont abandonnée pour protéger leurs intérêts égoïstes.

Et moi qui croyait savoir à quel point le monde était pourri. Il s'avère que ça peut toujours empirer et devenir encore plus monstrueux.

Je réprime un rire amer à cette pensée. On m'a toujours dit que ma mère était probablement une droguée et même si c'était pas cool de savoir qu'elle était probablement la cause de mes nombreux problèmes d'étourdissement et de mémoire, je ne l'ai jamais réellement détestée. Je me suis toujours dit qu'elle avait dû avoir une vie minable, tout comme moi, et qu'elle avait été prise dans ce cercle vicieux infernal qui détruit tant de gens qui n'ont pas les ressources pour s'en sortir.

Aujourd'hui, je *souhaiterais* presque que cette version de ma mère soit la vraie.

Quand nous frappons à la porte, une femme d'un certain âge qui semble être la femme de ménage nous ouvre. Les garçons l'ignorent, ils passent à côté d'elle en ouvrant grand la porte et entrent dans le hall, moi sur leurs talons.

— Où sont Charles et Maria Davenport ? demande Gray d'une voix dure.

La bonne bafouille, ouvrant et fermant la bouche comme un poisson hors de l'eau.

— Le... Monsieur Davenport est... Elle fait un geste en direction des escaliers, mais avant qu'elle ne puisse continuer, des bruits de pas se font entendre sur le marbre poli.

Un homme apparaît en haut des marches. Ses cheveux sont blond foncé parsemés de mèches grises.

— Annette, que se passe-t-il ici ? dit-il en nous regardant. Qui sont ces gens ?

Mais quand ses yeux se posent sur moi, je vois un éclair de compréhension dans son regard, avant qu'il ne le cache et continue de faire semblant de ne pas me connaître. Il sait pertinemment qui je suis.

Mon cœur commence à accélérer et toute la tension nerveuse que je ne ressentais pas quelques secondes plus tôt s'abat sur moi comme une violente tempête.

Et ouep, je suis la fille que tu croyais perdue, connard. Surprise.

— Annette, laissez-nous, crache-t-il.

— Monsieur...

— Laissez-nous.

Elle s'éclipse rapidement, la tête basse, et je me demande soudain si mon père est comme Alan, un monstre riche qui croit qu'il peut mépriser les autres, juste parce qu'il a eu un peu plus de chance qu'eux dans la vie et qu'il a quelques zéros de plus sur son compte en banque.

La bonne disparaît quelque part dans la maison et je lève les yeux sur mon père. Il se tient en haut du grand escalier et me regarde en fronçant les sourcils.

Pendant un long moment, nous nous contentons de nous fixer. Je suis si concentrée sur lui que je peux pratiquement *voir* les rouages de son cerveau tourner, alors qu'il essaie de décider comment gérer ma réapparition soudaine.

— Salut, papa. Je t'ai manqué ? dis-je d'une voix lente, laissant le poison s'insinuer entre chaque syllabe.

Il cligne des yeux et sa mâchoire se tend. Mes

mots semblent lui avoir fait l'effet d'un électrochoc et l'avoir sorti de sa stase. Il carre les épaules et secoue la tête.

— Je suis désolé, je ne sais pas…

— Ne mens pas, bordel ! Tu sais exactement qui je suis, rétorqué-je férocement. Et je sais aussi ce que tu m'as fait, enfoiré.

— Je vais devoir vous demander de quitter…

Il essaie de reprendre la parole, mais je l'en empêche.

— Tu m'as abandonnée, grondé-je. Tu m'as vendue pour acheter l'aide d'Alan Montgomery quand ton entreprise a fait faillite.

Mon père se recule violemment, comme si je l'avais frappé. Il reste immobile un instant, choqué, et ses yeux s'écarquillent légèrement. Comme si me l'entendre dire si brutalement le ramenait à la réalité de ce qu'il avait fait. Peut-être a-t-il lui aussi essayé d'oublier, comme j'ai essayé de le faire pendant longtemps. Peut-être qu'il a tout fait pour enterrer au plus profond de lui tous ces sentiments, la honte, la culpabilité, la trahison, et qu'aujourd'hui, je déterre tout de mes mains et expose cette souillure au regard de tous.

— T'as pris ton pied ? En regardant ton affaire se remettre à faire des profits, pendant que ta fille était enfermée à la merci d'un putain de monstre ? Ou as-tu simplement choisi de ne pas y penser ? Ma voix est rauque, tendue par les émotions qui menacent de déborder de chaque mot que je prononce. As-tu simplement fait semblant que je n'existais plus ? Comment as-tu pu oublier ta propre fille ?

Fille.

Dieu que je hais ce mot.

— Charles ? Que se passe-t-il ? Une voix féminine teintée d'inquiétude s'élève de la pièce voisine. Quelques secondes plus tard, une magnifique femme blonde, assez petite, arrive dans le hall. Mon souffle se bloque dans ma gorge dès que je l'aperçois. La ressemblance est indéniable.

C'est ma mère.

Mon cœur se tord dans ma poitrine. Un instinct primal me pousse à courir vers cette femme que je n'ai pas connue, cette femme qui m'a portée dans son ventre pendant neuf longs mois, pour ensuite me vendre sans état d'âme. Pourtant, mes pieds restent fermement plantés dans le sol. Je ne la connais pas, pas plus que je ne connais l'homme qui se tient en face de moi.

Vu que son mari reste silencieux, Maria tourne la tête vers nous. Son regard croise le mien et il lui faut moins de temps qu'à Charles pour me reconnaître.

Elle a un violent mouvement de recul, son visage décomposé par le choc. Sa bouche s'ouvre en grand, son corps est pris d'un léger tremblement.

— Sabrina... murmure-t-elle d'une voix tremblante. Sabrina...

Quand elle prononce mon nom, le nom *qu'ils* m'ont donné et qui ne représente pas celle que je suis à présent, elle craque. Mais son expression n'est en rien hantée par la panique, la colère ou la culpabilité comme c'est le cas de son mari.

Au lieu de ça, un bonheur indicible illumine son visage.

Les larmes coulent sur ses joues et elle se précipite vers moi les bras ouverts.

CHAPITRE 21

Je me raidis, réagissant comme si elle se mettait à courir vers moi avec un couteau, ou qu'elle pointait une arme dans ma direction.

L'expression qui s'inscrit sur son visage me serre le cœur, mais nous ne sommes pas là pour faire une gentille réunion de famille. Je ne reviens pas à la maison pour la première fois après avoir commencé la fac. Non, je revois mon père et ma mère pour la première fois depuis qu'ils m'ont vendue pour conserver leurs privilèges.

Maria essaie de me prendre dans ses bras, mais je me recule instinctivement et les Pécheurs font écran de leurs corps pour me protéger de ce contact. Leurs visages sont durs, ils sont tendus, prêts à combattre.

Maria s'immobilise, confuse, et regarde les trois hommes d'un air un peu effrayé. Elle détache son regard de nous et le pose sur Charles.

— Que se passe-t-il ? demande-t-elle. Le ton de sa voix est désespéré, presque paniqué. Personne ne lui répond et elle me regarde à nouveau. C'est vraiment toi ? murmure-t-elle. Mon dieu, faites que ce soit vraiment toi. Mon bébé. Tu es enfin revenue.

Ma gorge est sèche. Je n'arrive plus à parler. Je parviens tout juste à hocher la tête, mais je ne parviens pas à articuler le moindre mot, alors que les larmes coulent librement sur son visage pâle, faisant couler son mascara parfaitement appliqué. Ses lèvres tremblent légèrement et quand elle lève les yeux vers moi, j'y vois de l'espoir et de la terreur, comme si elle craignait que quelqu'un lui dise soudain que tout ceci n'est qu'un rêve.

Elle a l'air si soulagée de me revoir, que je sens mon cœur craquer dans ma poitrine.

C'est comme si... comme si elle m'avait aimée. Comme si elle m'aimait toujours.

Je peux gérer le mépris de mon père, l'agressivité choquée dont il fait preuve, parce que je m'y étais préparée, nourrissant cette colère qui bout en mois depuis des années.

Mais ça ? Voir la réaction de Maria ? C'est tellement différent de ce à quoi je m'attendais que je suis déstabilisée. Car si des parents se soucient si peu de leur progéniture pour être prêts à l'échanger contre des faveurs, je ne vois pas pourquoi ils verseraient la moindre larme.

— Je croyais que je ne te reverrais jamais, dit-elle d'une voix cassée. Nous n'avons jamais su si tu t'étais enfuie ou si quelqu'un t'avait kidnappée. Mais nous t'avons cherchée partout, ma chérie. Nous avons engagé des tas de détectives privés. Je voulais tellement te retrouver. J'ai... j'ai essayé de garder espoir, mais ils me disaient tous qu'il n'y avait aucune piste. Qu'il n'y avait plus aucun espoir et que tu ne reviendrais jamais à la maison.

Un sanglot la secoue et je réalise soudain avec horreur... qu'elle n'était au courant de rien.

Soit, c'est une actrice hors pair, soit elle n'est absolument pas au courant de ce que mon père a fait. Je le fixe par-dessus l'épaule de ma mère, mais il garde toujours le même air froid et distant que quand nous sommes arrivés. Je ne sais pas pourquoi ça me fait si mal.

— Maman. Mes lèvres tremblent et buttent sur ce mot étrange, qui paraît déplacé dans ma bouche.

Ce n'est pas ce qui s'est passé. Je ne me suis pas enfuie. Et je n'ai pas non plus été enlevée. J'ai été échangée, non, j'ai été vendue. Par l'homme qui se tient derrière toi.

Charles s'avance en m'entendant parler, ses pieds résonnant sur le marbre des marches qu'il descend rapidement. Son visage est tordu par une grimace et ses yeux lancent des éclairs.

— Quoi… mais de quoi parles-tu ? Maria secoue la tête, l'air perdue.

— Maria, ne l'écoute pas, lui ordonne Charles d'une voix dure.

Ignorant ses menaces, je pointe mon doigt vers lui alors qu'il descend la dernière marche et arrive dans l'entrée. Il m'a vendue à Alan Montgomery en échange de son aide. Son entreprise allait faire faillite et il avait besoin d'un miracle. Donc il en a *acheté* un. Et j'en étais le prix.

Lorsque je finis ma phrase, je regarde Maria qui reste silencieuse pendant quelques secondes, le temps d'enregistrer ce que je viens de révéler. Je vois les émotions sur son visage passer de la confusion à l'horreur alors qu'elle replace les événements dans l'ordre chronologique : la faillite, les dettes, la disparition de sa fille, l'entreprise qui se rétablit miraculeusement.

Je sens la colère bouillir en moi, à peine maîtrisée. Je croyais que mes parents étaient tous les deux au courant de cet arrangement monstrueux, mais ça m'enrage encore plus de savoir que mon père a fait ça dans le dos de ma mère. Et qu'il l'a convaincue que je m'étais enfuie ou que j'avais été kidnappée. Il a probablement organisé de fausses recherches, lui faisant croire qu'il engageait les meilleurs détectives, mais sachant pertinemment qu'ils ne trouveraient jamais rien.

Quel salop.

La colère que je ressens semble s'être transmise à ma mère car elle se retourne violemment pour lui faire face.

— Comment as-tu... Son corps entier vibre de rage et elle lève la voix. Dis-moi que ce n'est pas vrai, Charles. Ose me dire qu'elle nous ment, bordel.

Il grimace en l'entendant parler de la sorte. Les mots paraissent disproportionnellement vulgaires pour quelqu'un d'aussi distingué qu'elle.

— Maria, calme-toi...

Elle le coupe, la voix dure, aiguisée comme la pointe d'un couteau.

— Dis-moi que tu n'as pas *vendu* notre fille pour protéger ton entreprise ?

Charles hésite. La pause est minime, mais elle en dit plus que tous les mots du monde.

Son visage se froisse, et son expression oscille entre la douleur et la colère. J'ai l'impression qu'elle est déchirée de l'intérieur par ses émotions.

— Non, lâche-t-elle d'une voix brisée en secouant la tête de droite à gauche. Non. Non, comment as-tu pu. C'est *impossible*, non… pas notre petite fille. Notre adorable petite Sabrina.

— Écoute-moi, Maria. Il reste rigide, contrôlé et parle d'un ton calme, presque rassurant, comme s'il pensait qu'en lui parlant calmement, il allait pouvoir lui faire comprendre les raisons de sa décision et qu'elle verrait ainsi qu'il avait fait le *bon choix*. Comme s'il pouvait tout lui expliquer et tout arranger.

— Tout ce que j'ai fait, je l'ai fait pour notre famille, pour toi et pour Sabrina. Oui, j'ai passé un marché avec Alan Montgomery. C'était le seul moyen pour que nous ne nous retrouvions pas ruinés. Mais j'avais un plan. Je devais payer mes dettes et nous aurions pu récupérer Sabrina, si elle ne s'était pas enfuie.

Il me lance un regard froid, comme si tout ce qui était arrivé était ma faute. Mes poings se serrent et l'envie de le cogner monte irrépressiblement en moi.

Mais je n'ai pas le temps de me laisser aller à ma pulsion.

— Espèce *d'enfoiré* ! Maria hurle et se jette sur lui.

En moins d'une seconde, elle n'est plus que rage. Elle fait exactement ce que j'avais envie de faire, donnant de grands coups de poings dans le torse de Charles et le griffant de toutes ses forces, comme un animal sauvage. Il lève les mains devant lui, reculant maladroitement pour essayer de la déloger. Mais il n'y parvient pas. Elle suit son mouvement et même si elle est petite, elle n'en est pas moins féroce.

Je ne devrais pas me sentir aussi satisfaite qu'elle agresse ainsi son mari, mais c'est pourtant ce que je ressens.

Peut-être que je tiens mon caractère d'elle, finalement.

— Maria. Charles parvient enfin à l'attraper par les poignets et à arrêter son attaque. Il essaie de la regarder d'un air supérieur, mais l'effet est un peu diminué par la traînée de sang qui lui barre la joue et par ses cheveux décoiffés. Arrête tout de suite. Tu dois te calmer. Ça ne sert à rien de réagir comme ça. Ça ne va rien arranger.

— Rien arranger ? hurle-t-elle et se débattant pour qu'il la lâche et le fusillant du regard. Ne me parle pas d'arranger les choses, tu… tu… Elle semble soudain se dégonfler et un sanglot la secoue. Comment as-tu pu faire une chose pareille, Charles ? Comment as-tu pu vendre notre fille, comme une marchandise ? Tu ne m'as jamais rien dit. Je ne l'aurais jamais accepté ! Comment as-tu pu croire que c'était ce que je voulais ?

— C'est précisément pourquoi je ne t'ai rien dit ! gronde-t-il en plissant les yeux et en relâchant ses poignets. Il fait un pas en arrière, se mettant hors de portée de ses ongles. Parce que je savais très bien que tu ne serais pas capable de voir la situation dans son ensemble. C'était censé être un arrangement temporaire, Maria. Je n'ai jamais…

— Je m'en fous ! Les larmes coulent sur ses joues et elle se jette une nouvelle fois sur lui. Je me fous bien de savoir si c'était censé être temporaire ! Comment as-tu pu ?

— Ça n'a plus d'importance maintenant, c'est fait. Je lève la voix pour me faire entendre par-dessus leurs cris. Mes mots sont froids, amers. Ça retient suffisamment l'attention de ma mère pour qu'elle arrête de frapper mon père. Lui me fixe, immobile. Je lui rends son regard. Tu ne peux pas défaire ce que tu as fait et je ne suis pas ici pour te demander d'essayer. Je ne suis pas ici pour réparer ce qui est irrémédiablement brisé. Je ne suis pas ici pour vous pardonner.

— Que veux-tu alors ? demande-t-il d'une voix dure.

— J'ai besoin de votre aide, lui dis-je abruptement. Tu es peut-être la seule personne qui peux nous aider à faire tomber Alan Montgomery et à arrêter toutes les horreurs qu'il commet.

— Non. Sa réponse est immédiate. Je vois sa mâchoire tressauter.

Je hausse un sourcil.

— Non ?

— Tu ne réalises pas le pouvoir dont il dispose, Sabrina, dit-il en utilisant le ton avec lequel on s'adresse à une enfant qui n'est pas en mesure de comprendre. Je ne sais pas ce que tu t'imagines pouvoir faire à Alan Montgomery, mais ça ne fonctionnera pas. Il y a une raison pour laquelle les gens se tournent vers lui quand ils sont dans des situations désespérées. Il dispose de plus de pouvoir et d'influence que n'importe qui à Hawthorne. Il pourrait me détruire d'un claquement de doigt. Il pourrait te détruire toi aussi.

Crois-moi, abruti, je sais déjà tout ça.

Je suis sur le point de lui donner des exemples, mais ma mère intervient avant que je n'aie pu ouvrir la bouche.

— Tu vas le faire, Charles. Tu vas l'aider.

Son visage se plisse de colère et il se tourne vers sa femme.

— Maria, tu ne comprends pas...

— Oh si, je comprends très bien.

Sa voix est calme désormais, presque morne, comme si elle réprimait ses émotions au prix d'un grand effort de volonté, pour pouvoir continuer à fonctionner. Je ne reconnais ce ton que trop bien.

— Alan Montgomery...

— ... mérite de payer pour ce qu'il a fait, dit-elle en interrompant son mari. Tu vas t'arranger pour la soutenir. Tu vas aider Sabrina à le faire tomber. L'aider à révéler au monde tout ce qu'il a fait. Si tu ne le fais pas, c'est moi qui dénoncerai toutes *tes* mauvaises actions.

Il écarquille les yeux.

— Maria, tu n'oserais pas...

— Oh que si. Elle lance un sourire méprisant. Je sais un bon nombre de choses sur tes activités, y compris les choses plus ou moins légales que tu as dû faire au fil des ans. J'ai essayé de vivre avec en me disant que c'était le prix à payer pour réussir, tout simplement parce que j'ai toujours cru qu'il y avait certaines lignes que tu ne franchirais jamais. Mais j'ai eu tort sur ce point. Tellement tort. Et si nécessaire, sache que je ne me gênerais pas pour raconter aux autorités compétentes tout ce que je sais.

Pendant une seconde, Charles la regarde comme s'il voulait la gifler, mais il n'en fait rien. Son visage se détend, il est calme, mais je sais que c'est seulement un masque.

— Es-tu en train de me menacer, Maria ? demande-t-il froidement.

Un petit sourire étire ses lèvres, mais ses poings sont toujours serrés le long de son corps, comme si elle se retenait de lui arracher les yeux avec les ongles.

— Je pensais que c'était évident, *très cher*.

Je ne sais pas quoi penser de tout ça. La dernière chose à laquelle je m'attendais en venant ici, était de trouver à l'intérieur de cette maison, quelqu'un qui soit de mon côté. Je ne sais pas trop comment gérer la réaction de ma mère.

La fureur perce enfin le masque d'indifférence de Charles et son regard se fixe sur moi.

— D'accord, dit-il. Mais tout ce que j'ai fait, je l'ai fait pour nous, pour notre famille. Je ne suis *pas* un monstre. Ça n'était pas censé aller aussi loin, ça n'était pas censé si mal tourner. Ses yeux accrochent les miens et mon estomac se tord en sentant la conviction derrière ses paroles. *J'essayais seulement de prendre soin de ma famille.*

CHAPITRE 22

Ma famille.

Ces mots percutent ma poitrine avec la violence d'une balle de fusil.

Cet homme ne fait pas partie de ma famille. Il a perdu ce droit le jour où il m'a vendue à Alan. Je me suis construit une nouvelle famille par moi-même et le connard en face de moi n'en fait pas partie, même s'il tente de justifier ses actions en se trouvant des excuses bidon.

Mais Maria...

Je regarde la femme qui fusille Charles du regard, le visage déformé par la rage et la douleur et les larmes coulant sur ses joues. Elle a l'air à moitié folle, comme les femmes qui traînaient dans les rues dans les quartiers défavorisés dans lesquels j'ai grandi, celles qui étaient en manque d'héroïne ou d'alcool. Il ne reste plus grand-chose de la femme bien sous tous rapports qui est entrée dans cette pièce quelques instants plus tôt.

Je serre les lèvres et je la regarde. Si ce qu'elle dit est vrai, elle n'avait aucune idée des agissements de son mari. Mais est-ce que ça signifie pour autant que je peux lui faire confiance ? Vraiment confiance ?

Je n'en sais rien, mais ce n'est pas une question sur laquelle j'ai le temps de m'appesantir pour le moment. Plus tard peut-être, quand Alan et Cliff ne seront plus en train de guetter la moindre occasion de me tuer ou de me piéger d'une manière ou d'une autre. Peut-être que plus tard, quand les choses se seront apaisées, je pourrais m'asseoir calmement avec elle et essayer de rattraper le temps perdu : les années que nous n'avons pas eu la chance de partager à cause de l'homme qui se tient actuellement en face de moi.

On verra tout ça plus tard.

Je me tourne vers l'homme pathétique qui me tient lieu de père et je hausse un sourcil. Je refuse qu'il voie à quel point cette rencontre et le fait de savoir qui ils étaient, m'ont perturbée.

— Alors ? Je m'avance vers lui et les Pêcheurs m'emboîtent immédiatement le pas. Une force puissante, s'avançant droit sur Charles. Qu'as-tu à nous apprendre ? Dis-moi tous les sales secrets que cache cet enfoiré de Montgomery. Je veux tous les détails.

Il hésite, son expression contrariée se teintant soudain d'appréhension, voire de peur.

— Alan est puissant. Et je ne parle pas seulement de sa puissance financière. C'est l'homme le plus riche de Californie, mais son pouvoir va bien au-delà. Il est virtuellement intouchable grâce au réseau qu'il s'est créé pour se protéger et à tous les gens qu'il a mis dans sa poche. Il est prudent, il protège toujours ses arrières et s'il ne peut pas le faire, il s'arrange pour mettre suffisamment de gens de son côté pour s'assurer que la vérité n'éclate jamais au grand jour.

Je le fixe en montrant les dents. Je hais le son de sa voix, si élégante, si calme, dans un moment comme celui-ci. Je hais tout de lui et je refuse de prolonger cette conversation plus que nécessaire.

— Dis-moi quelque chose que je ne sais pas déjà, insistai-je. On sait très bien qu'il est puissant. On sait aussi que c'est dangereux de s'attaquer à lui. Donc arrête avec tes avertissements à deux balles et dis-nous quelque chose qui nous soit vraiment utile.

Charles serre les dents. Il ne veut manifestement rien dire de plus, mais quand il pose les yeux sur ma mère, elle le fusille du regard. Je ne sais pas du tout comment les choses vont tourner entre eux après ce qu'il vient de se passer aujourd'hui, mais j'espère qu'elle demandera le divorce... ou qu'elle le tuera dans son sommeil.

Quoi qu'elle choisisse de faire, elle en sait suffisamment sur son compte après leurs nombreuses années de mariage, pour qu'il prenne sa menace au sérieux. Il ne tente pas de la raisonner, se contentant de grimacer légèrement avant de reporter son regard sur moi.

— Je peux t'aider à trouver quelque chose que tu pourras utiliser contre lui, dit-il d'une voix lente. Merde, il me tuera s'il l'apprend. Il dispose d'une unité de stockage souterraine...

— Un autre putain de bunker ? le coupé-je, sentant ma peau se hérisser d'horreur malgré moi.

Charles plisse les yeux dans ma direction. Il n'apprécie manifestement pas que je lui rappelle l'endroit où j'ai été retenue pendant toutes ces années, à la merci d'Alan.

— Appelle ça comme tu veux, dit-il d'une voix morne. Je te parle d'un lieu où Alan stocke des choses importantes. Des choses qu'il veut garder secrètes.

J'ai envie de lui demander comment il connaît

cet endroit et pourquoi il est au courant, mais je reste silencieuse. Si je trouve un moyen d'impliquer mon père dans tout ça, je ne me gênerai pas pour le faire. Mais pour l'instant, j'ai besoin qu'il croie que s'il nous aide, je sortirai définitivement de sa vie et le laisserai tranquille. Et qu'il pourra se consacrer à son entreprise, comme si de rien était.

Je maintiens donc le contact visuel et hoche la tête une fois.

— Montre-nous.

Maria nous observe intensément quand nous quittons la maison des Davenport et que nous nous dirigeons vers la voiture de Gray. Elle est debout devant la porte d'entrée grande ouverte, les bras croisés sur la poitrine et le regard fixé sur son mari qui s'installe sur le siège passager, à côté de Gray.

Je m'attends à ce qu'elle insiste pour nous accompagner, mais je suis soulagée qu'elle choisisse de ne pas le faire. Premièrement, il n'y a pas assez de places dans la voiture et deuxièmement, la savoir près de moi me perturberait trop. Je dois rester concentrée et attentive et c'est beaucoup plus facile de le faire s'il n'y a que Charles. Ce que je ressens à son sujet n'a rien d'ambigu et la rage qu'il m'inspire me donne un regain d'énergie pour mener à bien la mission que je me suis fixée.

Nous devons le faire. Nous devons mettre un terme à tout ça. Je ne fais pas simplement ça pour moi, mais aussi pour toutes les autres familles qui ont été détruites par Alan et les enfoirés qui passent des marchés avec lui.

Charles indique la route à Gray et alors que nous nous rapprochons de notre destination, il répond à ma question informulée de tout à l'heure, sans que j'aie besoin de la lui poser.

— C'est moi qui ai conçu le système de sécurité pour Alan, explique-t-il. C'était l'une des nombreuses choses qu'il a exigées de moi… en paiement de mes dettes. Quelqu'un d'autre dans la même situation que moi à conçu les plans et un troisième l'a construit. Il m'a caché un bon nombre de choses à ce sujet, je ne connais donc pas le plan dans son intégralité, mais j'en sais suffisamment pour que nous puissions nous y introduire, enfin je l'espère. Il jure tout bas, serrant les poings sur ses cuisses.

— Il me tuera s'il apprend que je vous ai aidés à pénétrer dans cet endroit.

— Ah ouais ? Je renifle. Il aurait fallu y penser

avant de faire affaire avec lui. Maman doit savoir des secrets bien inavouables sur toi, si tu préfères risquer t'attirer la colère d'Alan Montgomery plutôt que de la laisser sortir les squelettes du placard.

Il ne me répond pas, mais sa mâchoire se crispe, les muscles de ses joues sont si visibles et si tendus, que je sais que j'ai touché juste.

Sans parler du fait qu'il a vendu sa fille pour assurer le succès de son entreprise, on ne peut pas dire que mon père soit quelqu'un de bien.

En suivant les indications de Charles, Gray quitte la route serpentant à travers la montagne pour s'engager sur un chemin de terre, à peine visible. Nous conduisons quelques minutes avant que Charles nous dise de nous arrêter.

— C'est bon, on peut s'arrêter là.

Gray gare la voiture dans une petite clairière entourée par de grands arbres. Tout comme le soir où nous étions allés chercher Max après son kidnapping, nous entrons à pied dans la forêt. Nous marchons longtemps et le soleil de cette fin d'après-midi ajouté à l'adrénaline qui coule dans mes veines me fait transpirer et je sens mon dos se couvrir de sueur.

Quand Charles s'arrête enfin, je jette un regard circulaire à la forêt qui m'entourne, mais je ne vois rien de particulier. Mais il se déplace pourtant avec détermination, marchant à grandes enjambées parmi les arbres avant de s'arrêter devant une souche qui semble en décomposition. Il s'accroupit devant puis la pousse sur le côté. La souche glisse sans résistance et je réalise soudain qu'elle n'est pas naturelle. Elle me fait penser aux cailloux sous lesquels certaines personnes cachent leurs clés sauf qu'ici, la dissimulation est à une tout autre échelle et bien plus réaliste.

Sous la souche se trouve un panneau métallique. Charles balaye de la main les quelques feuilles qui y sont tombées lorsque la souche a été déplacée. Puis il se saisit de la poignée et tire. Le panneau dévoile un tas de fils et de câbles divers qu'il trifouille un moment.

Une fois qu'il a terminé, il se redresse.

— Venez, suivez-moi.

Il nous guide quelques mètres plus loin et se penche à nouveau, creusant dans la terre meuble jusqu'à atteindre une sorte d'interrupteur. Un instant plus tard, un grincement sourd se fait entendre et un grand panneau métallique s'ouvre devant nous, dévoilant une ouverture dans le sol. Des escaliers y descendent, menant sous terre, dans les ténèbres.

AMOUR PÉCHEUR

Je comprends soudain qu'il a dû désactiver le système de sécurité qu'il a lui-même mis en place, quand il s'est occupé des câbles sous la souche plus tôt. Une fois que la porte est ouverte, nous descendons tous les cinq les escaliers menant dans ce qui semble être des ténèbres abyssales, des lumières à détection de mouvements s'allument sur notre passage.

Ma peau se hérisse quand nous atteignons le bas des escaliers. Cet endroit ressemble trop au bunker dans lequel j'ai été retenue enfermée et je n'ai qu'une envie, faire demi-tour et m'enfuir en courant d'ici, retrouver l'air frais et le soleil. Mais je ne cède pas à cette impulsion, je ne peux pas.

Quelques instants plus tard, nous nous retrouvons dans la pièce principale du bunker. Charles tend la main vers le haut pour allumer l'ampoule qui pend du plafond, illuminant l'endroit d'une lumière faiblarde.

La grande pièce dans laquelle nous nous trouvons est remplie d'étagères contenant une grande variété d'objets différents : des liasses de billets, des armes, des objets qui semblent précieux ou importants. Ce sont a priori des objets qu'il garde en tant que garanties, comme il l'a fait avec les enfants. Je me demande s'il accepte encore les enfants comme monnaie d'échange, pour contraindre les parents à respecter leurs engagements. Peut-être que ces objets sont les garanties de ceux qui n'ont pas d'enfants à fournir.

Nous nous éparpillons dans la pièce et nous regardons ce qui se trouve sur les étagères, comme si nous cherchions des preuves qui nous permettraient de remonter aux actions illégales d'Alan ou aux propriétaires de ces objets. Je vois des bijoux hors de prix, des peintures que je sais être des originaux, des armes qui ont l'air absolument illégales et tellement d'autres choses que j'en ai la tête qui tourne.

Mais que fait-il avec toutes ces choses ?

Il semble les stocker dans cet endroit, mais que se passe-t-il quand quelqu'un ne parvient pas à payer ses dettes ? Est-ce qu'il vend les objets ? Ou les garde-t-il pour son usage personnel ?

Je me retourne pour voir ce que les autres ont découvert, mais mon regard est attiré par Gray. Il est immobile, comme s'il était gelé sur place. Je suis la direction de son regard et vois qu'il est posé sur un sac orné de papillons brodés. Sa mâchoire tressaute et il est pâle comme un linge.

— Gray ? demandé-je d'une voix hésitante, sentant mon estomac se nouer. Tout va bien ?

Il tend la main vers le sac, mais ne le touche pas,

sa main restant à quelques centimètres. Son visage est fermé et je ne sais même pas s'il m'a entendue lui adresser la parole. Déglutissant difficilement, je m'approche de lui et pose doucement ma main sur son bras pour attirer son attention.

Quand il arrache enfin son regard du sac pour le poser sur moi, ses yeux sont vides. Il est comme brisé.

— C'est… Sa voix est cassée. Ce sac appartenait à Beth.

Comme si ses mots l'avaient sorti de sa léthargie, il se retourne et tend de nouveau la main vers le sac. Il s'en saisit cette fois et caresse le tissu épais du plat de la main. Ouvrant le rabat, il fouille à l'intérieur, comme s'il cherchait quelque chose : une preuve qui lui expliquerait ce que ce sac fait ici.

Mais je le sais déjà, je l'ai deviné. Et je crois qu'il le sait aussi.

Nous connaissons tous les deux suffisamment Alan pour imaginer le pire.

— Il l'a tuée, murmure Gray. Sa voix est méconnaissable. Elle est brusque, dure, le choc se transformant progressivement en furie, alors qu'il prend pleinement conscience de ce qu'implique sa découverte. Je ne sais pas encore pourquoi. Mais je sais qu'il l'a tuée. Ce n'était pas un accident. Il l'a assassinée.

Je sens la douleur m'assaillir, j'ai tellement mal pour lui. Pour *elle*. Pour Beth, la fille que je n'aurais jamais la chance de rencontrer, la fille dont j'ai pris la place à Hawthorne. Ma gorge se serre et j'ai du mal à respirer. Le regard de Gray est hanté quand il croise le mien.

Puis, son expression se modifie.

Son regard passe au-dessus de mon épaule et mon souffle se bloque dans ma gorge pour une tout autre raison.

Non. Je vous en prie. Non.

Je sais déjà, avant même de me retourner, qui Gray est en train de fixer. Je le vois à la façon dont ses yeux brûlent d'une fureur vengeresse. Quand je me retourne lentement pour voir qui se tient derrière moi, mon cœur s'arrête dans ma poitrine.

Elias, Declan et Charles se tiennent les mains en l'air, raides.

Alan se tient dans l'encadrement de la porte. Il tient une arme qui est pointée directement sur Gray.

— Posez ce sac je vous prie, monsieur Eastwood.

CHAPITRE 23

✦

Oh. Merde.

Le temps se fige pendant une seconde. Deux secondes. Trois.

Tout semble suspendu et je ne peux qu'observer la scène atroce qui se déroule sous mes yeux.

Declan et Elias sont de l'autre côté de la pièce, immobiles, tout comme moi. Gray est à mes côtés, tenant toujours le sac de Beth entre ses mains. Mon père est non loin de nous, de l'autre côté, je vois la peur sur son visage et il a soudain l'air incroyablement vieux.

Alan Montgomery se tient dans l'embrasure de la porte, les lignes de son beau visage dures, inflexibles. Malgré les efforts de mon père pour désactiver les mesures de sécurité appliquées à cet endroit, Alan a dû être prévenu de notre intrusion d'une manière ou d'une autre. Merde, peut-être même qu'il fait surveiller mon père. Peut-être qu'il surveille tous les gens avec qui il a passé des marchés, juste pour s'assurer qu'ils ne le trahissent pas et qu'ils ne révèlent pas la vraie nature de leurs arrangements.

Mais peu importe comment il a pu être au courant de notre intrusion, ça n'a plus d'importance. Il est là, et d'après le regard qu'il nous lance, il est furieux.

Avec des gestes d'une extrême lenteur, Gray repose le sac de sa sœur. Ses mains tremblent lorsqu'il le pose au sol et ses lèvres sont serrées si fort l'une contre l'autre qu'elles blanchissent sous la pression.

Alan hoche la tête, satisfait. Puis il braque l'arme légèrement sur la gauche, la pointant droit sur mon père. Il plisse les yeux et son visage est déformé par la rage.

— Eh bien, tout ceci est bien décevant, Charles, dit-il d'un ton faussement calme, ce ton que d'expérience, je sais qu'il ne faut pas croire. Je ne m'attendais pas à ça de ta part.

Mon père ne répond rien, il ne frémit même pas lorsqu'Alan se rapproche de lui le pistolet à la main, pointant droit sur sa poitrine. Il pourrait le descendre facilement, mon père n'aurait aucune chance d'éviter le tir. Une seconde, une erreur, et Charles Davenport y passe. Je sens mes muscles se tendre et mon pouls s'accélère.

— Il a fallu que tu descendes ici et que tu viennes y foutre le bordel, hein ? continue Alan en secouant la tête. Ton empire grandissait pourtant à un rythme régulier, ton entreprise est florissante. Tu veux vraiment tout foutre en l'air pour ça ? Pour elle ? Tu me déçois vraiment, Charles.

Il semblerait que pour Alan, réussir dans la vie signifie vendre sa fille et faire semblant qu'elle n'a jamais existé pendant des années. Je serre les poings, j'ai envie de lui casser la gueule. De briser son nez trop parfait ou la belle ligne de sa mâchoire.

Mais je ne peux pas.

Il a une arme et je sais qu'il n'hésitera pas à s'en servir.

Mon cœur bat à tout rompre dans ma poitrine. Je n'ai jamais été quelqu'un de très religieux. J'ai vu bien trop d'horreurs pour croire encore que quelqu'un écoute mes prières. Une fois, Brody nous avait tous forcés à l'accompagner à l'église, même si je doutais qu'il l'ait beaucoup fréquenté lui-même. Nous avions passé tout le temps qu'a duré la messe à nous échanger des mots avec Jared en nous demandant ce qui pouvait bien lui être passé par la tête pour nous faire venir ici. Nous avions eu notre réponse une semaine plus tard : Brody se tapait la femme du pasteur. Ce jour-là, j'ai décidé de ne plus jamais remettre les pieds dans une église.

Je ne crois pas vraiment en une force supérieure, mais soudain, je ressens le besoin de prier et de m'adresser à l'entité, l'être ou la chose qui contrôle notre univers détraqué. J'ai envie de le supplier d'arranger les choses et de nous permettre de nous en sortir vivants.

Mais une prière ne servira à rien. Le seul moyen de se tirer d'ici est de compter sur notre force et sur notre ingéniosité. Nous devons battre Alan, même si je ne sais pas encore comment.

Comme s'il pouvait percevoir mes pensées, l'homme élégant, me désigne d'un geste de la main.

— Elle en vaut vraiment la peine ? J'ai besoin que tu réfléchisses à ce que tu viens de faire, Charles. Je n'ai pas envie de te tuer. Je n'ai d'ailleurs envie de tuer *personne*. Mais je dois protéger mes intérêts. Je suis certain que tu peux le comprendre.

Charles serre les dents, mais ne répond rien. Alan laisse échapper un soupir et secoue la tête.

— Je suis désolé que les choses aient tourné comme ça, mais j'ai pris soin de Sabrina lorsqu'elle était sous mon toit. Je l'ai gardée en sécurité, mais elle s'est enfuie. Elle était désobéissante et ingérable et les choses n'ont fait qu'empirer depuis. Tu ne peux pas lui faire confiance. Je ne sais pas ce qu'elle a pu te raconter, mais sache qu'elle ne cherche qu'à t'utiliser.

Je vois rouge. J'ai envie de lui sauter à la gorge et de lui arracher sa putain de langue, mais je sais que je ne l'atteindrai jamais à temps. Il m'aura descendue d'une balle avant que je puisse le toucher.

Je sais ce qu'il est en train de faire. Il essaie de retourner mon père contre moi, de marchander, comme il le fait depuis toujours, pour trouver un terrain d'entente avec Charles : les deux hommes les plus puissants et disposant du meilleur réseau de cette pièce, cherchant à trouver un arrangement qui leur convienne à tous les deux.

Il essaie de contrôler les choses et de faire en sorte que ça ne devienne pas plus compliqué que ça ne l'est déjà. Il essaie de limiter le nombre de personnes qu'il devra éliminer. Et il croit encore que Charles est le plus susceptible de s'allier à lui, s'il réussit à le retourner contre moi.

— J'ai lu le rapport qui a été écrit sur elle, Charles, continue Alan d'une voix de conspirateur. C'est vraiment une pauvre fille. Elle a essayé de séduire son père adoptif. Elle a agressé mon fils. Je ne sais pas pourquoi tu t'es laissé embarquer dans cette histoire, mais si tu sors d'ici maintenant, je ferai comme si rien de tout ça ne s'était produit. J'ai entendu dire que le bilan était très bon pour le premier trimestre de l'année, n'est-ce pas ? Je peux m'arranger pour que les autres soient encore meilleurs.

Charles bouge sur place, ses narines s'évasent et il se lèche nerveusement les lèvres. Je ne sais pas ce qu'il se passe dans sa tête et je sens que mon corps est de plus en plus tendu, prêt à attaquer : lui ou Alan, je ne sais pas encore lequel.

— Elle ne mérite pas de porter le nom des Davenport, continue Alan un sourire incurvant ses lèvres, comme s'il échangeait une plaisanterie avec un ami. Fais-moi confiance, si tu la laisses revenir dans ta vie, elle ne t'apportera que des problèmes. Laisse-moi m'occuper d'elle.

— Alan... La voix de Charles est brusque.

— Ce n'est qu'une pute sans valeur. Alan me lance un coup d'œil, le visage déformé par un rictus de dégoût. Elle a couché avec ces trois garçons simplement pour s'assurer leur protection, mais au moins, je sais maintenant que tu pourras la voir pour ce qu'elle est vraiment. Elle...

Avant qu'il ne puisse en dire plus, mon père

rugit. Ce ne sont pas des mots, mais des sons inarticulés qui sortent de sa bouche. Il se précipite vers Alan, les poings levés. Mais alors qu'il court vers lui, trois détonations se font entendre, l'une après l'autre, le son se réverbérant sur les parois de la pièce causant un vacarme épouvantable.

Mon estomac se serre, j'ai l'impression que le monde bouge au ralenti autour de moi. Le corps de Charles s'effondre au sol dans un bruit sourd et avant même que je ne puisse crier, je vois son visage déformé par la douleur. Puis ses yeux se vident.

Il est mort.

Mon cœur bat fort dans ma poitrine, accélérant encore quand celui de mon père cesse de battre. Son grand corps est au sol, ramassé sur lui-même et du sang s'étale en flaque autour de lui.

Bel et bien mort.

J'arrache mon regard du cadavre de mon père et le plante dans les yeux froids d'Alan, des souvenirs me revenant en mémoire les uns après les autres. Je me souviens de ce regard, de ces yeux froids et calculateurs. Ce n'est pas un regard haineux, celui de quelqu'un qui s'apprête à se jeter sur vous, un regard qui vous ferait instinctivement reculer. Mais en un sens, c'est encore pire.

Il me terrifie, parce qu'il a toujours eu ce regard

juste avant de faire quelque chose de vraiment horrible. Une partie animale de mon cerveau reconnaît ce regard et je sens la peur s'infiltrer en moi.

C'est comme s'il étouffait ce qu'il lui restait d'humanité et qu'il se transformait en une espèce de monstre sans cœur et sans émotions.

Pas de culpabilité.

Pas de pitié.

Rien.

— Je ne voulais pas en arriver là, dit-il à voix basse. Trop basse. C'est tellement étrange, c'est presque comme s'il n'avait pas d'âme. Comme s'il était vide à l'intérieur. Il regarde le corps sans vie de Charles sur le sol et ne se recule même pas quand la flaque de sang vient souiller la semelle de ses chaussures.

— Je n'aime pas le désordre, je croyais te l'avoir déjà dit.

Je me souviens de ses mots dans le bunker, après que Reagan m'a kidnappée et j'ai la nausée. Je n'avais encore jamais rencontré quelqu'un qui considère ainsi les autres comme du « désordre » et qui serait à ce point prêt à tuer pour maintenir l'ordre dans sa vie.

— C'est pour ça que j'ai dû m'occuper de ta sœur, continue-t-il en posant son regard sur Gray. Sa voix est calme, maîtrisée, comme s'il expliquait à un enfant pourquoi l'herbe est verte. J'ai dû agir rapidement quand elle a commencé à fouiner. Il semble que Reagan lui ait dit quelque chose qu'elle n'aurait pas dû lors d'une soirée et elle a commencé à s'intéresser à son passé. Je n'avais pas réalisé que Beth faisait des recherches sur moi avant qu'il soit trop tard pour l'induire en erreur en lui donnant de fausses pistes. Elle en savait déjà trop.

Gray laisse échapper un bruit sourd, entre le grondement et le gémissement et j'ai l'impression qu'une part de moi est en train de mourir à petit feu. Sa douleur est presque insupportable à regarder et je hais Alan encore plus qu'auparavant.

— Elle m'a dit qu'elle voulait devenir journaliste. J'imagine que c'est pour ça qu'elle a fait ce qu'elle a fait : fourrer son nez dans mes affaires, au lieu de s'en tenir éloignée. Alan soupire, une expression presque triste passant sur son visage. Je devais me débarrasser d'elle. C'était simple, j'ai fait ça proprement. Une fois que c'était fait, j'étais tranquille, mais... je n'ai pas aimé ça. C'était une jeune femme pleine d'avenir. Elle n'aurait pas dû mourir. Son regard se pose sur moi, il plisse les yeux et son ton se fait plus brusque. C'est pourquoi je t'ai donné une chance de vivre, à toi.

Oh, merde.

Ma lèvre inférieure se met à trembler en entendant ses mots. Je repense à la culpabilité que j'ai ressentie quelques mois auparavant quand j'ai réalisé ce qui avait motivé la création de cette deuxième bourse d'étude, que je n'aurais normalement jamais dû obtenir.

C'est parce que Beth était morte et que sa famille voulait honorer sa mémoire.

Alan fait un pas en avant, son masque calme commençant à laisser place à la fureur.

— Mais c'était une grave erreur. Depuis que tu as réapparu, tu n'as fait que semer le chaos dans ma vie, crache-t-il. J'aurais dû m'occuper de ton cas dès le jour où tu as posé le pied à Hawthorne. J'aurais dû faire ça il y a déjà des mois.

Je ne remarque pas la manière qu'il a de bouger son bras et de pointer son arme vers moi avant qu'il ne soit trop tard. Et même si le temps s'est ralenti plusieurs fois au cours des dernières minutes, il ne le fait pas cette fois.

Il ne fait preuve d'aucune hésitation.

Il ne me donne aucun avertissement.

J'entends seulement le bruit assourdissant de la détonation.

Je n'ai même pas le temps de réagir, seulement de voir Gray bouger et se jeter devant moi avec une telle force que ça me coupe le souffle, son corps volant vers Alan, alors que ce dernier tire.

La balle s'enfonce dans le corps de Gray. Il tressaute violemment en plein vol quand elle se loge dans son ventre, puis il s'écroule par terre dans un grand bruit sourd.

Je crois que je me mets à hurler.

J'essaie de crier, mais je n'entends plus rien, mon sang rugissant dans mes oreilles.

Non. Mon dieu, non !

CHAPITRE 24

Horrifiée, je baisse les yeux sur le corps de Gray.

Non, pas lui, pas Gray !

Alan a tué sa sœur. Et maintenant, il veut aussi prendre la vie de Gray ?

Les sons parviennent de nouveau à mes oreilles et je prends conscience que je suis bien en train de hurler. Le son est strident, violent et déchire mon corps tout entier en sortant brutalement de mes poumons, puis de ma gorge.

Alan jure tout bas et pose de nouveau son doigt sur la gâchette. En grimaçant, il vise pour tirer un autre coup.

Pour me tuer pour de bon cette fois.

Avant qu'il ne puisse appuyer sur la détente,

Elias se jette sur lui et le plaque au sol. Je n'ai jamais vu Elias jouer au football américain, mais je sais qu'il a dû arrêter à la suite d'une blessure au genou. Aujourd'hui, l'adrénaline semble compenser, car il bouge si vite qu'il en est presque flou.

Son corps percute celui d'Alan avec un bruit sourd et le choc les projette tous les deux au sol. Le pistolet vole hors des mains d'Alan et retombe sur le sol. L'homme plus âgé pousse un cri étouffé sous l'impact et grogne de rage en se dépêtrant du corps d'Elias.

Grâce à tous les coachs sportifs qu'il emploie et à la bonne condition physique qu'il a été en mesure de maintenir, Alan est bien plus agile qu'il ne devrait normalement l'être et il se dégage d'Elias avant que celui-ci n'ait eu le temps de se retourner pour le bloquer définitivement au sol. Il repose sa main sur le flingue tirant à l'aveugle plusieurs coups en se remettant rapidement sur ses pieds.

Les balles s'enfoncent dans le bois des étagères avec un bruit assourdissant et avant que je ne puisse me mettre à couvert, il se jette sur moi et m'attrape par les cheveux. Je hurle, essayant de me dégager, mais il me tient trop fort et tire douloureusement.

Il me relève en me tirant par les cheveux et me

force à me tenir droite devant lui. Le canon du pistolet appuyant brutalement contre ma tempe, le métal chaud s'enfonce dans ma chair et j'essaie désespérément d'inspirer un peu d'air et de me dégager.

— Reculez tous ! hurle-t-il en direction des autres. Ou je lui mets une balle dans la tête.

Non, non, non...

Mon cœur se serre.

Il va essayer de se servir de moi comme otage pour pouvoir s'échapper. Il sait que les hommes présents dans cette pièce ne prendront pas de risques inconsidérés de peur qu'il me tue.

Je trébuche alors qu'il me tire à sa suite vers les escaliers, gardant le pistolet fermement posé sur ma tempe. Ils ne me quittent pas des yeux, leurs visages déformés par la douleur et la peur. Mon cœur bat à tout rompre et je baisse les yeux sur le corps de mon père, immobile baignant dans son sang. Je regarde ensuite le corps de Gray et je sens mon estomac s'ouvrir comme un puits sans fond. Je ne sais pas s'il est mort, mais il ne bouge pas du tout. Son torse est couvert de sang, son visage est blanc comme un linge.

Est-il mort lui aussi ?

Un instinct primal monte en moi. Le même qui m'avait submergée quand j'avais trouvé la force de m'enfuir de ce bunker. Le même qui m'a aidée à me battre contre Cliff quand il a essayé de me violer.

La volonté farouche de vivre. De protéger les gens que j'aime.

Se battre. Résister.

Je me fous bien des risques. Je n'y pense même pas d'ailleurs, je me contente d'agir.

Je donne un grand coup d'épaule dans le corps d'Alan derrière moi, le déséquilibrant un instant et j'attrape son avant-bras de toutes mes forces, le dégageant de ma tête. Une balle part avec un bruit assourdissant quand il appuie sur la détente et mes oreilles bourdonnent douloureusement.

Du liquide chaud se met à couler de ma tempe sur le côté de mon visage, là où la balle m'a frôlée, mais la douleur n'est en rien comparable aux longues années de rage et de colère refoulées que je sens pulser dans mon corps vague après vague.

— Salope !

Les ongles courts d'Alan s'enfoncent dans la peau quand il jure, mais j'arrache ma main de son emprise et lui assène un violent coup de poing.

Mes jointures s'écrasent sur son crane avec un

craquement sonore et la douleur que je ressens dans les doigts me ramène un peu à la réalité. Je ne sais pas vraiment ce qu'il est en train de se passer, mais je décide de laisser l'animal en moi prendre le dessus. Je me bats, je ne me laisse pas faire, je le frappe à coups de pied, à coups de poing, j'utilise mes dents pour mordre la peau de son cou comme une bête sauvage. Je ne vois presque plus rien, je n'entends presque plus rien, je ne ressens plus que de la rage, la rage de me *battre*, de *tuer*.

J'ai laissé ce monstre contrôler ma vie et manipuler les gens autour de moi pendant bien trop longtemps. Je l'ai laissé gagner à de trop nombreuses reprises en me retirant à l'intérieur de moi, en laissant la peur prendre le dessus, mais c'est terminé maintenant. Je ne m'arrêterai pas avant qu'il soit bel et bien mort. Je ne m'arrêterai pas avant que la vie qu'il m'a volée soit enfin vengée par son propre sang.

Gentille fille.

Soit une gentille fille et fais ce que je te dis.

Les souvenirs affluent, nourrissant ma rage. Des souvenirs de lui tentant de me transformer en une petite chose obéissante, comme il l'avait fait avec Reagan. Des souvenirs de lui disant à Cliff que je lui appartiendrai et de la fureur impuissante que j'avais ressentie en tant qu'enfant.

Je lui donne un violent coup de genou entre les jambes et il lâche son arme pour porter les mains sur son ventre en poussant un grognement étouffé. Ses yeux sont écarquillés, injectés de sang et furieux et j'ai l'impression que son regard est celui d'un démon sorti tout droit de l'enfer : une image qui s'imprime au fer chaud dans mon esprit.

Tout devient noir autour de moi, sauf son visage, ce visage que je hais tellement, le visage de celui qui m'a volé ma vie. Il ne reste rien à part ce visage, la douleur qu'il a causée, la vie qu'il a brisée et je me retrouve à combattre, encore, ne cherchant pas à le blesser ou à la désarmer cette fois, mais à le tuer.

Le tuer.

Alan ne mérite pas de continuer à vivre, alors qu'il a détruit tant de gens. Il ne mérite pas de pourrir en prison. Il mérite de pourrir au même endroit que toutes les personnes qu'il a tuées, sous terre, sa chair rongée par les vers.

Je suis perdue dans une sorte de brouillard, mais je prends vaguement conscience que le visage en face de moi est en train de tourner au violet. Je serre les mains si fort autour de sa gorge que ses yeux se révulsent, ses mains cherchant désespérément à se libérer et ses poumons, à inspirer une petite bouffée d'air…

Puis, je suis à nouveau arrachée à mes ténèbres. Le bunker autour de moi réapparaît dans mon champ de vision quand une paire de bras forts se posent sur les miens et me reculent du corps d'Alan.

— Blue, il est à terre. Il est inconscient ! On se tire, ok ? On doit sortir d'ici au plus vite. On doit emmener Gray...

Gray.

Ce simple mot me fait sortir de ma transe. Secouant la tête, je lâche le cou d'Alan. Son corps s'écroule en tas au sol et je me dirige rapidement vers Gray.

À la seconde où je l'atteins, je me jette à ses côtés et essaie de trouver son pouls, de voir s'il respire toujours. Son pouls est si faible qu'il est presque indétectable, un tout petit battement.

Il ne peut pas mourir, me dis-je avec sauvagerie, sentant une nouvelle fois la panique monter en moi. Nous devons le conduire en lieu sûr. Nous devons appeler à l'aide.

— Tu dois vivre, lui dis-je d'une voix suppliante, posant les mais sur la peau de son visage et tournant sa tête pour qu'il me regarde. Ses yeux ne s'ouvrent pas. Merde ! Allez, je t'en prie. Tu dois vivre, pour moi, Gray !

Il grogne, mais je ne sais pas si je l'ai vraiment

entendu ou si c'est mon imagination. Je regarde la blessure qu'il a au flanc et d'où coule son sang. Je dois trouver quelque chose pour arrêter l'hémorragie, pour faire pression sur sa blessure pour que nous puissions le maintenir en vie jusqu'à l'arrivée des secours, mais je n'ai pas envie de m'éloigner de lui ne serait-ce qu'une seconde.

— Elias, cherche quelque chose qui pourrait…

Ma voix se bloque dans ma gorge quand un mouvement attire mon attention. Alan ouvre brusquement les yeux, prend soudain une grande inspiration et se redresse en poussant un rugissement féroce. Ses yeux sont gonflés, son visage est abîmé et son cou est couvert de gros hématomes.

Mais il n'est toujours pas mort.

Cette fois, je n'ai pas le temps de me jeter sur lui. Je suis trop loin. Se mettant à genoux, il cherche ce qui pourrait lui servir d'arme dans l'étagère à côté de lui, du sang et de la salive coulant des commissures de ses lèvres. Il attrape l'un des nombreux pistolets qui s'y trouvent, me vise et commence à appuyer sur la détente.

Mais Declan est plus rapide, il se jette par terre pour récupérer l'arme que tenait Alan plus tôt… puis il tire.

Le bunker résonne d'un dernier coup de feu et

Alan vacille vers l'arrière, du sang s'étalant rapidement sur le devant de sa veste de costume.

Puis il s'écroule par terre.

Et cette fois, je sais qu'il ne se relèvera pas. Plus jamais.

CHAPITRE 25

Mon cœur bat si fort, que c'est le seul son qui parvient à mes oreilles pendant une longue minute, le temps que j'analyse la scène sous mes yeux. Mon père et Alan gisent au sol, ils sont morts tous les deux et Gray ne tardera pas à les rejoindre si nous n'allons pas chercher de l'aide au plus vite. J'essaie de capter le regard de Declan, mais ses yeux sont braqués sur le cadavre d'Alan et font des aller-retours entre son corps et le pistolet au sol.

— C'était la bonne chose à faire, le réconforte Elias d'une voix brusque. C'était de la légitime défense.

Declan ne répond pas. J'ai envie de tendre la main vers lui et de le désarmer, pour m'assurer d'apposer mes empreintes à moi aussi sur l'arme du crime, mais je ne peux pas me résoudre à quitter Gray.

— Nous devons faire venir une ambulance au plus vite. Je lèche mes lèvres sèches. Et les flics aussi. *Putain*, on est dans la merde.

Nous sommes enfermés dans un bunker souterrain avec les cadavres de deux riches hommes d'affaire dont l'un accusé de m'avoir kidnappée. Sans parler du fait que cet endroit soit rempli à craquer d'objets d'une origine plus que douteuse.

— On est innocents. Ils le verront bien, tente de nous rassurer Elias. Je jette un coup d'œil à Alan. Quand bien même je sais qu'il est bel et bien mort cette fois, je n'arrive toujours pas à y croire. Une partie de moi pense toujours qu'il trouvera un moyen de manipuler les choses à son avantage, de tirer des ficelles ou de faire jouer ses relations.

— Je ne trouve pas mon téléphone. Quelqu'un capte un signal ? demandé-je soudain. J'ai dû le perdre dans la bagarre, mais c'est bien le dernier de mes soucis.

Declan sort son téléphone de sa poche. Ses doigts tremblent lorsqu'il compose le numéro de la police. Ils décrochent rapidement et il les informe de la situation et leur donne les indications nécessaires pour nous retrouver.

— Il faut faire quelque chose pour lui, coassé-je en appuyant fort sur la blessure de Gray pour arrêter l'hémorragie. Je sens toujours son pouls, mais...

— Je sais, Blue. La voix d'Elias est tendue. Je sais. Il va s'en sortir. L'ambulance arrive.

J'ai l'impression que ça prend une éternité. Nous sommes assis autour de Gray, comme des sentinelles silencieuses et je garde les mains pressées sur sa blessure, faisant tout mon possible pour limiter au maximum sa perte de sang.

Enfin, une sirène se fait entendre au loin. J'ai la désagréable impression que mon estomac est sur les montagnes russes et je prie encore malgré moi, l'entité supérieure à laquelle je ne sais toujours pas si je dois croire.

Je vous en prie, faites qu'il vive. Je vous en supplie.

Nous remontons vers l'entrée du bunker en entendant les sirènes se rapprocher. Le soleil tape fort. Je cligne des yeux sous sa lumière aveuglante, si vive comparée à l'ampoule faiblarde du sous-sol.

Une cohorte de véhicule de secours arrive, roulant sur le sol inégal de la route défoncée. En quelques minutes, des policiers et des ambulanciers prennent possession des lieux. Je ne sais pas où me mettre, ni quoi leur dire. Les ambulanciers prennent en charge Gray que Declan et Elias avaient remonté et une équipe de policiers descend dans le bunker le visage fermé et l'arme au clair.

Je serre mes bras contre moi, ignorant la douleur que me causent mes bleus et les blessures sur mes articulations, alors que l'équipe de soin dépose Gray sur un brancard et découpe son t-shirt pour examiner sa blessure. J'ai envie de le suivre dans l'ambulance, mais les portes se referment et me bouchent la vue.

Je tourne la tête pour chercher les deux autres Pécheurs des yeux. J'aperçois Declan, en train d'être questionné par un policier qui tient un calepin entre les mains. Je n'entends pas ce qu'ils se disent, mais je sais que Declan est en train de raconter ce qu'il s'est passé en bas. Je sais que c'est quelque chose que je vais bientôt devoir faire moi aussi.

— Sophie Wright ?

Une voix grave attire mon attention et je tourne la tête pour voir qui m'interpelle. C'est l'inspecteur Banning. Son visage arbore une expression dure et son regard est sévère.

— J'ai besoin que vous me racontiez en détail ce qu'il s'est passé ici, dit-il en levant légèrement les sourcils. N'omettez aucun détail. Il est possible que vous deviez me suivre au commissariat pour que nous prenions votre déposition.

Je hoche la tête, mais mon esprit est vide, alors qu'il me débite une série de questions de routine. Tout ce à quoi j'arrive à penser, c'est au corps de Gray dans l'ambulance, probablement déjà arrivé à l'hôpital à l'heure qu'il est. Je sais qu'ils feront tout leur possible pour lui sauver la vie, mais son absence me noie soudain sous une nouvelle vague de terreur.

Et s'il ne s'en tire pas ? Que se passera-t-il ? Je n'arriverai pas à continuer à vivre en sachant qu'il a pris une balle à ma place, qu'il a donné sa vie pour sauver la mienne. Que ferai-je s'il meurt ?

Je n'ai pas le temps de m'appesantir sur ces pensées car un autre policier remonte des entrailles du bunker quelques instants plus tard.

— Il y a deux victimes, deux hommes, morts tous les deux sur le coup, dit-il. Nous les avons identifiés comme étant Alan Montgomery et Charles Davenport.

L'inspecteur Banning se rapproche de son collègue et jette un regard vers moi par-dessus son épaule, conférant à voix basse avec l'autre agent. Je baisse les yeux vers le sol, fixant sans vraiment les voir les feuilles piétinées à mes pieds, tout en essayant d'écouter discrètement leur conversation.

Je n'arrive pas à comprendre tous les mots qu'ils échangent à cause du chaos environnant, mais j'en entends suffisamment pour comprendre le sens général de leur conversation.

Caméras de surveillance... récupérées... Montgomery a tiré sur Davenport...

En entendant cela, un nœud semble se défaire dans ma poitrine. Alan n'avait manifestement pas lésiné sur la sécurité de cette installation et il semble qu'il y avait des caméras de surveillance pour enregistrer les allées et venues de potentiels intrus. Il est presque certain qu'il aurait effacé ces enregistrements s'il avait pu quitter ce bunker en vie. Mais il est mort et les caméras ont pu enregistrer toute notre confrontation surréaliste.

Ces enregistrements contiennent la preuve qu'Alan nous a attaqués en premier. Et la preuve que Declan l'a tué en légitime défense.

Banning descend dans le bunker pendant un moment et je vois qu'Elias est en train d'être interrogé par un autre policier, l'air toujours un peu choqué par ce qu'il vient de se passer. Je reste à ses côtés jusqu'à ce que Banning remonte quelques minutes plus tard.

— C'est bon, vous pouvez y aller. Il hoche la tête, l'air grave. Nous vous recontacterons pour vous poser de plus amples questions. Mais pour le moment, vous êtes libres de partir.

Dès que l'inspecteur nous libère, nous courons vers la voiture de Gray, toujours garée à l'endroit où nous l'avions laissée. Je panique une seconde alors que nous nous en approchons.

— Les clés ! Est-ce...

— J'ai un double. La voix de Declan est comme vidée de toute substance, alors qu'il sort son trousseau de clés de sa poche. C'est bon.

— On doit vite aller à l'hôpital, murmuré-je d'une voix tremblante. Merde, on doit savoir si Gray va...

Elias prend les clés des mains de son ami.

— Laisse-moi conduire, je connais le chemin. Il nous regarde alternativement Declan et moi et ajoute. Aucun de vous deux n'a l'air en état de conduire.

Declan n'a pas décroché un mot depuis qu'il a tiré sur Alan, mis à part pour répondre aux questions des policiers et au lieu de monter à l'avant, sur le siège passager, je monte à l'arrière et m'installe à ses côtés. Suffisamment proche de lui pour que nos épaules et nos cuisses se touchent.

Elias nous lance un coup d'œil à travers le rétroviseur central, démarre la voiture et se dirige vers la route principale. Je peux voir l'inquiétude dans ses yeux brun clair, mais ses lèvres s'étirent tout de même dans un doux sourire, comme s'il me remerciait silencieusement de prendre soin de Declan et de rester à ses côtés.

Le trajet jusqu'à l'hôpital semble durer une éternité et je passe tout mon temps à me demander si Gray a pu arriver aux urgences en vie. Je suis certaine que l'hôpital dispose d'équipements dernier cri et que les médecins et les infirmiers sont des professionnels compétents qui sauront traiter au mieux ses blessures. Pourtant, la vie m'en a déjà tellement fait voir de toutes les couleurs, que je sens le désespoir envahir mon cœur malgré moi.

Dès que nous atteignons l'hôpital, je cours presque jusqu'à l'accueil.

— Gray Eastwood, bafouillé-je à la secrétaire. Nous venons voir Gray Eastwood. Comment va-t-il ? Peut-on aller le voir…

Elle m'adresse un petit sourire et lève le doigt en recherchant sur son ordinateur.

— Pouvez-vous me répéter son nom, je vous prie ?

— Gray. Eastwood.

Je dois me retenir pour ne pas lui hurler dessus. J'ai envie de lui arracher le clavier des mains et chercher moi-même.

— Donnez-moi un instant pour vérifier,

d'accord ? Elle parle sur un ton que j'imagine être rassurant en tapant sur son clavier. Oui, nous avons bien un monsieur Gray Eastwood qui a été admis il y a à peine une heure. Quel est votre lien avec lui ?

— C'est mon...

Les mots se bloquent dans ma gorge.

C'est moi quoi ?

Mon ennemi devenu mon amant ? Mon petit copain ? Mon protecteur ?

Rien de tout cela ne définit ma relation avec Gray. Ce qui se rapproche le plus de la vérité serait de dire : *Il est tout pour moi*, mais je ne crois pas que ça la convaincrait de me laisser le voir.

Heureusement, avant que je ne puisse ajouter un mot de plus, Elias s'avance. Il se sert de son nom de famille, comme j'ai vu Declan et Gray le faire à de nombreuses reprises et je suis vraiment soulagée de pouvoir compter sur eux encore une fois.

La réceptionniste finit par céder et fait signe à une infirmière de nous indiquer la chambre. Je soupire presque de soulagement en suivant la femme vêtue de bleu qui nous conduit à travers les couloirs. Elle me lance un regard par-dessus son épaule, tout en continuant à avancer.

— Il est toujours en salle d'opération, vous devrez attendre, dit-elle. Je dirai à quelqu'un de vous prévenir dès que ça sera terminé. Pour l'instant, attendez ici.

Elle nous laisse dans une salle d'attente munie de fauteuils confortables et même si je sais que nous ne pouvons pas en faire plus pour Gray, j'ai pourtant l'impression que c'est insuffisant. J'ai envie d'être dans la salle d'opération. J'ai envie de lui tenir la main, de lui donner ma force et de m'assurer que les médecins ne font pas d'erreur.

Ils doivent… ils doivent le sauver.

J'ai l'impression qu'il se passe des heures. Et c'est peut-être le cas d'ailleurs, honnêtement, je n'en sais rien. Tout ce que je sais, c'est que je suis sur le point de m'évanouir d'inquiétude, quand l'infirmière revient enfin nous trouver.

— Il est sorti de la salle de réveil, nous dit-elle. Il est dans la chambre deux-cent-treize. Vous pouvez…

Je passe devant elle avant qu'elle n'ait pu finir sa phrase, sentant Declan et Elias me suivre de près. Elle proteste, mais je ne l'écoute pas, je pousse la porte de la chambre et entre à l'intérieur. Alors que nous entrons, je vois que deux personnes sont déjà présentes à ses côtés.

Ce sont les parents de Gray.

Ils n'ont pas l'air ravis de me voir, mais je m'en fous pas mal. Quand je baisse les yeux sur le lit et que je réalise que Gray a les yeux ouverts, tout le reste passe au second plan.

— Moineau, coasse-t-il quand nos regards se croisent. Ses yeux sont vitreux et il a l'air un peu groggy, mais il est réveillé.

Il est en vie.

Je franchis la distance qui nous sépare, me moquant bien que ses parents nous regardent et que sa mère fronce les sourcils de désapprobation. Il est ma famille et aujourd'hui, il a failli mourir pour me sauver la vie. Je ne vais pas attendre une seconde de plus pour lui dire ce que j'ai besoin de lui dire.

Il tend déjà les bras vers moi avant que je n'atteigne le lit, luttant pour se remettre en position assise et il m'attire dans ses bras et écrase ses lèvres sur les miennes.

J'essaie d'y aller doucement, soucieuse de la gravité de ses blessures. Mais Gray semble s'en moquer. La pression de ses lèvres sur les miennes est forte et sauvage et je sens les larmes couler sur mes joues, à mesure que les vagues de soulagement me submergent l'une après l'autre.

Ma gorge est serrée par l'émotion et pour une fois, je ne repousse pas les larmes comme je l'ai fait toute ma vie. Je me laisse enfin aller et je pleure.

Enfin, nous nous séparons pour reprendre notre

souffle. Mais il ne me laisse pas quitter le confort de ses bras, me serrant fort contre lui et enfouissant son visage dans mon cou pour embrasser mon épaule.

— Je t'aime, murmure-t-il dans mes cheveux. Bordel de merde, je t'aime, Moineau.

Mon cœur s'arrête dans ma poitrine. Je me recule, ayant besoin de le regarder dans les yeux, même si je sais qu'il est très sérieux. Je lui prends le menton dans la main, regarde son visage pâli, son regard fort, ses beaux yeux bleu-vert un peu vitreux et je sais que tout vient de basculer.

— Je t'aime aussi, Gray, murmuré-je. Tellement fort.

Puis je me penche vers lui pour l'embrasser à nouveau.

Parce que je le peux.

Parce que je l'aime et qu'il m'aime en retour. Et que nous sommes en vie, tous les deux.

CHAPITRE 26

La chambre d'hôpital est silencieuse, mis à part les légers bruits d'allées et venues que nous entendons de l'autre côté de la porte.

C'est étrange, presque apaisant, de n'être entouré de rien d'autre que du bruit des machines et d'une douce obscurité, à mesure que le soleil descend derrière l'horizon, inondant la chambre de tons dorés. Gray est endormi depuis plusieurs heures déjà, ses parents sont partis depuis longtemps, mais aucun de nous trois n'a bougé de son chevet.

Nous avons traversé bien trop d'épreuves côte à côte pour être capables de se quitter ne serait-ce que pour aller dormir un peu ou même prendre une douche.

J'ai nettoyé le sang qui me souillait le visage dans

la petite salle de bain et un médecin est venu examiner la plaie causée par la balle qui m'a frôlée, mais heureusement, il a déclaré que je n'avais pas besoin de points de suture.

Le corps d'Elias est chaud comparé à la fraîcheur de l'air conditionné qui tourne à plein régime dans la pièce et je pose ma tête sur son épaule. Mon corps s'affale progressivement contre lui, à mesure que je sombre dans un demi-sommeil. Je suis tellement fatiguée, mais je n'arrive pourtant pas à dormir, mes paupières s'ouvrant régulièrement en grand pour vérifier que Gray va bien. Declan est assis de l'autre côté de moi, au bout du canapé et j'ai posé mes jambes sur ses genoux. Sa tête est penchée de côté, posée contre les coussins.

Nous sommes tous épuisés, vidés.

Ça y est enfin ? C'est vraiment fini ?

Les questions se bousculent dans ma tête et je m'inquiète, mais ces émotions ne parviennent pas à retenir mon attention bien longtemps, tout ce à quoi j'arrive à penser, c'est à Gray et au fait qu'il va s'en tirer, malgré le fait qu'il se soit pris une balle pour me sauver la vie.

Tout ce à quoi j'arrive à penser, c'est qu'il aurait pu mourir avant que j'aie la chance de lui dire je t'aime.

Mais j'ai pu le faire. Il n'est pas mort.

Nous sommes tous en vie et Alan est mort.

Nous avons *gagné*.

Je suis entre la veille et le sommeil en cette fin de journée, quand j'entends la porte se déverrouiller. Mes paupières s'ouvrent en papillotant et je lève la tête. Des infirmières font des allers-retours fréquents dans la chambre pour surveiller les constantes de Gray et ajuster ses médicaments, mais cette fois, la porte grince doucement, comme si la personne hésitait à entrer.

Mes sourcils se froncent légèrement quand je réalise qu'il s'agit de Maria. *Maman*. Elle passe nerveusement la tête par l'ouverture. Quand son regard se pose sur moi, je cligne des yeux et je me redresse.

Elias et Declan se tendent instantanément, mon mouvement les ayant réveillés et leurs mains se resserrent instinctivement autour de mon corps pour me protéger.

— C'est bon, tout va bien, murmuré-je doucement.

Je les rassure en leur disant que c'est Maria et qu'il n'y a pas de problème. Je me dégage de leurs bras et fait signe à ma mère de me suivre hors de la chambre. Je ne sais pas du tout comment cette conversation va se dérouler et je n'ai aucune envie de l'avoir dans la chambre où Gray est en train de se reposer. Je ne peux pas garantir que je ne vais pas me mettre à hurler.

Maria danse nerveusement d'un pied sur l'autre quand nous nous retrouvons à l'extérieur de la chambre et n'ose pas croiser mon regard pendant un long moment. Quand elle lève enfin les yeux vers moi, je vois qu'ils sont rouges, mais qu'elle ne pleure plus.

— J'ai appris à propos de Charles, dit-elle doucement en me fixant, comme si elle ne réalisait toujours pas que c'était réel. Comme si les évènements de cette journée avaient eu lieu dans un rêve, ou plutôt dans un cauchemar. Les policiers sont venus m'interroger. Ils m'ont dit qu'il... qu'il était mort.

Je ne sais pas ce qu'elle veut que je lui dise. J'hésite un moment à lui dire que je suis désolée, mais je ne sais pas si je pourrai être convaincante et quelque chose en moi m'empêche de vouloir lui mentir.

Je m'attends presque à ce qu'elle me maudisse d'être si indifférente, mais elle se contente de secouer la tête.

— C'est le prix à payer quand on pactise avec le

diable. Elle se tord les mains, serre les lèvres jusqu'à ce qu'elles ne forment plus qu'une ligne et ajoute d'une voix amère. Je regrette sa mort, bien évidemment, mais je pleure surtout celui que je croyais qu'il était. Celui que j'ai épousé et non pas celui qui est mort aujourd'hui. Celui qui a…

Elle se racle la gorge, repoussant ses émotions. Et je réalise qu'une grande partie de mon courage me vient de cette petite femme, qui se tient aujourd'hui en face de moi.

— J'ai toujours su qu'il était sans pitié en affaires, dit-elle en levant les yeux pour capter mon regard. Quand j'étais plus jeune, c'est en partie ça qui m'a séduite. Il voulait toujours réussir, gagner la partie et il était implacable quand il s'agissait de faire du profit. Au début, j'ai cru que c'était cette qualité qui l'avait si vite propulsé vers les sommets. Je croyais qu'il était seulement excellent dans son domaine. Je n'aurais absolument *jamais* imaginé, qu'il sacrifierait son propre enfant pour obtenir le succès qu'il désirait et pour conserver tout ce qu'il avait travaillé si dur à obtenir.

Une fois encore, je ne sais pas quoi lui répondre. Je ne connais pas Charles, pas comme elle le connaît. Je la connais à peine elle-même, cette femme qui se tient en face de moi et qui m'a donné le jour. Je sais très bien ce que ça fait d'être trahi par quelqu'un en qui on a confiance, mais cette fois… c'est différent.

— Je suis désolée, dit enfin Maria en brisant le silence qui s'étire entre nous. Sa voix s'affermit. C'est pour te dire ça que je suis venue aujourd'hui. Je suis également désolée pour ce qui est arrivé à ton ami, mais je voulais avant tout te voir et te dire face à face, à quel point j'étais désolée. Je regrette de ne pas t'avoir cherchée avec plus d'acharnement au lieu d'accepter ses mensonges et croire que tu avais fugué. Charles me disait qu'il faisait tout son possible pour te retrouver. Il a même engagé des détectives, ou du moins, il me l'a fait croire. Je ne sais plus désormais. Les larmes emplissent ses yeux. Je n'aurais jamais dû abandonner les recherches. Je n'aurais jamais dû le croire, jamais dû perdre espoir. Quelle sorte de mère ferait ça, hein ?

Je hausse les épaules. Je ne sais pas pourquoi, mais malgré le fait que j'aurais voulu qu'elle ne cesse jamais ses recherches, je ne lui en veux pas de l'avoir fait. Je ne ressens plus de colère, comme ce matin, quand j'ai appris qu'ils, ou du moins mon père, m'avait vendue à Alan Montgomery.

La femme qui se tient aujourd'hui en face de moi ne m'a pas trahie. Elle ne savait pas ce qu'il se passait et même si elle n'a pas pu jouer son rôle de mère pendant toutes ces années, je sais que ce n'est pas sa faute.

Mais j'ai d'autres choses auxquelles penser à présent, d'autres gens dont me préoccuper, Gray, Declan, Elias. Et Max. Ce sont les personnes qui comptent le plus pour moi, ceux qui ont vécu tout ça à mes côtés.

— Bien, je vais probablement partir et te laisser avec tes amis, annonce Maria en brisant à nouveau le silence gênant qui s'installe entre nous en se trémoussant d'un pied sur l'autre. Je vais demander à une infirmière de m'indiquer la sortie.

Elle tourne les talons et s'apprête à partir, mais je sens mon cœur se serrer dans ma poitrine. Je n'ai peut-être pas l'impression que cette femme est ma mère, mais ça ne veut pas non plus dire que je ne veux pas qu'elle fasse partie de ma vie.

Tu viens tout juste de la retrouver. Ne la laisse pas partir.

— Attends, maman.

Les mots sortent de ma bouche à voix basse, hachés et je m'avance vers elle. Elle se retourne instantanément, comme si elle espérait de tout son cœur que je la retienne. Je sens mes joues rougir malgré moi. Je suis nulle pour gérer ce genre de démonstration d'affection, je déteste m'ouvrir et montrer ma vulnérabilité. J'ai appris à le faire avec les Pêcheurs, car ils ont su gagner ma confiance et mon amour, mais ça n'en reste pas moins difficile de le faire avec des étrangers.

Car c'est ce que cette femme est pour moi, une étrangère.

Mais je n'ai pas envie qu'il en soit ainsi.

J'ai envie d'apprendre à la connaître, même si ce n'est qu'un peu. Même si ça prend du temps.

— Je... je me racle la gorge. J'aimerais bien qu'on parle un de ces jours. Qu'on rattrape le temps perdu. Nous avons été séparées pendant très longtemps, mais... on peut peut-être essayer d'en rattraper une partie ?

Un sourire, radieux et pur illumine son visage. Elle hoche la tête avec exubérance et farfouille dans son sac à la recherche de son téléphone.

— Avec grand plaisir, Sabrina. Son sourire s'affadit légèrement et elle hésite. Ou peut-être devrais-je t'appeler Sophie ? J'ai entendu que tes amis t'appelaient comme ça.

— Oui, c'est Sophie, dis-je d'un ton résolu. Je me fous pas mal du nom qui m'a été donné à la naissance. Je ne suis plus Sabrina désormais et je ne le serai plus jamais.

— Très bien, Sophie, dit-elle, ses yeux

s'emplissant de larmes. C'est un très beau prénom, il te va bien. Elle me montre son téléphone. Si tu y inscris ton numéro, on sera en mesure de se contacter.

Je lui prends le téléphone des mains en haussant un sourcil.

— Ouais, je sais comment ça fonctionne, merci, dis-je en tapant mon numéro.

Elle laisse échapper un petit rire.

— Oui. Évidemment. Je suis désolée, je suis seulement nerveuse.

— T'inquiète pas. J'hésite un moment puis j'ajoute. Je le suis moi aussi. Tiens, ton téléphone, je me suis envoyé un texto pour avoir ton numéro.

Nos doigts se touchent quand elle me reprend le téléphone des mains. Ses mains sont douces et délicates, tout comme le reste de sa personne. Je n'ai clairement pas hérité de ses traits délicats, mais nous nous ressemblons sur d'autres points. Ses cheveux ont presque la même couleur que les miens, sans les mèches bleues.

Elle me fait un dernier sourire, celui-ci est moins forcé et semble empli d'espoir.

— Merci. Au revoir, Sophie.

Je ne la serre pas dans mes bras. Je n'ai jamais vraiment été du genre à faire des câlins et je ne montre d'affection de cette manière qu'à un nombre très restreint de personnes dont je suis vraiment très proche. Peut-être que ce sera son cas dans le futur. Ou peut-être pas, mais peu importe. Je n'ai pas besoin d'elle pour avoir une famille, ma famille est ici, dans la chambre d'hôpital juste derrière moi.

Même si la relation que j'ai avec ma mère ne se remet jamais de ce qui m'est arrivé, ce n'est pas grave.

Je la regarde marcher dans le couloir jusqu'à l'ascenseur. Elle me fait un dernier signe de la main avant de disparaître derrière les portes coulissantes. Alors que je me tourne pour rentrer dans la chambre de Gray, une boule se forme dans ma gorge.

Mais cette fois-ci, la douleur que je ressens n'est pas désagréable.

CHAPITRE 27

Je me réveille avec une douleur dans le cou, roulée en boule sur une chaise de la salle d'attente, sans me souvenir le moins du monde comment j'ai atterri ici. Elias et Declan sont à mes côtés, donc j'imagine que quelqu'un a dû nous mettre dehors de la chambre de Gray en plein milieu de la nuit et que je ne m'en souviens pas.

Elias s'étire et cligne des yeux. Nous sommes le matin à en juger par l'intensité du soleil qui se déverse par la fenêtre. Il baille et me lance un sourire en coin.

— Salut, Blue. Bien dormi ?

Je me repositionne sur la chaise. Elle est rembourrée et assez grande et mon corps est réchauffé d'un côté par le corps de Declan et de l'autre par celui d'Elias. Tout compte fait, je me dis qu'il y a bien pire comme endroit pour prendre quelques heures de repos.

— Ça peut aller. Je lui souris et tends la main pour caresser le début de barbe qui a poussé sur ses joues. Et toi ?

— Très bien. Ses yeux bruns pétillent. Tu étais un oreiller absolument parfait.

— C'est marrant, j'allais dire la même chose de toi.

Il glousse, l'air incroyablement satisfait, comme si nous chamailler ainsi de bon matin pour savoir qui est un meilleur oreiller que l'autre était pile ce dont il rêvait.

Je réalise soudain qu'en fait, c'est probablement le cas.

C'est ce dont je raffole moi aussi. Des moments de ce genre. Des petits instants de bonheur et de paix, où aucune menace ne pèse sur nos têtes, ni aucun danger ne nous guette au tournant. Des instants où nous pouvons simplement profiter les uns des autres et savourer les sentiments qui se sont développés entre nous.

Comme s'il sentait mes pensées, Elias tend la

main pour la poser sur la mienne, la plaquant fermement contre sa joue. Il me regarde pendant un moment et je vois comme de la chaleur passer dans ses yeux noisette.

— Tu sais, commence-t-il, ses lèvres s'incurvant dans un sourire, je ne voulais pas m'incruster dans la déclaration de Gray hier vu que c'est lui qui s'est pris une balle et que je suis plus que soulagé qu'il aille bien, mais Blue, je t'aime aussi.

Je mords ma lèvre inférieure entre mes dents pour m'empêcher de sourire comme une idiote, mais c'est impossible. Une sensation euphorique envahit ma poitrine, c'est si étrange et inattendu que ça m'effraie pendant une seconde.

Je réalise soudain que c'est un sentiment de pur bonheur. Je ne sais pas si j'ai déjà ressenti quelque chose de similaire dans ma vie, mais c'est ça qui décrit le mieux le sentiment que je sens bouillonner dans ma poitrine.

C'est tout lui, ça ne m'étonne même pas qu'Elias ait choisi de me déclarer son amour de cette façon. Roulés en boule sur une chaise d'hôpital, aux premières heures du jour, avec Declan endormi contre moi. C'est un moment si parfait, si intime, si vrai, que j'en ai le souffle coupé.

Pendant une seconde, je n'arrive plus à parler, mais je force mes cordes vocales à fonctionner suffisamment longtemps pour murmurer en retour.

— Je t'aime aussi, Elias. Bien plus que tu ne le crois possible.

— J'aime beaucoup entendre ça.

Je sens la joie dans ses mots et il se penche en avant pour m'embrasser, comme si c'était la chose la plus naturelle au monde. Je dois encore me dire que oui, c'est naturel, c'est ce à quoi ressemble ma vie à présent.

Je suis tellement chanceuse.

Comme s'il sentait la tension monter, Declan ouvre un œil et regarde son ami avec un faux air suspicieux. Elias glousse en voyant que Declan est réveillé et en profite pour approfondir notre baiser. Declan grogne. Il tend les bras vers moi, m'attirant à lui pour m'embrasser, dès qu'Elias se recule. Ses lèvres sont douces et affamées sur les miennes.

Quand il se recule, je croise le regard de l'une des infirmières derrière le comptoir de la réception. Ses sourcils sont si hauts, qu'ils touchent presque ses cheveux, mais je me contente de sourire et de regarder ailleurs, sans chercher à me justifier d'aucune manière. Je refuse de rougir ou de m'excuser. C'est elle qui nous regarde après tout.

— On devrait aller voir comment va Gray, dis-je d'une voix douce et les deux garçons acquiescent.

Quand nous entrons dans la chambre, je ne sais pas pourquoi je me sens soudain nerveuse. Je ressens une peur diffuse et je crains encore que les choses tournent mal et que le destin me rattrape et me l'arrache. Mais tous mes soucis s'envolent quand nos regards s'accrochent et mon souffle se bloque dans ma gorge. Ses cheveux bruns sont ébouriffés, mais ses joues ont retrouvé des couleurs. Il est assis et sa posture est tonique.

— Mes parents sont là, ils sont seulement partis prendre le petit-déjeuner, dit-il quand nous entrons, la voix toujours un peu pâteuse. Vous venez tout juste de les rater.

— Tant mieux, murmure Declan en se laissant tomber sur le canapé. Il grimace en direction de Gray. Désolé, mec.

— C'est rien. Gray réprime un rire, puis reporte son regard sur moi. On ne peut pas dire qu'ils étaient ravis d'apprendre que j'avais pris une balle à la place d'une fille inconnue, mais je m'en fous pas mal. Je défendrais la femme que j'aime n'importe où et dans n'importe quelles circonstances.

Ma poitrine se serre. J'ai envie de le remercier de m'avoir sauvé la vie, mais les mots sont bloqués dans ma gorge. Il sait ce que je ressens, il sait que je l'aime, mais une petite partie de moi pense encore que ce n'est pas assez.

Comme s'il m'était impossible de le remercier suffisamment après ce qu'il avait fait.

— Hey. Viens ici, Moineau. Il fronce les sourcils et tapote le lit à côté de lui pour me faire signe de m'y asseoir.

Quand j'arrive à ses côtés, il m'attire contre lui. Sa peau est chaude contre la mienne, son odeur riche et familière envahit mes narines. Il se penche vers moi sans hésitation et comme l'ont fait Elias et Declan plus tôt, il m'embrasse, comme si c'était la chose la plus naturelle du monde.

Je me laisse fondre contre lui, faisant attention de ne pas toucher ses blessures, mais ne rêvant de rien d'autre que de me coller contre lui, de me coucher à ses côtés et de le laisser arracher mes vêtements un à un.

Il se recule en inspirant un grand coup. Ses yeux sont assombris par le désir et la température semble avoir monté dans la pièce. Mais je sais que plus tard, nous aurons tout le temps du monde pour profiter de ces choses-là. Avant tout, il faut qu'il guérisse.

— Pour l'instant, murmuré-je en tentant de

maîtriser les battements de mon cœur, il faut que tu te concentres sur ta guérison.

— Oui mademoiselle l'infirmière. Il me fait un clin d'œil en haussant les sourcils. Je ris. Quelqu'un frappe à la porte. Il regarde par-dessus mon épaule et lance.

— Entrez.

Max s'avance dans la chambre et je souris en la voyant. Je lui ai envoyé un texto hier soir après que nous sommes arrivés à l'hôpital. Je savais qu'elle aurait envie de venir voir comment allait Gray. Mais quand je vois l'homme qui entre dans la pièce derrière elle, je me raidis.

C'est Aaron.

Je plisse immédiatement les yeux, mais Max m'arrête en levant la main et en fronçant les sourcils. Je sens que Gray est tendu lui aussi et je n'ai pas besoin de regarder les deux autres Pêcheurs pour savoir qu'il en est de même.

— C'est bon, ne vous inquiétez pas, il est de notre côté, dit-elle. Elle repousse ses cheveux noirs par-dessus son épaule et regarde Aaron avec douceur. C'est bien réel. Il a pu fournir à la police des éléments qui ont impliqué Cliff dans les affaires illégales de son père. Il a été arrêté hier soir. Ils ne peuvent pas condamner Alan pour quoi que ce soit puisqu'il est mort, mais au moins, son fils sera tenu pour responsable d'une partie.

Une vague de soulagement me submerge. Cliff n'est peut-être pas aussi intelligent ou retors que son père, mais il est cruel, narcissique et vindicatif.

Mais maintenant, il ne pourra plus nous faire de mal.

Je me lève et fait le tour du lit, étudiant attentivement Aaron en me rapprochant de lui. Il a l'air un peu bourru, mais son regard est clair. J'y vois quelque chose qui fait écho au soulagement que je ressens. Il a expliqué à Max qu'il s'est retrouvé à traîner avec les Saints après avoir changé d'école en terminale, mais peut-être qu'il n'en a jamais vraiment fait partie.

Pas dans le sens qui les rendaient si exécrables.

— Écoutez, lance-t-il à la cantonade, Je n'étais au courant de rien. Je savais que Cliff pouvait parfois être un sacré connard, mais je…je n'aurais jamais cru que ça allait plus loin. Il serre les dents. J'ai raconté à Max l'histoire avec la prostituée, parce que je venais juste de l'apprendre moi-même. J'avais entendu Shane vanner Cliff à propos de ça une fois et ça m'avait paru complètent surréaliste dont j'ai essayé d'en savoir plus.

Max s'approche de lui et lui prend la main. C'est

un geste qui montre qu'elle le soutient et mon regard fait des allers-retours entre eux, alors qu'il continue à parler.

— C'est à partir de ce moment-là que j'ai commencé à vouloir en savoir plus. Quand Max m'a demandé pourquoi j'étais ami avec eux, ça m'a fait un vrai choc. Pourquoi ? Je n'ai pas réussi à trouver une réponse à cette question. Les saloperies que faisait Cliff ? Il grimace. Les saloperies que faisaient son père ? J'arrive pas à croire que j'ai fréquenté des dépravés pareils.

— Je le crois, ajoute Max d'une voix douce. Elle accroche mon regard, ses yeux noisette brillant de sincérité. Nous avons beaucoup parlé après qu'il a aidé les flics à réunir des preuves contre Cliff. On a peut-être eu un départ difficile tous les deux, et la faute est partagée, mais je le crois. J'espère que vous pourrez vous aussi, le voir autrement que comme appartenant aux Saints.

Un petit sourire s'étire sur mes lèvres. Je sais qu'elle pense à moi et aux Pécheurs et à quel point les débuts de notre histoire ont été mouvementés. À l'époque, si quelqu'un m'avait dit que je finirais par leur déclarer mon amour à tous les trois, je l'aurais pris pour un fou.

Mais pourtant, je suis amoureuse des trois Pécheurs.

Quant à Max, elle est sur le point de tomber amoureuse d'un ex-Saint.

J'espère de tout mon cœur que son histoire sera aussi belle que la mienne.

CHAPITRE 28

⤳

— Ça va ? Fais attention où tu marches.

— Moineau. Gray s'arrête de marcher et me fixe d'un œil morne. Je vais bien.

Je grimace. Je n'ai jamais été du genre surprotectrice, mais il s'avère que manquer de perdre l'un des trois hommes que j'aime n'est pas évident à supporter. La guérison de Gray s'est bien passée et les médecins ont enfin jugé bon de le laisser rentrer à la maison aujourd'hui. Pourtant, je n'arrive pas à ne pas m'inquiéter pour lui. J'ai peur qu'un faux mouvement rouvre sa blessure ou ralentisse sa guérison complète.

— Pardon, désolée, je sais.

Je lève les mains devant moi et recule, le laissant

franchir le seuil de notre maison par lui-même, sans que je sois là à le couver comme une mère poule.

Declan et Elias se lancent un regard et gloussent en entrant à l'intérieur à sa suite. Quand je suis le trio dans le hall d'entrée, Gray me saisit par la taille et me plaque contre lui.

L'inquiétude me submerge à nouveau – *Ses points de suture ne risquent-ils pas de lâcher ? Ne force-t-il pas trop ?* Mais ces questions s'envolent lorsqu'il presse ses lèvres sur les miennes en un baiser possessif. Quand il se recule, il pose son front contre le mien.

— Ne t'excuse pas. J'aime que tu t'inquiètes pour moi, murmure-t-il. J'adore ça même. Mais tout va bien. *Je* vais bien.

Je souris, fermant les yeux un moment et inhalant son odeur épicée et addictive.

— Je sais, je suis contente que tu rentres à la maison.

Son rire fait vibrer sa poitrine.

— Moi aussi. Il me tarde de dormir dans mon lit.

— En parlant de lit. J'ouvre les yeux et dépose un petit baiser rapide sur ses lèvres avant de me reculer de lui. Le médecin a dit que pendant quelques jours, il faudrait que tu restes le plus possible allongé. On va aller t'installer dans ta chambre de ce pas.

— J'aime bien l'idée. Il lève un sourcil et fait glisser sa main de ma taille sur mes fesses et les empaume franchement. Je lui donne une petite tape sur la main, même si je sens déjà ma peau s'échauffer sous ses doigts.

— Hors de question, mon grand. Le médecin a dit que tu devais te *reposer*. Et je ne sais pas à quoi tu penses exactement, mais j'ai l'impression que c'est l'exact opposé du repos.

— Je ne sais pas. Il me lance un sourire en coin. J'ai en tête plusieurs scénarios où je reste allongé sur le dos.

Il s'avance à nouveau vers moi et dépose un baiser dans mon cou, juste en-dessous de l'oreille. Je n'aurais jamais cru que cet endroit était une zone érogène, mais j'ai l'impression de sentir ses lèvres se poser directement sur mon clitoris. Je frissonne, espérant qu'il n'a pas remarqué la réaction immédiate de mon corps à son toucher.

Mais, évidemment qu'il l'a remarqué.

Il grogne et m'embrasse à nouveau le cou. Il suçote ma peau et je sens ma chatte se contracter.

Quand il se recule, il lance un regard à Declan et Elias, avant de reposer les yeux sur moi. Il y a quelque chose d'incroyablement doux, mais aussi sexy dans sa voix lorsqu'il déclare :

— Allez, Moineau, je viens tout juste de rentrer à la maison. Nous sommes ensemble, tous les quatre. Je crois qu'il faut fêter ça en bonne et due forme, tu ne crois pas ?

Mon cœur s'accélère. Le regard qu'il a échangé avec les deux autres semblait neutre, mais il m'est pourtant impossible de ne pas en comprendre la signification.

Nous sommes ensemble.

Nous devrions fêter ça.

Tous les quatre.

Ça fait déjà un moment que je fantasme sur le fait de coucher avec les trois en même temps. Depuis ce qui s'est passé cette nuit-là sur le toit, mon imagination continue de créer des images plus cochonnes les unes que les autres. Si la menace de ce que pouvait nous faire Alan, n'avait pas pesé sur nous, je suis certaine que nous aurions déjà exploré en détail toutes les possibilités…

Gray a raison.

Nous nous en sommes sortis et nous sommes vivants. On a réussi. Et même si je suis sérieuse quand je dis que je veux tout faire pour qu'il se remette le mieux possible de sa blessure, je n'ai pas non plus envie de perdre une seconde de plus.

Je veux mes Pécheurs.

Tous les trois.

— Allons dans ta chambre, répété-je, mais le ton de ma voix a tellement changé que je suis certaine qu'il peut sentir le sous-entendu. Le désir.

— Oui, mademoiselle l'infirmière.

Ses yeux bleu-vert brillent d'une lueur qui fait vibrer mon corps d'excitation. Je me recule de lui et me tourne vers Declan et Elias. Vous m'aidez à installer Gray dans sa chambre ?

Je ne sais pas pourquoi je continue à faire semblant, mais je peux lire sur le visage des deux hommes en face de moi qu'ils sont tout à fait conscients de ce que je désire vraiment. J'aurais tout aussi bien pu dire : *Vous voulez bien monter à l'étage avec moi et me baiser tous les trois ?*

Parce que c'est tout à fait ce que j'espère qu'il se passera.

— Bien sûr, Blue. Elias sourit et mord sa lèvre inférieure.

— Ouais, sans problème. Declan hoche la tête et les deux s'avancent pour aider Gray.

Ils n'ont pas besoin de faire grand-chose alors que nous montons les escaliers. Parce que malgré mes inquiétudes, il se débrouille comme un chef. Mais ils restent près de lui, jusqu'à ce que nous rentrions dans sa chambre au premier. Le lit est poussé contre un mur et Gray marche rapidement jusqu'à lui avant de se laisser tomber lourdement sur le matelas.

Il me regarde avancer vers lui en inclinant progressivement la tête en l'arrière. Et comme je le pensais, les deux autres Pécheurs s'avancent à leur tour sans que j'aie besoin de dire quoi que ce soit. Declan et Elias s'arrêtent à mes côtés et Gray nous regarde avec excitation alors qu'ils commencent à m'embrasser le cou, la mâchoire, les lèvres.

Nos regards restent fixés l'un à l'autre pendant que ses amis m'embrassent et me caressent et je sais qu'il peut voir le changement dans mon expression à mesure que l'euphorie me gagne. Je me sens tellement bien que j'ai la tête qui tourne et je ne sais plus quelle main est à qui alors que je m'abandonne aux sensations.

Ils me déshabillent, retirant mon t-shirt ensemble, Elias entreprend de dégrafer mon soutien-gorge et Declan le jette au loin. Elias prend l'un de mes tétons dans la bouche et le titille de ses dents. Gray grogne en me voyant inspirer un coup sec.

Il pose la main entre ses jambes et commence à se caresser légèrement à travers son pantalon, me dévorant du regard pendant que Declan et Elias me caressent partout.

Quand Gray pose une main sur la ceinture de

mon jean, défaisant le bouton, je le pousse légèrement au niveau du torse pour qu'il remonte sur le lit. Il s'exécute et se retrouve assis, adossé contre la tête du lit alors que nous montons Declan, Elias et moi à ses côtés sur le grand matelas. J'en profite pour leur retirer leurs t-shirts, laissant mes doigts glisser sur leurs abdos et les muscles puissants de leurs épaules.

Je m'avance vers Gray pour lui retirer son t-shirt, mais quand je vois les bandages qui lui recouvrent le ventre, une partie de mon excitation s'envole, remplacée par de l'inquiétude.

— Hey. Il m'attrape par la main, tirant son t-shirt de mes mains et le jetant au sol, avant de poser ma main sur ses lèvres et de l'embrasser. Je vais bien. Je vais plus que bien même. Ne t'arrête pas, Moineau.

Je hoche la tête, repoussant la peur et l'inquiétude au fond de moi. À ce moment précis, Declan s'avance pour m'embrasser le cou pendant que ses mains glissent sur mon ventre, puis entre mes jambes.

Ses doigts épais glissent sur ma chair humide avant de s'arrêter sur mon clitoris et le caresser en cercles. Les grognements d'appréciation de Gray et d'Elias sont presque meilleurs que la sensation en elle-même. Je roule des hanches, cherchant plus de friction et il s'adapte immédiatement, accélérant la cadence tout en se frottant de plus en plus fort contre mes fesses.

Elias et Gray retirent le reste de leurs vêtements et les regarder se déshabiller me fait presque jouir. Je me frotte contre la main de Declan sans la moindre gêne, si excitée que j'ai besoin d'un orgasme en tant que hors d'œuvre avant de m'attaquer au plat de résistance.

Quand il explose en moi, je laisse tomber ma tête sur son épaule, laissant le plaisir se déverser dans mon corps par vagues pendant que Gray s'agenouille devant moi en se branlant. Elias s'empare de mes lèvres et m'embrasse jusqu'à ce que les sensations s'apaisent.

Declan retire doucement ses doigts et les fait glisser sur mon corps avant de me les présenter, rompant le baiser que nous partagions avec Elias.

Putain.

Ma chatte est contractée, impatiente d'en obtenir plus. Je lève la tête et referme mes lèvres sur les doigts de Declan, léchant mes fluides sur sa peau pendant que Gray me sourit, accélérant le rythme de sa main sur sa queue.

— Tu vas tous nous tuer, grogne-t-il d'une voix presque plaintive.

— Non. Je relâche les doigts de Declan en faisant un bruit mouillé. Non, personne ne meurt, c'est la seule règle que j'impose.

Les Pêcheurs gloussent, mais l'atmosphère dans la pièce se modifie légèrement, comme pour nous rappeler à tous à quel point nous sommes devenus proches tous les trois. Declan retire rapidement le reste de ses vêtements et Elias s'empresse ensuite de m'enlever mon pantalon. Quand nous sommes tous nus, Declan s'allonge au milieu du matelas et m'attrape par la taille.

— Viens là Sophie, j'ai envie de te sentir tout autour de moi.

Il n'a pas besoin de me le dire deux fois. Je baisse la tête vers lui pour l'embrasser et je le chevauche, glissant ma chatte sur toute la longueur de sa queue pour y étaler mes fluides. L'air dans la pièce semble s'épaissir, je jurerais pouvoir sentir la chaleur des regards de Gray et d'Elias posés sur nous.

Quand je romps le baiser et que je regarde autour de moi, je pousse un petit gémissement. Gray se branle, prenant à pleine main sa queue dure et épaisse. Son regard est dur, sa mâchoire contractée, mais je sais que ce n'est pas de la colère. Ce n'est même pas de la jalousie.

Il est excité. Et il se concentre pour tenir le plus longtemps possible.

Elias se branle lui aussi, agenouillé près de nous sur le lit. Quand je pose le gland de Declan sur ma vulve, tout le monde semble retenir sa respiration. Je me laisse glisser lentement le long de son membre, les laissant me regarder tous les trois pendant que ma chatte s'habitue à l'intrusion.

— Putain. Gray jure tout bas, ralentissant ses mouvements et empoignant la base de son membre. Putain, c'est super chaud. Baise-le, Moineau, je veux te voir faire.

Oh merde. C'est moi qui ne vais pas réussir à tenir bien longtemps à ce rythme-là.

Le son de sa voix grave contracte mon entrejambe et Declan grogne alors que les parois de mon vagin frémissent autour de sa queue. Faisant de mon mieux pour bouger doucement et régulièrement, je commence à faire des mouvements de haut en bas. Encore et encore.

Je sens la chaleur monter en moi, comme une bulle dans mon ventre qui s'étend rapidement à tout mon corps au rythme des coups de boutoir de Declan. Gray se branle de nouveau et Elias se rapproche de nous pour venir poser ses lèvres sur les miennes pendant que je chevauche Declan. Je l'embrasse profondément, baisant sa bouche avec ma langue et haletant contre ses lèvres.

Quand il se recule, son goût me manque immédiatement. Je ne le vois plus, car je ferme les yeux pour me concentrer sur les sensations, mais mes paupières se rouvrent quand je sens sa chaleur contre mon dos.

— J'ai besoin d'être en toi, Blue, murmure-t-il. Putain, j'en crève d'envie.

Il parle tout bas, mais Declan l'entend. Au lieu de lui dire d'aller se faire foutre, Declan m'attire à lui pour m'embrasser. En même temps qu'il fait glisser sa bouche sur la mienne, il me soulève par les hanches et se retire de moi.

Je réalise soudain qu'il me présente à son ami.

Il laisse Elias prendre ce qu'il veut, ce dont il a *besoin*.

Un frisson d'excitation me remonte le long de la colonne vertébrale et je gémis doucement en sentant le gland d'Elias glisser doucement en moi. Sa verge a une taille et une forme différente de celle de Declan et il a également une façon différente de me faire l'amour. Le contraste entre les deux est débauchée et délicieux. Ils me *partagent*, dans le sens le plus littéral du terme et j'adore ça.

Les hanches d'Elias percutent rythmiquement

mes fesses alors qu'il me baise par derrière et j'embrasse Declan avec abandon, savourant les sensations qui fusent dans mon corps. Ils intervertissent une nouvelle fois et mon corps se rajuste au membre de Declan. Je lance un coup d'œil à Gray.

Il passe son pouce sur son gland étalant sur sa peau douce et sombre, le liquide pré-séminal qui y perle, une expression de désir tourmentée sur le visage à laquelle je ne peux résister.

— Viens ici, murmuré-je d'une voix rauque.

Posant une main sur le matelas non loin de Declan, je tends la main vers lui. Declan grogne doucement sous moi, ses hanches montant à la rencontre des miennes alors qu'il est allongé sous moi. Elias joue avec mes seins, ses lèvres déposant des guirlandes de baisers sur mes épaules et sur l'arrière de mon cou.

Je suis entourée par mes hommes et je veux que Gray participe à la fête et ne se contente pas seulement de nous observer. J'ai envie de tous les toucher, de refermer le circuit et laisser le désir qu'il existe entre nous trois nous consumer entièrement.

Gray se met à genoux et s'avance vers nous. Quand mes doigts effleurent son gland, il souffle doucement.

— Je ne vais pas tenir bien longtemps si tu me touches comme ça, Moineau, dit-il les dents serrées. Te regarder comme ça ? Vous regarder tous les trois ? Putain, je bande tellement fort que je suis près d'exploser.

Je m'apprête à lui répondre quand Elias glisse une main entre mes fesses. Il introduit son doigt dans le petit cercle de muscle de mon anus et je me cambre contre lui, des éclairs de plaisir fusant à travers tout mon corps.

Gray glousse et Elias prend une grande inspiration, faisant faire des allers-retours à son doigt dans mon cul pendant que Gray se penche pour m'embrasser.

— Merde, grogne Declan. Je peux le sentir. Tu aimes ça, n'est-ce pas ?

Je hoche la tête, mes lèvres collées à celles de Gray. Je suis sur le point de prendre feu. D'exploser, tout comme lui. Mais j'ai besoin de sentir mes hommes jouir avec moi.

— Oui, murmuré-je en roulant les hanches pour pouvoir baiser la verge de Declan et le doigt d'Elias encore plus profondément. Oui, j'adore ça.

— Un jour, je te baiserai par-là, déclare Elias d'une voix lourde de désir. Il a arrêté de caresser mes seins et je l'entends se branler derrière moi.

Un jour, on te prendra tous les trois en même temps.

Comme pour me donner un avant-goût, il retire son doigt et s'approche de moi pour poser sa verge entre mes fesses, pendant que Declan me baise de sa position, allongé sous moi.

La bulle de chaleur intense que je ressentais dans mon ventre s'est transformée en vrai brasier maintenant, brûlant si fort que j'ai l'impression que ma peau est en feu. Je hoche la tête avec ferveur, basculant presque dans la jouissance, rien qu'à sentir la queue d'Elias pulser entre mes fesses.

— Oh, oui ! Je n'attends que ça.

— Donne-moi ta bouche, Moineau. La voix de Gray est si grave, si profonde que je sais qu'il est sur le point de jouir lui aussi. Suce ma queue avec tes si jolies lèvres.

Je m'exécute avec plaisir.

Declan me fait garder l'équilibre. Je pose une main sur son torse et j'enroule la deuxième à la base de la verge de Gray. Mon plaisir ne tient plus qu'à un fils, mon corps bougeant du lui-même, comme mu par une sorte d'instinct animal, bougeant en rythme avec le corps de mes trois hommes.

Je fais glisser mes lèvres le long de la verge de Gray, enroulant ma langue sur son gland pendant qu'Elias passe sa main entre mes cuisses et commence à jouer avec mon clitoris. Je le suce, hochant la tête de haut en bas, le léchant et creusant les joues.

Je perds la notion du temps. Je ne sais plus où je suis. Tout ce que je sens, c'est le corps d'Elias derrière moi, Declan entre mes jambes et la verge de Gray dans ma bouche, sa main posée dans mes cheveux.

Quand je jouis enfin, ce n'est en rien similaire à ce que j'ai ressenti par le passé. Ça me secoue le corps entier et j'ai l'impression que ça ne s'arrêtera jamais. Je crie, autour de la verge de Gray que je sens pulser sur ma langue, emplissant ma gorge de jets de sperme salé.

— Putain, Soph. Je jouis !

Declan m'agrippe par les hanches et s'enfonce profondément en moi, puis je sens du liquide chaud gicler sur mon dos alors qu'Elias jouit à son tour, mordant mon épaule et pinçant mon clitoris en même temps.

Une dernière vague de plaisir fuse en moi et lorsqu'elle disparaît enfin, j'ai l'impression que mes os se dissolvent sur son passage.

De la salive coule le long de la verge de Gray lorsque je la relâche enfin de ma bouche et je m'écroule sur le torse de Declan. Elias se recule et Gray et lui s'installent sur le lit de chaque côté de Declan et moi. Ils me touchent encore partout, me caressent, comme s'ils avaient besoin de maintenir un contact entre nous le temps que nous reprenions nos souffles. Comme s'ils voulaient s'assurer que tout cela était bien réel.

Et je les comprends.

Après le départ pourri que j'ai eu dans la vie, j'ai appris à toujours m'attendre au pire. À me préparer à être trahie ou abandonnée. Redoutant l'inévitable instant où je me retrouverai seule, abandonnée, sans rien à part l'amère douleur de la perte et une autre couche d'armure autour de mon cœur.

Mais tout *ça* est bien réel. Et si je ne mérite pas de vivre un tel bonheur et bien je m'en fous. Parce que ces hommes sont à moi désormais et que je ferai tout pour les protéger.

Tout comme ils me protégeront, moi.

Relevant ma tête du torse de Declan, je me penche pour embrasser Elias. Puis j'embrasse Declan, serrant les muscles de mon vagin autour de sa queue ramollie et lui arrachant un grognement. Quand je me tourne vers Gray, il pose sa main sur l'arrière de ma tête et se tend vers moi pour poser sa bouche sur la mienne.

— Merci de m'avoir aidé à me mettre au lit, Moineau, murmure-t-il et je peux sentir son sourire, même si je ne le vois pas. Je me sens déjà beaucoup mieux.

Un sourire s'étire également sur mes lèvres.

— On remet ça quand tu veux, bienvenue à la maison.

ÉPILOGUE

TROIS MOIS PLUS TARD

Dans quelques minutes, nous atteindrons notre destination, au pied des montagnes, à la sortie de la ville de Los Angeles. C'est un endroit qui a beaucoup d'importance pour moi, un endroit qui mérite de marcher une bonne heure pour y parvenir, surtout avec les Pécheurs à mes côtés.

Devant moi, Elias et Declan marchent sur le terrain caillouteux en se taquinant, des grosses gouttes de sueur coulant le long de leurs dos et collant leurs cheveux à leurs nuques. Ils sont absolument magnifiques tout transpirants comme ça et je n'arrive pas à m'empêcher de regarder leurs fesses musclées et leurs jambes puissantes avec gourmandise.

Je ne me sens pas le moins du monde coupable

de les reluquer de la sorte. Après tout, ils font la même chose avec moi tout le temps.

L'alchimie qui existe entre les Pécheurs et moi n'a fait que se renforcer depuis que nous nous sommes avoué nos sentiments.

Avant, j'aimais bien me taper un inconnu rencontré dans un bar, comme ça a été le cas avec Gray il y a déjà de nombreux mois de ça. Mais je n'avais encore jamais expérimenté autre chose, comme faire l'amour avec un homme, ou des hommes dans mon cas, qui me connaissent intimement, qui peuvent pratiquement lire jusque dans mon âme et qui m'aiment de toutes les fibres de leurs corps.

C'est mieux que tout ce que j'aurais pu imaginer et depuis que je n'ai plus à m'inquiéter d'un psychopathe dangereux et de son fils à moitié fou, nous profitons les uns des autres avec délice.

Nous profitons à fond de la relation non conventionnelle que nous avons eu la chance de pouvoir construire et c'est absolument fantastique.

La fin de l'année universitaire est chaotique et pas seulement parce que les professeurs semblent s'être donné le mot pour nous concocter des partiels tous plus difficiles les uns que les autres. À la suite du décès d'Alan, les médias ont envahi Hawthorne.

Tout son réseau de secrets et de mensonges s'est progressivement écroulé et a fait la une des journaux pendant des semaines. Ce n'est pas seulement la famille Montgomery qui s'est effondrée, elle a entraîné de nombreux autres dans sa chute. Des informations sur les personnes avec qui il traitait ont été révélées, leurs secrets ont été découverts et leurs empires se sont effondrés.

J'essaie de faire profil bas et de me concentrer sur mes études, mais c'est difficile. Je dois sans arrêt faire des allers-retours au poste de police pour des interrogatoires, des témoignages et même un test ADN pour prouver que je suis bien la légitime héritière de mon père et avoir la possibilité de me rendre à ses funérailles, ce que je n'ai pas fait, d'ailleurs.

Il s'est avéré que Charles Davenport ne m'avait pas retiré de son testament. Il s'était probablement dit que ce n'était pas nécessaire, vu qu'il était convaincu que je n'avais pas survécu après m'être enfuie du bunker d'Alan. Selon son testament, je devrais hériter de la moitié de son patrimoine immobilier et ma mère n'y a fait aucune objection. Je crois qu'elle pense que c'est la moindre de choses.

Nous sommes en train de reconstruire notre relation et c'est étrange, mais en même temps agréable. De nouveaux souvenirs de mon séjour dans le bunker me reviennent en mémoire de temps en temps, mais vu que je n'ai plus besoin de les disséquer à la recherche d'indices, je me contente de les laisser passer sans m'y accrocher. Parfois je les peins, pour me les sortir de la tête, c'est toujours ma technique favorite pour exorciser mes démons.

Quand je discute avec ma mère, nous parlons généralement du temps qui a précédé mon séjour forcé chez Alan, ou sinon du temps présent. Grâce à nos discussions, je récupère quelques bribes de souvenirs de mon enfance. Et même si ces souvenirs sont souillés par ce qu'a fait mon père, je suis tout de même reconnaissante de les avoir. J'ai l'impression d'être enfin complète. J'ai récupéré les pièces manquantes de ma vie.

Même si ce qui se trouve à l'intérieur de moi est bien chaotique parfois, au moins, je suis entière. Alan n'aura pas réussi à me détruire.

Cliff a été accusé de complicité dans l'affaire de l'assassinat de Beth, vu qu'il a aidé son père à le dissimuler, ainsi que de nombreuses autres charges. Il devrait pourrir en prison pour le reste de sa vie, ce qui est bien mieux que ce qu'il mériterait à mon avis.

Reagan a été libérée de prison peu après la mort d'Alan. Les relations qu'entretenaient ses parents avec Alan ont été révélées et son histoire tragique a été exposée au grand jour. J'ai décidé de ne pas porter plainte contre elle pour kidnapping et elle a pu aller vivre chez ses grands-parents dans le Colorado.

C'est franchement le mieux qui pouvait lui arriver. Je suis contente qu'elle ait pu sortir de prison, mais je suis également ravie de ne plus la croiser tous les jours. Nous n'avons jamais été amies, malgré les traumatismes que nous avons partagés et je n'ai jamais pu oublier qu'elle a voulu me tuer. Ce n'est pas le genre de chose que l'on peut pardonner facilement.

Mais je ne lui souhaite pas de mal pour autant. Je sais que ses grands-parents ont insisté pour qu'elle suive une thérapie et j'espère qu'un jour, elle pourra trouver la paix.

Moi, je l'ai déjà trouvée, avec mes Pécheurs.

C'est en partie pour cette raison que nous sommes ici aujourd'hui.

Vu que le semestre est maintenant terminé et que les choses se sont enfin calmées, je peux enfin faire cette randonnée dont je discute avec les garçons depuis longtemps déjà. La guérison de la blessure de Gray a pris plus de temps que prévu et même si la fac s'est montrée très accommodante, il rongeait son frein comme un fou quand sont arrivées les vacances d'été.

Les choses sont devenues très sérieuses entre Max et Aaron depuis le début de l'été et nous traînons pas mal ensemble tous les six. Même si les Pêcheurs l'ont regardé de travers pendant un long moment, ils finissent par admettre de mauvaise grâce qu'ils commencent à l'apprécier. Mais vu que Max l'a emmené avec elle voir sa famille à Boston, c'était l'occasion parfaite pour faire cette randonnée avec mes hommes dans la montagne, malgré la chaleur infernale de cette journée.

— C'est encore loin, Moineau ? demande Gray derrière moi.

Il est légèrement essoufflé et pose une main sur sa blessure, comme si elle le faisait un peu souffrir. Mais ses yeux sont pétillants et il arbore un grand sourire, effaçant rapidement l'inquiétude que je sens poindre en moi.

— Nous y sommes presque. Je lui souris, glissant ma main dans la sienne.

Declan et Elias nous précèdent de quelques pas, se taquinant pour savoir lequel des deux serait le plus rapide à terminer le circuit s'il y avait une compétition.

— Aucun de vous deux, lancé-je en élevant un

peu la voix pour attirer leur attention. Si je m'y mets sérieusement, aucun de vous deux ne peut me rattraper.

— Elle n'a pas tort, ajoute Gray et je souris largement. Puis il penche la tête sur le côté, comme s'il réfléchissait à quelque chose. Sauf si je fais moi aussi partie de cette course. Vous savez tous que je suis en bien meilleure forme que n'importe lequel d'entre vous. Je vous battrais tous à plate couture.

Je pousse un petit cri faussement outragé en lui donnant une petite tape sur le bras.

— Je croyais que tu me soutiendrais !
— Hey, j'ai déjà pris une balle pour toi, proteste-t-il en m'attirant à lui pour m'embrasser. Quand nous nous séparons, ses yeux brillent d'amour et de joie. De plus, nous savons tous ici que tu n'as besoin de personne pour te protéger. T'es une dure à cuire qui se bat comme une hyène enragée.

C'est un vrai compliment venant de lui et je l'accepte en levant les yeux au ciel.

— Merci, je t'aime aussi.

Les mots sortent de ma bouche sans effort et il les scelle d'un baiser.

Je n'ai jamais été aussi à l'aise avec mes sentiments. J'avais pour habitude de les enfouir au fond de moi, les écrasant jusqu'à ce que je ne puisse pratiquement plus les sentir.

Mais aujourd'hui ? Je déclare mon amour à mes hommes au moins une fois par jour. Je n'ai pas envie de m'arrêter. Je ne me lasserai jamais de voir leurs visages s'attendrir quand je leur dis que je les aime, ni de voir leurs sentiments se refléter dans leurs yeux.

Elias se retourne soudain vers nous, marchant vers Gray tout en commençant à lui parler.

— Au fait, j'ai oublié de te dire. J'ai arrangé le rendez-vous avec Howard et Weisman. Nous déjeunons avec eux mercredi.

Après avoir lutté avec cette idée pendant des années, Elias a finalement accepté le fait qu'il ne ferait jamais carrière dans le monde du football américain professionnel. Nous en avons longuement discuté tous les deux et je sais à quel point ça lui manque. Mais il n'a jamais été du genre à se laisser abattre. J'ai entendu des bribes de ses conversations avec Gray et j'ai l'impression qu'ils pensent à monter une entreprise ensemble à la fin de leurs études. Ça lui a donné une énergie que je ne lui avais encore jamais vue et ça lui va très bien. Ça leur va très bien à tous les deux.

En fait, nous allons tous très bien. À sa grande

surprise, la musique de Declan marche bien mieux qu'on aurait pu le rêver et moi, j'ai vendu une bonne partie de mes peintures, les derniers vestiges de mon passé qui m'empoisonnaient encore.

Si j'y repense trop, ça me déplaît fortement d'imaginer qu'ils existent encore quelque part en ce monde, mais l'argent que j'ai reçu en échange compense. Il s'est avéré que plusieurs personnes se souvenaient de mon exposition, même si j'ai l'impression qu'elle s'est déroulée il y a une éternité, et les pièces sont rapidement parties dès que je les ai mises en vente. J'étais plus que soulagée d'en être délestée.

En y repensant, je me dis que j'aurais dû tout brûler, mais d'un autre côté, il y a une certaine *justesse* karmique à construire mon futur sur les décombres de mon passé.

Quand nous arrivons à la dernière courbe du chemin, une vue magnifique s'offre à nous, malgré les souvenirs douloureux qui lui sont associés. Je me détache des trois hommes et m'avance vers le petit promontoire rocheux surplombant l'immensité de la montagne.

Salut Jared, pensé-je. Ça fait longtemps. Mais je vais bien. bien mieux que la dernière fois.

La dernière fois que je suis venue ici, j'étais en

morceaux. J'ai marché le long de ce sentier, seule et j'ai répandu les cendres de Jared tout en haut, dans cet endroit spécial qu'il m'avait fait découvrir lors de l'un des rares jours que nous avions passés loin de chez Brody. C'est l'un des meilleurs souvenirs de cette période merdique de ma vie.

Mes lèvres se retroussent en pensant à mon père de famille d'accueil. Son cas a attiré l'attention des médias et il aurait préféré s'en passer. Tous ses échanges avec Cliff dans le but de me piéger pour le meurtre de sa femme ont été dévoilés à un grand journal de L.A et ils ont fait une enquête poussée.

Bien fait pour sa gueule.

Je souris à cette pensée. J'ai l'impression d'entendre Jared se réjouir avec moi.

Merde, tu me manques vraiment, lui dis-je en pensée. Mais il s'est passé des trucs incroyables. J'ai rencontré ces trois mecs. Ils m'aiment et ils prennent soin de moi et ils s'arrangent pour le faire sans me donner l'impression que je suis dorlotée ou étouffée. Je suis une dure à cuire qui se bat comme une hyène enragée et ils le respectent. Je suis certaine que tu les aurais appréciés.

Je me sens soudain l'envie de sourire. Repenser à ce frère aux côtés de qui j'ai grandi en famille d'accueil a toujours été atrocement douloureux, et c'est encore le cas aujourd'hui, mais j'ai le cœur en paix et je peux lui parler en pensée.

Il est mort et je regrette toujours que le système n'ait rien pu faire pour le sauver. Je déteste l'avoir perdu à jamais. Mais moi, je suis toujours en vie et le mieux que je puisse faire pour honorer sa mémoire, c'est vivre ma vie à fond.

Il y a tant de choses qui m'attendent dans la vie, que je n'ai aucune raison de m'appesantir sur mon passé douloureux. Je n'oublierai jamais les moments que j'ai passés à ses côtés, mais ce n'est plus ce qui me définit désormais.

Ma réalité, c'est Ça.

Gray s'approche de moi par derrière et enroule ses bras autour de moi pour me serrer contre lui. Il pose son menton sur mon cou et nous admirons tous les deux le paysage magnifique qui se dévoile à nos yeux, profitant de l'air pur et de la chaleur du soleil sur notre peau.

Il sait ce que cet endroit signifie pour moi. Et il sait aussi ce que ça signifie que je les amenés ici aujourd'hui.

Il m'a emmenée voir la tombe de Beth il y quelques semaines. C'était important pour lui de partager ça avec moi, tout comme c'est important pour moi de partager cet endroit avec eux. Nous guérissons progressivement, prenant soin de nos blessures, qu'elles soient visibles ou non et nous le faisons ensemble.

Tous les quatre.

Ma famille.

Je me retourne dans ses bras, frôlant son nez du mien et je l'embrasse, profondément, lentement, avec tout mon amour.

Declan et Elias s'avancent à leur tour pour se tenir à nos côtés, se serrant contre nous alors que Gray pose son front sur le mien.

Entourée de mes trois Pécheurs, je me sens enfin à ma place.

AUTRES OUVRAGES PAR EVA ASHWOOD

L'Élite obscure
Rois cruels
Impitoyables chevaliers
Féroce reine

Hawthorne Université
Promesse cruelle
Confiance détruite
Amour pécheur

Printed by Amazon Italia Logistica S.r.l.
Torrazza Piemonte (TO), Italy